1

WORLD TEACHER

세 계 식　교 육　에 이 전 트

코 코이치 지음 Nardack 일러스트

선필 옮김

공기가 다른 것 같은
느낌이야!

뭐가 있을지
기대되네.

며칠 동안 배를 타고 한 여행을 마치고—— 신대륙으로.

저게 휴프네 대륙이군요.

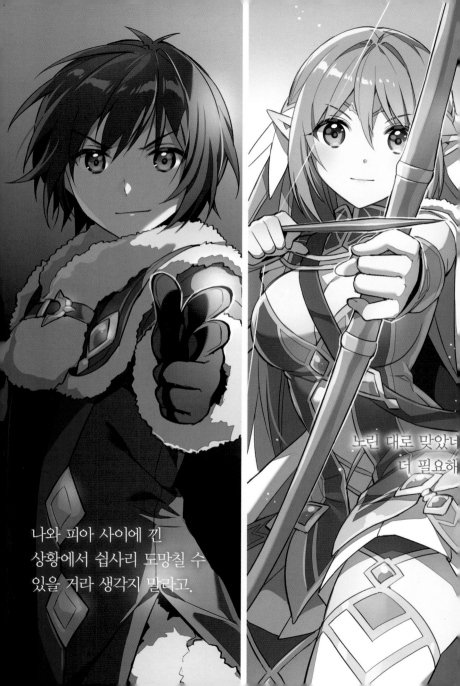

노린 대로 맞았네
더 필요하

나와 피아 사이에 낀
상황에서 쉽사리 도망칠 수
있을 거라 생각지 말라고.

# 월드 티처

이세계식 교육 에이전트

네코 코이치 지음
Nardack 일러스트
천선필 옮김

11

# CONTENTS

Illust : Nardack

어떤 임무를 수행하다 죽어버린 내가 전생해서 지금 있는 세계로 오게 된 원인…… 스승님과 다시 만난 지 1년이 지났다.

내게 가족과도 같은 제자들과 함께하는 여행은 순조로움 그 자체였고, 지역 특유의 풍습이나 음식, 신기한 종족이나 마물들을 접하고 깜짝 놀라기도 하면서 매우 충실한 나날을 보내고 있었다.

특히 제자들이 정말 잘 성장한 걸 보니 스승으로서 매우 자랑스럽다.

제자들은 여러 가지 의미로 강해졌지만, 사실 일상적인 행동은 딱히 달라진 게 없다.

예를 들어…… 에밀리아는 제자뿐만이 아니라 시종의 기술도 더욱더 높은 경지에 도달했지만, 저번에는 은랑족의 발정기라고 하면서 내 침대에 숨어들어 왔을 정도니까.

여담이지만, 레우스에게 물어보니 발정기 같은 건 모른다고 했기에 에밀리아를 다그쳐보니 거짓말이라는 것을 알게 되었다.

『나를 원하는 건 기쁘지만, 거짓말을 하면 안 되지. 당분간 머리를 쓰다듬어주는 걸 금지한다.』

『아앗?! 죄송합니다!』

정말…… 발정기라니. 미묘하게 걱정되는 말을 하지 않았으면 좋겠다. 너를 거부할 생각은 딱히 없으니까 이유 같은 걸 내걸지 말고 당당하게 오라고 확실하게 일러두었다.

여담이지만, 에밀리아에게는 내가 머리를 쓰다듬어주는 것이 정말 중요한 문제였는지 그 이후로 한동안 얌전해졌다.


리스는 나이아라는 이름을 붙여준 정령과의 유대감이 더욱 강해져서 천재지변조차 가볍게 일으킬 수 있게 되었다.

아마 마법만 놓고 보면 우리 일행 중에서 가장 강해졌을 것이다.

그리고 자상하고 온화한 성격이라 겁이 많기도 했지만, 지금은 심지가 강해졌다고 해야 하나, 정신적으로 성장해서 때로는 어른스러운 여유를 보여주게 되었다.

하지만 그녀의 왕성한 식욕은 전혀 달라진 게 없었기에 레우스와 마찬가지로 요리해주는 보람이 있는 아이라는 위치는 여전하다.


내 동생 같은 존재인 레우스는 우리 일행 중에서 가장 성장했다고 해도 과언이 아니다.

나와 모의전을 할 때마다 고전하게 되는 상황이 늘어서 힘들 때도 있지만, 성장했다는 느낌을 직접 알 수 있었기에 기쁘기도 하다.

하지만 강해지는 것에 정신이 팔려서 여자의 마음에 둔하거나 말과 행동이 천진난만하다는 점은 여전하기에 앞으로는 그런 방향으로 성장하기를 기대해야겠지.

그리고 엘프들에게 최상위 존재인 성수에게 성수의 씨앗과 자유롭게 여행할 수 있게끔 허가를 받은 피아는 간단히 말하자면 더할 나위 없이 좋은 상태다.

바람의 정령마법이나 씨앗과 함께 받은 성수의 활을 사용하는 실력뿐만이 아니라 내게 보여주는 애정이 예전보다 훨씬 커진 상태였다.

그리고 얼른 아이를 가지고 싶다는 듯이 밤에 찾아오는 횟수가 늘었기에 곤란한 상황도 생기곤 한다.

뭐, 나도 각오는 예전에 해두었고, 엘프가 아이를 가질 가능성은 매우 낮으니 그녀의 마음에 있는 힘껏 부응하며 느긋하게 해나갈 생각이다.

마지막으로 호쿠토인데…… 이쪽은 딱히 변화가 없다.

몸집이 커진 것도 아니고, 달라진 점을 따지자면 매일 빗질을 해준 덕분에 털이 예뻐진 것 정도일까?

여전히 내게 충성을 다하고 있고, 응석을 부릴 때는 있는 힘껏 응석을 부린다. 너무 기쁜 나머지 몸통박치기를 할 때도 있긴 하지만, 귀여운 파트너라는 건 분명하다.

……왠지 외부의 적보다는 내부에서 습격을 당하는 상황이 더 많은 것 같기도 하지만, 정말 충실한 1년이었던 것 같다.

그렇게 믿음직하고 개성적인 일행과 아드로드 대륙을 돌아다니던 우리는 어떤 항구 마을에 들른 것을 계기로 다른 대륙에 가기로 결심했다.

아드로드 대륙도 거의 다 돌아보았고, 이 항구에는 마차를 실을 수 있을 정도로 큰 배가 있기 때문이었다.

그렇게 며칠 동안 배로 여행을 마친 우리는 처음 상륙하는 대륙…… 휴프네 대륙에 도착했다.

# 《아비트레이》

휴프네 대륙.

이 세계에서 가장 넓은 대륙이라고 하며, 다른 대륙과 비교하면 쌀쌀한 편이다. 그렇기 때문에 사람이 살기는 조금 힘든 대륙인 모양이다.

독자적인 마을이나 나라가 아드로드 대륙보다 더 많이 존재하며 다양한 종족이 있는 모양이다. 특히 겨울…… 설화의 달이 되면 대륙 전체에 눈이 많이 와서 이동하는 것조차 힘들 정도라고 한다.

그렇게 여러모로 위험할 것 같은 대륙이긴 하지만, 설화의 달이 되려면 아직 몇 달은 남았고, 그렇게 신기한 것들이나 경치를 볼 수 있을 것 같았기에 온 것이다.

"이 대륙에 오는 건 처음이거든. 뭐가 있을지 기대되네."

엘프의 관습인 여행의 기간은 10년이기에 시간이 부족해서 오지 못했던 모양이다.

엘프의 수명은 길기에 1년 전과 외모가 거의 달라지지 않은 피아는 배에서 내리면서 감동한 듯이 그렇게 중얼거렸다.

"공기가 달라지니 새로운 대륙에 왔다는 느낌이 드네. 그런데 피아 씨, 그렇게 입고 안 추워?"

그 뒤를 이어 배에서 내린 리스가 얇게 입고도 아무렇지도 않게 걸어가는 피아를 보며 말을 걸었다.

대륙 특유의 기후 때문에 조금 쌀쌀하니 리스가 걱정하는 것도 당연할 것이다.

"엘프는 추위에 강하니까 이 정도라면 아직 괜찮아. 나보다는 리스가 걱정되는데?"

"나는 나이아하고 함께 지내면서 추위에는 익숙해졌으니까."

항상 물의 정령과 함께 지낸 덕분인지 피아와는 다른 의미로 추위에 강한 모양이다.

예전보다 키가 조금 컸고 차분한 분위기를 풍기는 리스는 주위에 있던 물의 정령…… 나이아에게 미소를 짓고 있었다.

"이 정도라면 나도 괜찮아. 오히려 뛰어다니고 싶은 기분인데."

"네가 뛰어다니고 싶은 건 배를 타고 여행하는 게 따분했기 때문이잖아?"

그녀의 뒤에서 은랑족 남매…… 에밀리아와 레우스가 나왔다.

한계가 없다는 듯이 몸이 계속 성장해서 일행 중에서 키가 가장 커진 레우스는 뭉친 몸을 풀려는 듯이 팔다리를 움직이고 있었다.

한편, 동생과 키 차이가 더 벌어지긴 했지만, 여성스럽게, 매력적으로 자라고 있는 에밀리아는 차분하지 못한 레우스를 보고 어이가 없다는 표정을 짓고 있었다.

레우스가 몸을 움직이고 싶어하는 건 오랫동안 배를 타고 여행했기 때문이 아니라 은랑족…… 개라서 그런 게 아닐까 하는 생각이 든다. 그…… 개는 추워도 기운차게 뛰어다니는 이미지가 있으니까.

"은랑족은 추위에 강한 것 같네. 그렇다면 우리 일행 중에서 추위를 타는 건 나뿐인가?"

마지막으로 마차를 끄는 호쿠토와 함께 배에서 내린 나는 대륙 특유의 차가운 바람을 맞으며 살짝 몸을 떨고 있었다.

"이곳은 바닷바람이 세게 불어서 그런지 생각보다 춥네. 나중에 옷을 하나 더 걸칠까."

"시리우스 님, 이걸 둘러주세요."

"미안해. 고맙게 쓸게."

다들 아무렇지도 않아 보였기에 벗었던 머플러를 에밀리아가 둘러주었기에 보답해주려고 머리를 쓰다듬었다.

행복해 보이는 미소를 지으며 꼬리를 흔드는 에밀리아와 바람을 막아주겠다고 다가온 호쿠토 사이에 낀 채 항구를 떠나 마을을 구경하러 나섰다.


이 항구 마을은 휴프네 대륙의 현관이라 불리는 곳이라 그런지 규모가 컸지만, 다른 대륙에서 들어오는 물자나 사람들이 모여들기 때문인지 문화나 풍습이 제각각이어서 이 대륙 특유의 상품이라 할 만한 건 딱히 없었다.

안타깝지만 새로운 발견이나 신기한 물건은 다음 마을에서 찾아봐야 할 것 같다.

곧바로 적당히 마을을 산책하다가 해가 떨어지기 전에 적당한 여관을 발견한 우리는 확보한 방 두 개 중 한쪽에 모여서 회의를 했다.

"자, 드디어 휴프네 대륙에 왔는데, 문제가 발생했다는 건 다들 이해하고 있지?"

"물론이죠. 우리에게는 정말 중요한 문제니까요."

"뱃삯이 꽤 비쌌으니까."

그렇다…… 문제는 돈이다.

우리는 모험자 길드의 의뢰를 받고 돈을 벌면서 여행을 해왔는데, 휴프네 대륙으로 올 때 탄 정기선의 운임이 예상했던 것보다 비쌌다. 배의 선장도 수인이 아니었기에 호쿠토의 요금까지 조금 많이 뜯겨버렸다.

금방 바닥날 정도는 아니지만, 슬슬 진심으로 돈벌이를 생각해야만 하는 상황이다. 식비를 줄이면 어느 정도 여유가 생기긴 하겠지만, 그러면 제자들이 슬퍼할 테니 마지막 수단으로 남겨두어야지.

생각할 것들은 많지만 돈이 부족한 상황은 처음도 아니니 이 마을의 모험자 길드에서 돈을 벌면 될 텐데…….

"반찬이 줄어드는 건 싫으니까. 팍팍 벌어야지!"

"그런데 조건이 맞는 의뢰가 없었지."

여관을 확보하기 전에 마을의 모험자 길드에 가보았는데, 의뢰 자체가 적기도 했고, 우리에게 맞는 의뢰가 적었다.

우리와 마찬가지로 뱃삯 때문에 돈이 부족한 모험자들이 있어서 의뢰가 나오면 바로 뺏겨버리는 것이다.

"남은 건 오랫동안 머물러야 하는 의뢰나 들어가는 수고에 비해 보수가 적은 의뢰밖에 없고."

"커다란 마물을 쓰러뜨리는 의뢰가 있으면 좋을 텐데. 나하고 호쿠토 씨가 가면 금방 끝낼 수 있으니까."

"아쉽지만 가끔은 이럴 때도 있는 법이야. 그래서 제안하는 건데, 아예 이 마을에서 돈을 버는 걸 포기하는 건 어떨까?"

정보를 모으다 알게 된 게 있다. 이 항구 마을에서 조금 떨어진 곳에 주민 중 대부분이 수인이라는 커다란 마을…… 아니, 규모로 따지면 나라가 있는 모양이다.

그 나라의 이름은…… 아비트레이. 수국(獸國)이라는 별명으로 부르는 경우도 있다고 한다.

수왕이라 불리는 왕이 다스리고 있으며 우리가 한때 살던 엘리시온만큼 큰 나라인 모양이다. 그렇게 큰 나라라면 길드의 의뢰도 많을 것 같고, 여러모로 신기한 것들도 있을 것 같다.

그 정보는 모두가 들었기에 제자들도 곧바로 내 생각을 이해한 것 같았다.

"그러니까 거기서 돈을 벌면서 관광하자는 거지?"

"그래. 이야기를 들어보니 치안도 나쁘지 않은 것 같고, 어차피 갈 예정이었으니까."

"알겠습니다. 나중에 필요한 것들을 확인해둘게요."

"수인의 마을이라. 나 같은 은랑족이 있을지도 모르겠네."

"마을을 돌아다니기만 해도 재미있을 것 같네. 수인 종족은 정말 다양하니까."

그렇게 우리의 방침이 빠르게 결정되었고, 휴프네 대륙의 정보를 조금 더 모은 다음 아비트레이로 떠났다.

중간에 처음 보는 마물이나 독특한 공격 방법 때문에 깜짝 놀라기도 했지만, 미리 알아둔 정보로 문제없이 물리쳤다.

밤이 되자 기온이 뚝 떨어져서 야영하기 힘들 때도 있었지만, 마을에서 산 방한도구와 모피 덩어리 같은 호쿠토가 곁에 있어주었기에 추위로 고생하지는 않았다.

그렇게 여행은 순조로움 그 자체였지만, 목적지에 도착한 것과 동시에 문제가 발생했다.

최근에는 당연해져서 그것이 일상이라고 생각했던 우리는 잊고 있었던 것이다.

호쿠토……, 아니, 백랑이라 불리는 전설의 존재가 주위에 얼마나 큰 영향을 끼치는지를.

※ ※ ※ ※ ※

항구 마을을 떠난 지 며칠 뒤, 우리는 드디어 목적지인 아비트레이에 도착했다.

알아보았던 정보대로 큰 나라였고, 엘리시온 못지않게 훌륭한 방벽이 마을을 지키려는 듯이 둘러싸고 있었으며 그 너머에는 수왕이 살고 있을 성의 꼭대기가 살짝 보였다.

오랜만에 큰 나라를 보고 기대하면서 방벽 모퉁이에 있는 문 앞으로 마차를 몰고 가자 마을로 들어가는 사람들을 심사하던 문지기가 우리를 보았는데…….

"저건…… 서, 설마?!"

"배, 백랑님인가?!"

"백랑님이다!"

호쿠토를 본 문지기들이 소동을 피우기 시작했다.

수인들의 나라라서 시끌벅적해질 것은 예상했지만, 이번에는 운이 조금 안 좋았다.

"자, 잠깐만! 어째서 백랑님께서 마차를 끌고 계신 거냐!"

"네놈! 백랑님께 마차를 끌게 하다니, 무슨 짓이냐!"

왜냐하면, 문지기가 호쿠토의 영향을 가장 크게 받는 늑대와 개 수인들밖에 없었기 때문이다.

호쿠토는 우리 마차를 스스로 끌어주고 있지만, 아무런 사정도 모르는 수인들은 신의 사자인 백랑을 혹사시킨다고 생각한 모양이다.

"그리고 잘 봐! 저 인간족, 동포뿐만이 아니라 엘프에게까지 목줄을 채웠어!"

"이놈! 우리 앞에 나타나다니, 배짱도 좋구나!"

그리고 초커를 찬 남매와 피아가 노예라고 오해했는지 무기를 겨누지는 않았지만, 마부석에 앉아 있던 내게 살기를 뿜어내기 시작했다.

호쿠토가 마을 곳곳에서 숭배를 받거나 기도의 대상이 되는 광경에 익숙해져서 이런 위험을 고려하는 걸 깜빡하고 있었네.

"시리우스 씨, 어떻게 하지?"

"이야기가 더 복잡해질 수도 있으니까, 리스는 그대로 안쪽에 숨어 있어."

나는 인간족인 리스에게 마차 안에서 대기하라고 말한 뒤 마부석에서 내려온 다음 일단 오해를 풀기 위해 문지기들 앞으로 천천히 다가갔다.

"아……, 처음 뵙겠습니다. 오해가 있는 것 같아서 먼저 설명하는 건데요. 여기 있는 세 사람은 노예가 아니거든요."

"그렇다면 그 목줄은 뭐냐! 동포를 해방해라!"

"저건 액세서리인데요, 보시는 게 더 빠르겠네요. 셋 다 일단 초커를 풀어줄래?"

"어쩔 수 없네."

"풀고 싶진 않은데."

노예로 부려 먹기 위해 필요한 예속의 목걸이라면 자신의 손으로는 풀 수가 없으니 세 사람이 노예가 아니라는 증거가 될 것이다.

내 말을 듣고 레우스와 피아가 초커를 풀었지만, 에밀리아는 묘하게 머뭇거리고 있었다.

"저는 시리우스 님의 노예 같은 거고, 애초에 노예라 생각해도 상관없으니까요."

"그렇게까지 생각해주는 건 기쁘지만, 지금은 풀어줬으면 좋겠어."

"……알겠습니다."

진심으로 안타깝다는 듯이 중얼거린 에밀리아가 초커를 풀자 노예라는 오해는 풀린 것 같았지만, 문지기들은 여전히 경계하고 있었다.

아마 백랑인 호쿠토를 부려 먹고 있는 것처럼 보이는 게 가장 큰 문제일 테니 호쿠토가 스스로 마차를 끌고 있다는 사실을 알려주면 될 것이다.

호쿠토에게 설명해달라고 하면 되겠지만, 저렇게 흥분한 상대는 이상한 방향으로 해석하는 경우도 많고, 호쿠토가 설명하더라도 인정하지 않을 가능성도 크다. 실제로 예전에 그런 사례가 있었으니까.

이번에는 아예 발상을 전환해볼까?

마차를 끄는 건 호쿠토의 취미이고, 우리는 호쿠토를 돌봐주는 시종…… 다시 말해 호쿠토를 모시는 존재라고 하자.

나는 바로 호쿠토를 향해 무릎을 꿇었고…….

"끄응……."

……안 되겠다.

호쿠토가 내 가슴에 얼굴을 비벼대고 있으니 내가 호쿠토를 모시고 있다고 할 수가 없다. 뭔가 둘러댈 방법이 없을지 생각하고 있자니 호쿠토가 문지기들을 향해 살짝 짖었다.

"멍!"

"아하! 그렇게 된 거였군요!"

"멍, 멍!"

"백랑님의 아름다운 털도 그 남자의 손으로 유지하고 있다고요? 그렇군요……, 그 정도 솜씨라면 백랑님께서 데리고 다니실 만합니다."

뭔가 형편 좋게 해석한 모양이다.

레우스의 통역을 들어보니 내가 매일 털을 손질해주는 소중한 존재라고 말한 모양인데, 문지기들은 호쿠토의 털손질 전문 하인 같은 존재라고 생각한 모양이다. 매일 빗질해주고 있으니 딱히 거짓말도 아니고.

그리고 다른 동료들은 호쿠토를 돌보는 역할…… 시종이고, 걸음이 느린 우리를 위해 마차를 끌고 다닌다고 생각한 모양이다.

여러모로 잘못된 부분이 있긴 하지만, 문지기들의 살기와 의심이 사라졌으니 그냥 넘어가기로 하자.

그렇게 오해가 풀려서 드디어 마을 안으로 들어가기 위한 심사가 시작될 모양이었다.

"멍!"

"네! 백랑님께서 인정하신 사람들이라면 문제없습니다! 들어가시죠!"

"멍?"

"그들도 머무를 수 있는 여관이라면 중앙 지구에서 동쪽으로 조금 가면 있는 왕랑관이라는 여관을 추천합니다. 마을에서 가장 넓고 큰 여관이니 백랑님께서도 편히 쉬실 수 있을 겁니다."

말 한마디가 아니라 울음소리 한 번만에 그냥 통과하는 것뿐만이 아니라 여관 정보까지 얻을 수 있었다.

수고를 덜 수 있어서 좋긴 한데, 마을을 지키는 문지기가 그래도 되는 건가? 호쿠토가 아무리 대단해도 우리가 누군지도 모르는데.

"이 나라…… 괜찮은가?"

치안이 좋다는 말은 들었는데, 여러 가지 의미로 걱정이 되네.

그렇게 조금 불안해하면서 우리는 경례하는 병사들의 배웅을 받으며 문을 통과했다.

그런 과정을 거쳐 아비트레이로 들어왔는데, 문을 넘어선 곳에 펼쳐져 있던 것은 거리가 아니라 넓은 밭이었다.

보아하니 방벽 근처가 농원지대인 모양이었다. 이렇게 넓은 걸 보니 그만큼 많은 사람이 사는 것 같다.

그리고 밭을 가르는 듯이 정비된 길을 한동안 나아가서 겨우 마을에 도착한 다음, 눈 앞에 펼쳐진 광경을 보고 우리는 소리 내어 감탄했다.

"오오, 정말 수인들이 잔뜩 있네."

"수인의 나라라고 할 만하네요."

"이렇게 신선한 광경을 보는 것도 여행의 묘미지."

은랑족은 보이지 않았지만, 남매 같은 늑대 수인을 비롯해서 고양이, 토끼, 여우…… 같은 종족을 찾아볼 수 없을 정도로 다양한 수인이 아무렇지도 않게 돌아다니고 있었기 때문이다.

보아하니 전체 중 9할이 수인이고, 나머지 1할이 인간족과 기타 등등…… 이라고 해야 하나?

"호쿠토뿐만이 아니라 시리우스 씨하고 나도 눈길을 끄는 것 같네."

"인간족이 별로 없으니까. 지금은 딱히 수상한 시선이 느껴지진 않지만, 리스하고 피아는 될 수 있으면 혼자서 돌아다니지 마."

큰 나라니까 흑심을 품은 수인이 있다 해도 이상하진 않다. 뭐, 호쿠토와 함께 있는 모습을 보고 덤벼들 녀석은 없겠지만.

그리고…… 마을을 돌아다니는 수인들의 반응은 대부분 호쿠토를 보자마자 길을 양보하는 듯이 멀리 피해서 고개를 숙이거나 손을 모으고 기도하는 것들이었다.

이런 모습은 지금까지 돌아다녔던 마을에서 여러 번 보았지만, 이렇게 규모가 커지니 반응하기가 곤란해졌다.

그리고 백랑이 끌고 있는 마차라서 그런지 왕족이나 중요한 사람이 타고 있는 마차 아닌가 하고 착각하기 시작한 사람도 있는 모양이었다. 이대로 아비트레이 성으로 가더라도 전혀 위화감이 없는 분위기다.

하지만 왕족과 엮일 생각은 없었기에 어서 목적지인 여관을 찾아서 마차만이라도 세우고 싶었다.

"지금은 호쿠토 씨의 위광 때문이지만, 언젠가 시리우스 님께서 홀로 돌아다니신다 해도 이렇게 되겠죠."

"아니야, 누나. 호쿠토 씨는 형님이 있어서 같이 다녀주는 거니까, 이것도 형님의 실력인 거라고."

"가끔은 좋은 말도 하네요, 레우스."

그리고 남매의 대화가 더 폭주하기 전에 어서 여관에 도착했으면 좋겠다.


"오오…… 백랑님! 저희 여관을 선택해주시다니, 영광스럽기 그지없습니다!"

저녁쯤에야 겨우 문지기에게 들었던 왕랑관을 발견했는데, 여관의 이름대로 지배인은 늑대 수인이었다.

입장상 내 종마지만, 백랑인 호쿠토는 여관 내부로 안내를 받아 들어갔고, 안쪽에서 급하게 나온 지배인에게 환영을 받았다.

"멍!"

"호오, 백랑님의 성함은 호쿠토 님이시군요? 그럼 호쿠토 님께는 저희 여관에서 가장 고급스러운 방으로 안내……."

"끄응……."

"어……, 저분들하고 같은 방을 쓰더라도 상관없다고요? 하지만……, 아, 알겠습니다. 호쿠토 님께서 그렇게 말씀하시니……."

호쿠토가 모두와 같은 방을 쓰고 싶다고 했기에 지배인은 우리를 대충 둘러본 다음 고개를 끄덕였다.

"이쪽 분들께서는 호쿠토 님의 시종이시죠? 그럼 여러분께도 가장 고급스러운 방을 마련해드리겠습니다."

"아……, 죄송합니다만 지금은 돈이 별로 없어서……."

"아뇨, 아뇨. 돈 같은 건 필요 없습니다. 백랑님께서 방문해주신 것만으로도 저희에게는 최고의 영광이니까요!"

"그럴 수는 없죠. 가능하다면 평범한 방을 부탁드리고 싶은데요."

"그럴 수는 없죠! 백랑님께서 초라한 방에 머무르시다니, 후손들까지 창피를 사게 될 겁니다."

나이 든 어른이 울상을 짓고 있는데, 무슨 심정인지 이해가 되긴 한다.

상대방이 보기에 호쿠토는 왕족……, 아니, 신과 같은 존재이니 적당한 방에 묵게 하면 여관의 체면이 말도 아니게 될 테니까.

　지배인은 우리에게 애원하는 듯이 매달리고 있는데, 이 왕랑관은 꽤 고급스러운 여관이니까 숙박비도 엄청 비싸겠지.

　이렇게 된 이상 우리는 가장 싼 방을 잡고 호쿠토만 고급스러운 방에 묵게 할까?

　호쿠토가 받아들이지 않을 것 같지만, 어떻게든 참아달라고 해야지. 지배인에게 그렇게 말하자 그는 잠시 생각한 다음 고개를 끄덕였다.

　"그럼 이렇게 하시죠. 이번에는 특별히 여러분의 숙박비를 가장 저렴한 방값으로 받겠습니다!"

　"그렇게 부탁합니다."

　이야기가 바로 정리되었다.

　우리는 여행 중이라 노숙할 경우도 많으니 마을에 있는 동안에는 좋은 여관에 묵고 싶으니까. 가격을 싸게 해준다면 거절할 이유는 없다.


　그런 다음 우리가 안내를 받아 간 곳은 방이 아니라 왕랑관의 부지 안에 있는 별도의 건물이었다.

　"저희 여관이 자랑하는 별관입니다. 이곳이라면 호쿠토님과 여러분께서도 만족하시겠죠."

　내가 태어났던 그 저택보다 조금 큰 건물이고, 마치 별장 같은 느낌이었다. 평소에는 왕족이나 상위 귀족이 몰래 시찰하러 나왔을 때 쓰는 곳이라고.

"현관에 있는 마도구에 마력을 불어넣으면 저희가 있는 본관의 초인종이 울립니다. 식사가 필요하시면 그걸 사용해서 말씀해주십시오."

저택에 비축해둔 식재료가 있으니 그걸 마음대로 써도 상관없는 모양이었다.

그렇게 대충 설명을 마친 지배인은 고개를 크게 숙여 인사한다음 본관으로 돌아갔다.

돈이 별로 없는 상황인데도 운좋게 호화로운 여관에 머무르게된 우리는 신이 나서 제각각 건물 안을 돌아다녔다.

딱히 탐험 같은 게 아니라 여차할 때 도망칠 경로를 확인하고, 함정 같은 게 설치되어 있지 않은지 조사하기 위해서다. 마을여관에 머물 때는 반드시 하는 행동이다.

"이곳을 전부 써도 된다니, 엄청 사치스럽네."

"방도 충분히 많으니까 하나씩 써도 문제가 없을 것 같은데."

"여긴…… 좋은 여관이네요. 나중에 몸을 꼼꼼하게 씻어야겠어요……."

"마음이 너무 급하잖아. 아, 지하에는 와인도 몇 개 있던데."

"어머, 좋은 걸 찾았네. 나중에 같이 마시자."

결과적으로 수상쩍은 것은 없었기에 우리는 거실에 있던 소파에 앉아서 에밀리아가 끓여준 홍차를 마시며 숨을 돌리고 있었다.

"시리우스 님, 오늘은 푹 쉴 수 있겠네요."

"그래, 이것도 호쿠토 덕분이지. 오늘은 빗질을 듬뿍 해줄게."

"멍!"

"커헉?! 기, 기쁜 건 알겠지만, 너무 흥분했잖아."

몸통박치기를 할 기세로 내 가슴에 뛰어든 호쿠토의 머리를 쓰다듬어 주고 있자니 마이 브러시를 든 남매가 조용히 다가왔다.

"…………."

"……너희도 해줄 테니까 그런 눈빛으로 보지 마."

"네!"

"응!"

남매는 그 말을 듣고 꼬리를 흔들면서 대답했다.

오늘밤은 빗질만 하다가 끝날 것 같다.


아비트레이에 도착한 다음 날.

여행하면서 쌓인 피로 때문에 평소보다 늦게 일어난 우리는 아비트레이 거리를 산책하러 나갈 준비를 하고 있었다.

그런데 출발하기 직전에 왕랑관의 지배인이 와서 호쿠토에 대해 충고를 해주었다.

"저기…… 이런 말씀을 드리고 싶진 않습니다만, 오늘은 호쿠토 님께서 외출하지 않으시는 게 좋을 것 같습니다."

이야기를 자세히 들어보니 어제 호쿠토를 보지 못한 수인들이 잠깐이라도 보려고 마을 안을 돌아다니면서 찾기도 하고, 여관 앞에서 기다리면서 호쿠토에게 공물을 바치려는 사람도 있다고 한다.

남매의 고향, 은랑족이 사는 마을과 비슷한 상황이긴 한데, 이곳은 많은 사람이 모이는 마을이니까.

왕랑관을 중심으로 소동이 벌어질 가능성이 크기 때문에 마을을 다스리는 사람들과 협력해서 호쿠토를 대할 방식을 정하고 우리들과 관계를 맺기 위해서 정보를 통제하려는 모양이었다.

그래서 호쿠토는 돌아다니지 않는 게 좋을 거라고 제안한 것이다.

"최악의 경우라 해도 이틀 안에는 가라앉을 것이니 조금만 기다려주십시오. 상황에 따라서는 장소를 확보해서 호쿠토 님을 뵙게 하는 것도 생각하고 있습니다만, 그렇게 되면 부디 잘 부탁드립니다."

싸게 머무르고 있으니 계속 붙잡아두는 게 아니라면……, 호쿠토는 그런 생각을 밝히며 허락한다는 듯이 고개를 끄덕였다. 그래도 호쿠토만 두고 갈 순 없다는 생각을 하고 있자니 모두가 이런 제안을 했다.

"그럼 시리우스도 여관에 남을래?"

"그래. 가끔은 형님도 푹 쉬는 게 좋을 것 같은데?"

"요즘은 여러 가지 일이 있어서 피곤하지? 길드 의뢰하고 마을 상황 확인은 우리에게 맡기고 오늘은 느긋하게 지내는 게 어때?"

"시리우스 님께서는 저희가 번 돈으로 자유롭게 지내실 자격이 있으세요. 사양하지 마시고 푹 쉬세요."

"쉬는 건 좋은데, 너희들 신세를 지는 건 사양하겠어."

마을을 관광하고 싶고, 노자를 벌고 싶은 생각은 있지만, 당장 그래야 할 필요는 없다. 가끔은 제자들에게 마을을 안내해달라고 하는 것도 괜찮겠지.

그래서 나는 제자들의 호의를 받아들여서 호쿠토와 함께 남아 쉬기로 했다.

그렇게 출발하는 제자들을 배웅하고 별관 안으로 돌아왔는데…….

"…………뭐하지?"

평소에는 제자들의 훈련이나 요구사항을 들어주느라 바쁘니까, 이렇게…… 갑자기 휴일이 생기니 뭘 하면 될지 모르겠다.

호쿠토하고 노는 것도 좋겠지만, 지금 호쿠토를 상대하다 보면 체력을 많이 쓰게 될 테니 쉬는 게 아닐 것 같다. 그리고 호쿠토도 어제 꼼꼼하게 빗질을 해줘서 그런지 지금은 내 곁에 있는 것만으로도 만족하는 모양이었다.

고민하면서 소파에 앉아 옆에 드러누운 호쿠토를 쓰다듬으며 잠시 생각한 결과…….

"……응. 육수가 잘됐네."

나는 요리를 하고 있었다.

생각해보니 요즘은 제대로 된 요리를 하지 않았던 것 같았기에 오늘은 수고를 많이 들여서 크림 스튜를 만들기로 했다. 조금 떨어진 곳에 있는 호쿠토가 지켜보는 가운데, 나는 완성 직전인 스튜를 저으며 중얼거리고 있었다.

"추울 때는 역시 스튜가 제일이지. 잔뜩 만들었으니 그 녀석들이 돌아오면 기뻐할 거야."

"멍!"

마지막으로 간을 조절하려고 향신료를 들었을 때, 나는 눈치챘다.

모두가 바깥에서 돈을 벌고 있을 때 요리를 하면서 돌아오기를 기다리는 이 상황…… 마치 주부라고 해야 하나, 어머니 같은데…….

"아니아니, 아니야. 나는 취미로 요리를 하는 것뿐이지 어머니가 아니야. 그렇지? 호쿠토."

"……멍."

"왜 눈을 돌리는 거야? 정말…… 음, 간이 좀 센 것 같은데. 다들 잘 먹으니 염분은 신경 써야 해."

"멍!"

호쿠토가 태클을 거는 것 같았지만 간을 조절하는데 집중하고 싶었기에 신경 쓰지 않기로 했다.

그리고 조절을 마치고 다시 간을 보려고 했을 때, 바깥에서 수상쩍은 기척을 느꼈다.

"멍!"

하지만 내가 움직이기도 전에 호쿠토가 일어서서 바깥을 살펴보러 가주었다.

여관 종업원치고는 기척이 묘했고, 도적이라고 하기에는 기척을 전혀 숨기지 않았다. 살기가 느껴지지 않은 걸 보니 호쿠토를 보고 싶어서 온 수인인가?

뭐, 어찌 됐든 호쿠토가 갔으니 문제는 없겠지.

그대로 반찬을 하나 더 만들까 고민하고 있자니…….

"멍!"

"꺄아악?!"

바깥에서 호쿠토가 짖은 것과 동시에 어린아이가 깜짝 놀란 듯한 목소리가 들렸다.

위험하지 않은 것 같았지만 만에 하나를 대비해서 냄비를 불에서 치우고 있자니…….

"끄응……."

"그래서…… 뭘 주어온 거야?"

호쿠토가 호랑이처럼 생긴 귀와 꼬리가 달린 소녀를 물고 돌아왔다.

척 보기에는 여덟 살 정도? 흰색과 검은색이 섞인 특이한 머리카락을 짧고 단정하게 다듬어서 귀여워 보이는 소녀인데, 입고 있는 옷, 움직이기 편해 보이는 그 옷에 나뭇잎과 흙이 묻어 있는 게 눈에 띄었다.

꽤 장난꾸러기 같아 보이는데, 지금은 옷깃을 호쿠토가 물고 있어서 그런지 묘하게 얌전했다.

마치 어미 고양이가 새끼 고양이를 물고 다니는 것 같아서 매우 훈훈했지만, 계속 바라보고 있을수는 없겠지.

"일단 초면……이지? 나는 시리우스라고 하는데, 너는 누구야?"

"………….."

내가 질문하자 소녀는 껄끄럽다는 듯이 눈을 피하기만 했다. 장난치다가 들켜서 필사적으로 둘러대려는 듯한, 레우스와 노엘이 자주 하던 행동이었다.

무기 같은 건 가지고 있지 않았기에 위험한 것 같지는 않았지만, 호쿠토가 잡아온 걸 보니 수상쩍은 행동을 하고 있었을 것이다.

아무튼 뭐든 상관없으니 이야기를 해주길 기다리고 있자니 소녀의 배에서 꼬르륵 거리는 소리가 크게 울리기 시작했다.

"……스튜가 있는데, 먹을래?"

"윽?!"

그 말을 듣고 소녀의 귀와 꼬리가 곤두섰지만, 곧바로 고개를 흔들면서 귀를 손으로 덮고 들리지 않게 하고 있었다. 있는 힘껏 참는 모습이 어린 나이에 맞게 귀엽긴 했지만, 그런 모습을 보고 내버려둘 수는 없었다.

일단 상황을 살펴보려고 호쿠토에게 명령해서 내려놓고 하자 뜻밖에도 소녀는 도망치기는커녕 스스로 내게 다가왔다.

그런 대담한 모습에 감탄하는 것과 동시에 나는 소녀의 움직임에서 위화감이 들었다.

"그래서 아가씨는 여기에 뭐하러 온 거야? 나한테 무슨 볼일이 있어?"

"……백랑님."

"멍?"

"나는 백랑님을 만나러 왔을 뿐이야. 오빠는 상관없어."

겨우 입을 열어주긴 했는데, 나와는 할 이야기가 없다는 듯이
입을 삐죽거리면서 노려보기만 했다.

"설명할 필요는 없을지도 모르겠지만, 공교롭게도 이 백랑님은
내 파트너이자 종마거든. 볼일이 있다면 나도 알 의무가 있어."

"거짓말이야! 백랑님은 신의 사자니까 종마가 된다는 건 말도
안 되잖아!"

"그렇다 해도 말이지……, 안 그래?"

"멍!"

"어라?!"

나와 호쿠토가 서로 마주 보면서 고개를 끄덕이는 광경을 보
고 소녀는 충격을 받았는지 입을 떡 벌린 채 굳어버렸다. 꿈을
박살 낸 것 같아서 미안하기도 하지만, 호쿠토가 쓰다듬어달라
는 듯이 응석을 부렸기에 이미 늦은 것 같다.

소녀의 반응을 보니 호쿠토가 한 말을 이해하지 못한 것 같은
데. 역시 늑대나 개 수인이 아니면 알아듣지 못하는 모양이다.

"그럼 다른 질문을 해볼까? 백랑님하고 만나서 뭐하려고 했어?"

"……만지고 싶어."

현실에 충격을 받은 와중에도 호기심은 이기지 못한 것 같다.

소녀는 내 옆에 대기하고 있던 호쿠토를 만지려고 손을 뻗었
지만, 호쿠토는 몸을 비틀어서 피했다.

"……어라?"

"……멍."

소녀는 다시 손을 뻗었지만, 호쿠토는 한 발짝 움직여서 피

33

했다.

"에잇! 이얍! 왜 피하는 거야!"

"인사는커녕, 자기소개도 하지 않고 예의가 없는 아이는 만지면 안 된대. 그리고 본인의 허락도 없이 만지려고 하다니, 누가 그렇게 해도 실례 아닐까?"

"윽?!"

어린 나이라 해도 교육은 제대로 받은 모양이었다.

내 충고를 순순히 받아들인 그녀는 일단 거리를 벌린 뒤 천천히 고개를 숙였다.

"처음 뵙겠습니다. 제 이름은 메어……라고 해요. 백랑님. 당신을 만져도 될까요?"

"멍!"

"만져도 된대."

내가 그렇게 말한 것과 동시에 호쿠토가 오른쪽 앞다리를 메어 앞으로 내밀었기에 소녀는 눈을 반짝이며 앞다리를 만졌다.

"와아…… 겨우 백랑님을 만졌어."

"멍!"

"또 뭔가 하고 싶은 게 있냐고 하는 것 같은데."

"그럼, 껴안아도 돼?"

"멍!"

말이 통하지는 않았지만 호쿠토가 오라는 듯이 가슴을 폈기에 메어는 몸통박치기를 할 기세로 끌어안았다.

저렇게 기뻐하는 걸 보니 이 소녀는 순수하게 호쿠토를 보러 온 것뿐인 모양이었다.

그래도 몰래 숨어들어 온 건 마찬가지지만, 저렇게 들뜬 아이에게 겁을 주면 불쌍하다. 딱히 일정이 있는 것도 아니니 한동안 메어가 마음대로 하게끔 내버려두어야겠다.

놀다 보니 경계하는 마음이 사라졌는지 호쿠토의 꼬리에 매달려서 놀기 시작한 메어가 있는 곳을 떠난 나는 완성된 스튜를 접시에 담아 돌아왔다.

참고로 스튜는 메어에게 먹일 것이 아니라 내가 먹기 위해 담아왔다. 집중해서 요리하다 보니 간을 좀 본 것 말고는 점심 식사를 제대로 하지 않았으니까.

근처 테이블에 앉아 김이 피어오르는 스튜를 내려놓자…….

"…………."

"……네가 먹을 것도 가져다줄까?"

"윽?! 아, 아니거든!"

후후…… 역시 걸려든 모양이군.

정신을 차리고 보니 내게 다가와서 스튜를 빤히 바라보고 있는 메어를 보고 나는 마음속으로 미소를 짓고 있었다. 확실하게 거절할 인내심이 있는 모양이지만, 공복 같은 본능에 저항하기는 힘든 모양이었다.

왠지 메어를 나쁜 길로 꼬시고 있는 것 같다는 생각도 들지만, 허기진 아이를 내버려두는 건 개인적으로 마음에 들지 않는다. 자잘한 건 배가 부른 다음에 생각해도 된다.

그런데 저렇게까지 단호한 태도가 신경 쓰이는데. 확실한 교육 때문인지, 다른 이유가 있는지도 모르겠다.

혹시…… 독이 들어있을까 걱정하는 건가?

시험 삼아 먹는 모습을 보여주려고 스푼에 손을 뻗었을 때, 나는 뭔가 눈치채고 멈췄다.

"……호쿠토. 정중하게 데리고 오렴."

"멍!"

지시를 받은 호쿠토가 현관으로 뛰쳐나가자 밖에서 시끄러운 소리가 들렸다.

갑작스러운 상황 때문에 메어가 고개를 갸웃거리고 있자니 돌아온 호쿠토가 다람쥐 같은 귀와 꼬리가 달린 여자 수인을 물고 돌아왔다. 메어를 데리고 왔을 때하고 완전 똑같은 상황인데.

"혹시…… 그레테?! 따라왔어?"

"……응, 미안해."

호쿠토가 내 앞에 내려놓은 다람쥐 수인은 남자들의 눈길을 사로잡을 정도로 육감적인 몸매를 지닌 스무살 정도 여자였다.

왠지 졸린 듯이 반쯤 감은 눈 때문에 패기가 전혀 느껴지지 않는데, 기척을 숨기는 방식이나 호쿠토를 상대하며 조금이나마 저항한 점을 보니 실력이 꽤 뛰어난 것 같다. 그리고 내 예상으로는 대놓고 드러난 곳이 아니라 어둠 속에서 활약하는 자들과 비슷한 냄새가 난다.

그 여자가 끌려왔다는 사실을 눈치챈 메어는 다람쥐 수인의 이름을 외치며 뛰어갔다.

"괜찮아? 엄청난 소리가 들리던데……."

"괜찮아. 백랑님이 엄청나게 강해서 아무것도 못 하고 잡혀버렸을 뿐이니까."

"아……, 두 사람은 아는 사이야?"

"그래. 내 이름은 그레테. 메리 님의……."

"메어야!"

"……메어 님의 호위."

소녀의 본명이 메리라는 걸 알아냈지만, 못 들은 척 할까. 그런데 호위가 있는 걸 보니 메어는 신분이 높은 사람이 분명한 것 같다.

그리고 그레테는 말투와 분위기가 조금 독특한데, 그녀라면 메어를 볼 때 드는 위화감에 대해 이야기를 들어볼 수 있을 것 같다.

그렇게 생각한 나는 두 사람에게 맞은편 자리를 권했고, 그 두 사람이 앉은 다음 이야기를 해보기로 했다.

"너희 정체에 대해서 굳이 묻지는 않겠지만, 여기로 온 사정 정도는 가르쳐줄 수 있지 않아?"

"……그래. 메어 님이 어제부터 소문이 자자한 백랑님을 보고 싶다고 멋대로 뛰쳐나가 버렸어. 다들 안된다고 했는데……."

"그래도 보고 싶었으니까!"

"메어 님은 숨는 재주가 뛰어나서 곤란해. 그래서 내가 필사적으로 찾다가 겨우 발견했는데…… 백랑님에게 잡혔어."

"뭐라고 해야 하나……, 미안해."

"됐어. 메어 님이 빠져나간 게 잘못이니까."

"그건…… 미안해."

두 사람은 주종관계라기보다는 자매처럼 보이는데, 서로 신뢰하는 걸 알 수 있었다. 보고 있기만 해도 마음이 따스해지는 것 같은 두 사람이다.

바로 다른 질문을 하려던 참에 그레테의 시선이 테이블 위에 있던 스튜를 향하고 있다는 것을 눈치챘다. 그와 동시에 메어도 마찬가지로 배에서 꼬르륵 소리를 울렸다.

"……먹을래?"

"그래도 돼?"

"그래, 많이 만들었으니까. 메어 아가씨에게도 권해봤는데 참기만 하고 먹어주질 않더라고. 무슨 사정이라도 있어?"

"메어 님은…… 먼저 누가 독이 있는지 먹어보지 않으면 먹을 수 없어."

"역시 그랬군."

예상이 맞았던 모양인데, 그래도 고집이 지나쳤던 것 같다.

그런 부분에 관해 물어보는 건 아직 이른 것 같으니 지금은 스튜를 대접하면서 사이좋게 지내도록 해야지.

"신경 쓰이지 않으면 마음대로 먹어도 상관없어. 배가 고픈 사람을 내버려두면 마음에 걸리니까."

"그럼 먹을래."

메어와는 달리 그녀는 망설이지도 않고 먹기 시작했다.

처음 한 입은 차분하게 먹었지만, 두 번째부터는 손이 빠르게 움직이기 시작했고, 정신을 차리고 보니 정신없이 빠른 기세로 먹고 있었다. 이번에 만든 스튜는 자신작이었기에 그렇게 정신 없이 먹어주니 기쁘다.

그리고 눈 깜짝할 새에 다 먹어 치운 그레테는 눈을 감고 여운에 젖으며 접시를 내려놓았다.

"……만족!"

"왜 전부 먹어버리는 거야!"

"만에 하나를 대비해서 끝까지 독이 있는지 먹어봤어. 응, 독은 없더라."

"으으……. 맛있을 것 같았는데에. 참았는데에……."

"더 있으니까 싸우지는 마."

메어가 울상을 지으며 떼쓰기 펀치를 날리고 있었지만, 만족스러워하는 그레테에게는 효과가 없었던 모양이다. 일단 진짜로 울음을 터트리기 전에 새로 스튜를 가져다주자 메어는 눈을 반짝이면서 접시에 손을 뻗었고…….

"뜨거워?!"

"자, 서두르지 말고. 스푼은 여기 있어."

스튜에 손을 대었고, 화상을 입을 뻔했다.

그리고 그레테에게서 스푼을 받아드는 광경을 본 나는 메어를 볼 때 드는 위화감의 정체를 눈치챘다.

"우와……, 고기뿐만이 아니라 채소도 맛있네!"

"식혀서 다시 데우면 더 맛있어지지."

하지만 지금은 먹는데 정신이 팔린 모양이니 나중에 물어봐야겠다.

나는 소녀의 미소를 보고 만족스러워하며 내가 먹을 스튜도 가져왔다.

그 이후로 결국 한 접시 더 먹어 치운 메어는 귀를 조금씩 움직이면서 의자 등받이에 몸을 기대고 있었다.

그리고 스튜 덕분에 마음이 조금 풀렸는지 메어의 이름을 부를 수 있을 정도로 사이가 좋아진 상태였다.

"맛있었어!"

"별말씀을."

메어는 스튜를 먹고 열이 좀 났는지 그레테가 날려주는 마법의 바람을 쐬고 있었다.

볼일도 끝났고, 식사도 끝났으니 이제 두 사람이 돌아갈 때 배웅하기만 하면 되는데, 호쿠토가 내 어깨를 발바닥으로 만지며 호소하고 있었기에 나는 한 발짝 내디뎌보기로 했다.

"메어. 조금 물어보고 싶은 게 있는데, 괜찮을까?"

"응? 뭔데?"

"혹시 메어는 눈이 잘 안 보여?"

만났을 때부터 들었던 위화감이 그것이다.

안구와 동공의 움직임부터 시작해서 스튜에 손가락을 대거나, 받은 스푼을 잡는 움직임이 분명히 일반적인 움직임과는 달랐기 때문이다.

건드리지 않았으면 하는 이야기일지도 모르고, 쉽사리 꺼내면 안 되는 이야기일지도 모르겠지만, 여러모로 신경 쓰이는 점이 있었기에 물어보았다.

최악의 경우 혼나는 것도 각오하고 있었지만, 메어는 잠시 생각하다가 고개를 끄덕였다.

"……응. 맞아."

"메어 님, 말해도 돼??"

"오빠는 자상하고 백랑님의 파트너니까 괜찮을 것 같아서."

"믿어줘서 기쁘네. 이야기가 나온 김에 묻는 건데, 어느 정도 보이지 않는 건지 알려줄 수 있을까?"

"음, 여기서도 오빠의 얼굴이 거의 안 보이는 느낌이야."

완전히 안 보이는 건 아니구나.

하지만 손을 뻗으면 닿을 듯한 거리에서도 전체적인 형태와 색 정도만 구분할 수 있을 정도로 시력이 약한 모양이었다.

"너희 집이 어디 있는지는 모르겠지만 그런 몸으로 용케 여기까지 왔네."

"코하고 귀를 쓰면 어렵진 않아."

"메어 님은 그래도 상관없겠지만, 이쪽은 괜찮지 않아. 걱정만 끼쳐서 곤란해."

"이, 이번에는 괜찮잖아! 백랑님도 만났고, 스튜도 먹을 수 있었으니까!"

"응, 괜찮긴 하지. 가끔은 좋은 일도 있네."

여전히 사이좋게 이야기하는 두 사람에게서 눈을 돌린 나는 호쿠토와 마주 보고 조용히 고개를 끄덕였다.

그래, 네가 무슨 말을 하고 싶은 건지는 알아. 메어가 호쿠토를 껴안았을 때 속삭이던 내용은 나도 들었으니까.

『제 눈을…… 낫게 해주세요.』

호쿠토를 보고 소란을 피우는 수인들의 이야기를 듣고 알게 된 건데, 아무래도 이 마을에는 백랑을 만지고 소원을 말하면 이루어진다……는 소문이 있는 것 같다. 실제로 어제는 천진난만한 아이가 뛰어나오다가 어른이 급하게 말리는 광경을 여러 번 보았다.

아마 백랑의 신비함, 그리고 두려움 때문에 쉽사리 만질 수 없다는 이야기가 변질된 것 같다. 소문이라는 건 원래 그런 거고, 이른바 도시전설 같은 거겠지.

다시 말해 우리 앞에 나타난 소녀……, 메어는 그 소문을 믿고 온 것이다.

그리고 호쿠토가 좀 전에 호소했던 것은 나라면 어떻게 해줄 수 있지 않을까……, 그렇게 말하고 싶었을 것이다. 호쿠토는 우리 남매 같은 후배나 적에게는 엄격하지만 아이들에게는 자상하다.

문제는 메어의 시력인데, 완치까지는 아니더라도 어느 정도라면 가능할지도 모른다.

완전히 보이지 않는 실명이라면 힘들겠지만, 조금이나마 보인다면 방법이 있기 때문이다.

"그러니까 말이지. 메어의 눈 말인데, 잘 보이게 될지도 몰라."

"정말로?!"

"메어 님, 좀 진정해. 당신도 이상한 말 하지 마."

"이래 봬도 어떤 나라의 공주님이 걸린 병을 조사해보고 치료한 적도 있어. 그러니까 한 번만이라도 좋으니 메어의 눈을 진찰해보면 안 될까?"

"멍!"

"⋯⋯부탁드립니다."

갑작스러운 제안에 경계한 모양이었지만 호쿠토가 짖는 소리가 도움이 되었는지 메어는 고개를 끄덕였다.

하지만 메어를 진찰하려면 내 손으로 직접 그녀를 만져야만 한다. 그 점에 대해 설명하자 그레테가 껄끄럽다는 듯이 눈을 가늘게 뜨고 있었다.

"안 돼. 메어 님을 만지게 둘 수는 없어."

"오빠라면 괜찮아. 백랑님의 파트너잖아?"

"⋯⋯⋯⋯알았어. 하지만 메어 님께 심한 짓을 하면 절대로 용서하지 않을 거야."

그레테는 호쿠토를 이길 수 없다는 것을 알면서도 메어에게 무슨 일이 생기면 동귀어진할 기세로 덤벼들겠지.

그런 살기를 내뿜는 그레테가 지켜보는 가운데 메어의 머리에 손을 대고 '스캔'을 발동시켜본 결과⋯⋯.

"이 정도면 어떻게든 되겠어. 노력하면 가까운 거리 정도는 볼 수 있게 될 거야."

"쓴 약 같은 걸 먹어야 해?"

"필요한 건 자신의 마력이니까 약 같은 건 필요 없어. 지금부터 해보려 하는데, 눈 근처가 뜨거워지거나 조금 아플지도 몰라. 그래도 시험해볼래?"

"응…… 참을게."

"착하구나. 최대한 아프지 않게끔 하겠지만, 참을 수 없게 되면 언제든 멈출게."

"알았어!"

만난 지 얼마 되지도 않았는데, 메어는 순순히 고개를 끄덕이고 내 지시에 따라 눈을 감았다.

그리고 나는 열을 재는 듯이 메어의 이마에 손바닥을 댄 다음 신중하게 마력을 흘려 넣기 시작했다. 메어 자신의 마력을 자극해 신체 능력을 강화시키는 '부스트'를 발동하게 했다.

제자들에게 정밀한 '부스트'를 가르치기 위해 여러 번 경험했기에 열과 아픔이 느껴지겠지만 후유증은 없다.

"와……, 오빠가 말했던 것처럼 눈이 뜨겁다고 해야 하나, 조금 따끔거려."

"오랜만에 느껴지는 감각 때문에 눈이 놀란 거야. 그럼 천천히 눈을 떠봐."

"아…………, 보여. 보인다고!"

신체 강화 마법인 '부스트'는 눈을 의식하며 발동시키면 시력을 강화할 수도 있다.

쌍안경 같은 게 없다 해도 먼 곳까지 볼 수 있을 정도로 시력을 높일 수 있는 것이다.

다시 말해 메어의 시력을 강화함으로써 떨어졌던 시력을 일반적인 수치까지 높인 것이다. 먼 곳까지는 힘들겠지만, 일상생활을 하는 데 지장이 없는 범위까지는 볼 수 있게 되었을 것이다.

희미하기만 했던 것을 확실히 볼 수 있게 되어서 그런지 눈을 뜬 메어는 기뻐하며 두 손을 흔들고 있었다.

"대단해! 대단해! 그레테의 귀가 확실하게 보여!"

"정말 보여? 메어 님, 내 손가락이 몇 개야?"

"세 개……, 아니, 네 개로 늘린 것도 보이거든? 앗싸! 나았다!"

"아니, 그건 나은 게 아니야. 그 증거로…….."

"나았다……, 어라?!"

내가 흘려 넣었던 마력을 멈추자 당연하게도 '부스터'가 사라지고 시력도 원래대로 돌아왔다.

내가 당황해하던 메어에게 다시 마력을 흘려 넣고 볼 수 있는 상태로 만든 다음 설명했다.

"지금은 내가 네게 마력을 흘려 넣어서 눈을 강하게 만든 것뿐이야. 그러니까 메어도 마법을 쓸 수 있게 되면 내가 없어도 볼 수 있게 되겠지."

"하지만 나는 아직 마법을 써본 적이 없어. 그리고 마법 공부는 어려울 것 같고…….."

"어렵다고 해서 하기 전부터 포기하면 안 되지. 그리고 열심히 하면 볼 수 있다고 생각하면 의욕이 생기지 않아?"

"응, 이 사람이 하는 말이 맞아. 그러니까 열심히 마법 공부를 하자."

"그레테까지……."

사실 매우 얇은 '스트링'을 써서 혈관에 직접 간섭하여 수술하는 방법도 있긴 하지만, 그건 섬세한 부분을 다루는 작업이라 간단히 할 수는 없다. 애초에 그런 수술을 친족의 허가도 없이 할 수는 없다.

그렇기 때문에 자신의 노력으로 메꿀 수 있는 시력 강화 같은 방법을 가르쳐준 것이다.

다행히도 그레테도 내 방식을 받아들인 것 같으니 조금만 더 밀어붙이면 될 것 같은데.

"그레테가 가르쳐줄 거야?"

"몇 번이든 가르쳐줄게."

"오빠도 가르쳐줄 거야?"

"가르쳐주고 싶긴 한데, 나는 모험자니까 계속 가르쳐줄 수는 없을 것 같은데."

"아, 그렇구나……."

모험자가 무엇인지 알고 있는지, 내가 이 마을에 오래 머무르지 않는다는 걸 이해한 모양이었다.

조금 무책임한 것 같기도 하지만, 마법은 본인의 감각에 달린 문제다. 실제로 체험시켰으니 이제 본인의 노력과 끈기로 다듬어나갈 수밖에 없다.

"그러니까 방금 그 감각을 잘 기억해둬. 할 수 있다고 믿으면 분명히 할 수 있게 되는 게 마법이니까."

"……웅!"

방금 전까지는 마음씨 좋은 이웃 오빠를 바라보는 눈초리였는데, 지금은 가르침을 바라는 학생처럼 진지한 눈빛을 보여주고 있다.

그렇게 솔직한 아이에게 수고를 아낄 생각은 전혀 없었기에 나는 '부스트'의 감각을 익힐 수 있게끔 여러 번 마력을 흘려 넣으며 경험하게 해주었다.


그로부터 몇 시간 뒤, 메어가 지치기 시작한 것을 계기로 두 사람이 돌아가자 제자들이 별관으로 돌아왔다.

건물로 들어오자마자 스튜 냄새를 맡고 배가 고픈 남매와 피아가 기뻐하며 미소를 지었는데, 에밀리아만은 혼자서 진지한 표정으로 방안을 둘러보고 있었다.

"……여자 냄새가 나네요. 그것도 두 명이나."

"역시 눈치챘구나. 사실 요리를 하다 보니 손님이 와서……."

"한 사람은 소녀인 것 같은데, 다른 한 사람은 어른 여자인 것 같네요. 그것도 남자들을 끌어들일 정도로 매력이 넘치는 몸매를 지닌 여자."

"너, 무슨 감식반이라도 되는 거야?"

여자의 감도 있겠지만, 내게 다가오는 여자에 대해서는 백랑조차 뛰어넘는 감지능력을 가지고 있으니 겁난다.

그 이야기를 듣던 리스와 피아가 창부를 데리고 온 거냐는 의심의 눈초리로 바라보았지만, 호쿠토의 증언에 따라 오해도 금방 풀렸다.

하지만 모두들 이야기를 자세히 듣고 싶어했기에 나는 스튜를 테이블로 가져다주며 메어와 그레테에 대해 설명했다.

"⋯⋯그래서 그 메어라는 애가 마력의 흐름을 대충 익힌 다음에 두 사람은 돌아간 거야."

"그런 일이 있었군요. 시끄럽게 굴어서 죄송합니다."

"미, 미안해. 시리우스 씨를 믿지 않은 건 아니지만, 그래도 신경 쓰이니까."

"여자로서 분하니까 말이지. 그런데 방금 해준 이야기 말인데, 시리우스가 가르쳐준 '부스트'라는 건 간단히 쓸 수 있는 거야? 나는 꽤 고생했던 기억이 있거든."

"피아는 일반적인 '부스트'를 알고 있었기 때문이야. 그리고 그 아이에게 가르쳐준 건 온몸이 아니라 눈만 강화하는 거니까. 그렇게까지 어렵지는 않을 거고."

다행히 그 아이는 다른 '부스트'를 알지 못했기에 이제 몸으로 익힌 감각을 떠올리며 반복적으로 연습하면 충분할 것이다.

사실 며칠에 걸쳐서 가르쳐주고 싶었지만, 두 사람은 다시 만나길 바라기는커녕, 자신들의 정체조차 끝까지 말하지 않았다. 다시 말해 정체를 숨겨야만 하는 신분이라는 뜻이다.

끝까지 돌봐주지 못해 아쉽기는 하지만, 나도 그냥 변덕으로 가르쳐준 거니 상대방이 그럴 생각이라면 일부러 적극적으로 나설 필요는 없을 것이다.

그렇게 설명을 마쳤을 때 식사할 준비가 되었기에 우리는 테이블에 앉아 저녁 식사를 하기 시작했다.

메어를 돌보면서도 시간적으로 여유가 있어서 거의 연회급으로 준비한 요리를 보고 다들 기분이 좋아진 모양이었다.

"오오…… 오늘 형님이 한 요리는 차원이 다른데!"

"샐러드 드레싱도 바꾸셨군요. 이것도 맛있네요."

"한 그릇 더 주세요."

"마음껏 먹어. 피아는 이것도."

"후후, 잘 아네. 같이 마시자."

각자 요리를 먹는 와중에 나와 피아는 지하에 있던 와인으로 건배했다.

참고로 나는 술을 어느 정도 마시지만, 남매와 리스는 잘 마시지 않는다. 에밀리아는 약하고, 레우스는 술맛을 잘 모르기 때문이다. 술보다는 음식을 더 좋아하는 것 같다.

한편, 리스는 좀 특이하다. 그녀는 왠지 모르겠지만 술을 마셔도 전혀 취하지 않는다. 그래서 리스에게 술이란 묘한 맛이 나는 주스 같은 거라서 함께 마실 필요가 없다면 주로 음식을 먹는데 전념했다.

그래서 술을 마시는 사람은 나와 피아뿐이고, 조금 알딸딸한 상태로 저녁 식사를 마쳤다.

식사를 마친 뒤 에밀리아가 끓여준 홍차를 마시며 길드에 다녀온 제자들의 상황에 대해 물어보았다.

"음…… 모험자를 몇 명 때렸나?"

"평소하고 마찬가지야."

에밀리아하고 리스, 그리고 피아는 편애를 빼고 보더라도 다들 미인이니까. 사이좋게 지내려고 다가오는 사람들은 항상 있다.

이미 애인이 있다는 말을 듣고 돌아가면 좋겠지만, 남자인 나와 레우스에게 싸움을 거는 경우도 많다. 그렇게 되면 살기를 내뿜어서 쫓아버리거나 레우스가 물리적으로 조용하게 만드는 게 일상이다.

"그래도 이 마을에서는 피아 씨보다는 에밀리아에게 더 많이 달려들었지."

"전 재산을 바친다라든지, 듣고 있는 사람이 창피해지는 고백을 했지. 전부 거절했지만."

"좋아해주시는 건 기쁘지만요. 저는 시리우스 님 말고 다른 이성에게는 흥미가 없어요."

"누나의 애인이라고 착각하고 내게 결투를 하자고 도전하는 녀석도 많았고."

"고생 많았다, 레우스."

"헤헤, 형님이 없는 동안에는 내가 누나들을 지켜야지!"

여전히 충성심이 넘치는 남매를 칭찬해주면서 길드의 상황 이야기를 들었는데, 역시 큰 마을이라 그런지 의뢰도 많았던 모양이다.

하지만 처음 온 마을이니 각자 나누어서 의뢰를 받지 않고 항상 함께 움직인 것 같다.

"오늘은 시리우스가 없으니까 마을 바깥으로 나가지 않는 의뢰만 받았어. 돌아다니는 김에 마을의 구조도 대충 파악했고."

"시리우스 님, 이게 오늘 번 돈이에요."

에밀리아가 건네준 주머니에는 은화와 동화 몇 닢이 들어있었다.

하루 만에 이만큼 벌었으니 충분하겠지만, 우리가 여행을 계속하려면 좀 불안하다. 우리 일행은 다섯 명하고 한 마리이긴 하지만, 일반적인 모험자 파티보다 엥겔 지수가 높으니까.

"그래, 소중히 맡아둘게. 다들 자기 몫은 챙겼어?"

"그래, 우리는 은화 한 닢씩 챙겼으니까 나머지는 시리우스에게 맡길게."

"알았어. 평소처럼 필요한 게 있으면 사양하지 말고 말해."

나는 돈을 받은 다음, 식후에 먹을 디저트로 커다란 케이크를 꺼내 잘랐다.

제자들이 눈을 반짝이면서 케이크를 먹는 와중에 자기 몫을 절반 정도 먹은 에밀리아가 갑자기 멈추고 뭔가 생각났다는 듯이 입에 손을 가져다댔다.

"왜 그래? 에밀리아. 부족하면 내 몫까지 먹을래?"

"나도 줘!"

"나도!"

배가 고픈 남매용으로 케이크를 잘라서 접시에 얹어주는 동안 생각이 정리되었는지, 에밀리아는 나를 바라보며 입을 열었다.

"시리우스 님. 확인하기 위해서 여쭈어보는 건데요. 여기에 온 소녀가 메어라고 하셨죠?"

"척 보기에도 가명이었지만 말이야. 짐작 가는 거라도 있어?"

"네. 본인인지 아닌지는 모르겠지만, 마을에서 정보를 모으다가 들었거든요. 이 마을을 다스리는 수왕님에게는 아이가 두 명 있고, 딸의 이름이 메리……라고요."

"다시 말해 그 애가 왕족의 딸이라고?"

"수왕의 딸은 호족(虎族)이고 나이는 여덟 살 정도라고 했어요. 충분히 가능성이 있을 것 같아서요."

하긴, 호위도 있었고, 메어에게서 왕족 같은 기품이 느껴지기도 했다.

하지만 왕족인 공주치고는 호위가 한 명이라는 것도 이상하고, 그렇게 눈이 불편한 상태인데 마을로 나오다니, 행동력이 너무 넘친다. 부정하고 싶긴 하지만 만약 사실이라면 여러모로 앞뒤가 들어맞는다는 것도 사실이다.

뭐…… 만약 왕녀님 본인이라 해도 오늘 있었던 일은 비밀이라고 약속했고, 애초에 해를 끼친 것도 아니다. 적어도 불경죄나 내가 벌을 받을 만한 말은 하지 않을 것이다.

기분 나쁜 예감을 떨쳐내려는 듯이 케이크를 먹으려 했을 때, 에밀리아가 꼬리를 흔들며 나를 바라보고 있다는 것을 눈치챘다.

"시리우스 님……."

"……왜?"

"방금 나누어주신다고 하셨죠? 한 입만 부탁드릴게요."

에밀리아가 새끼 새처럼 입을 벌렸기에 나는 쓴웃음을 지으며 케이크를 먹여주었다.

## 《사랑받는 공주님》

"이른 아침부터 실례합니다. 시리우스 님 앞으로 성에서 이런 걸 보내왔습니다."

다음 날…… 아침 일찍 일어난 우리가 아침 식사를 하고 있자니 왕랑관의 지배인이 편지 한 통을 들고 왔다.

호화롭게 장식된 편지, 그리고 지배인의 긴장한 모습을 보니 대단한 사람이 보낸 편지인 모양이다.

"보내신 분은 수왕님을 모시는 측근 중 한 명인 맥더트 님입니다."

성의 중진 중 한 명……이라.

보낸 사람의 이름을 듣자 머리가 아파지는데, 혹시 백랑인 호쿠토를 만나고 싶다는 내용일지도 모르겠다.

작은 희망을 품고 편지를 읽은 다음, 나는 한숨을 쉬었다.

"무슨 내용이었어?"

"성에 있는 녀석들이 형님의 무용담을 알고 있었던 건가?"

"아니야. 예상했던 대로라고 해야 하나, 내게 보답을 하고 싶대."

편지의 내용에 따르면, 편지를 보낸 사람인 맥더트는 수왕의 딸인 메리의 교육 담당인 모양이었다.

어제는 공주님께서 신세를 졌습니다, 그렇게 고마워하는 말이 길게 적혀 있는 걸 보니 어제 만났던 소녀는 이 나라의 공주님인 게 분명한 것 같다.

서로 비밀로 하자고 약속했지만, 호위인 그레테는 부모와 상사가 캐물으면 말할 수밖에 없을 테니까. 들키는 것도 당연한 건지도 모르겠다.

그건 그렇고, 우리가 기본적으로 눈에 띈다고 해도 왜 왕족과 자꾸 엮이게 되는 걸까? 딱히 싫은 건 아니지만 왠지 마음에 걸린다.

마음속으로 그렇게 불평을 늘어놓으면서 나는 모두에게 편지를 보여주며 자세히 설명했다.

"보아하니 나를 성으로 초대해서 직접 고맙다고 인사하면서 보수를 주고 싶다는 모양이야. 다시 말해 이건 초대장이라는 거지."

"좋았어, 형님. 얼른 준비하고 가자!"

"안타깝지만 초대받은 건 나 혼자니까. 그리고 성까지는 눈에 띄지 않게끔 와달라는데."

한 나라의 공주가 멋대로 마을로 뛰쳐나온 것을 막지 못했다는 사실을 마을 사람들에게 알리고 싶지 않은 모양이었다. 그래서 비공식적으로 진행할 테니 될 수 있으면 나 혼자 와달라고 하는 것 같다.

나를 노리고 판 함정……일 가능성도 있긴 하지만, 딱히 적대시할 만한 짓을 안 할 거 같다.

보수도 받을 수 있으니 가볼 가치는 있을 것이다. 물론 최소한으로 경계는 하겠지만.

"그런데 오늘 안으로 오라니, 초대를 꽤 급하게 하네."

"그쪽도 일정 같은 게 있겠지. 나도 성안을 견학해보고 싶었는데."

"성으로 초대받으신 거라면 정장을 입고 가셔야겠네요. 바로 옷을 준비하겠습니다."

에밀리아가 빨아둔 옷과 머리카락을 다듬기 위한 빗, 삶은 수건을 준비해주었기에 나도 빠르게 준비를 했다.

정장이라면 엘리시온의 문장이 새겨진 망토를 걸쳐야겠지만, 그걸 장비하면 다른 나라의 사자로 착각할 가능성이 있었기에 걸치진 않았다. 만에 하나 내가 실수를 한다면 엘리시온이 안 좋게 보일 테니까.

왕족을 대하는 예의를 떠올리며 옷을 갈아입자 검을 손질하던 레우스가 제안했다.

"저기, 형님 혼자 초대받긴 했지만 말이야, 호쿠토 씨도 함께 가도 괜찮지 않을까?"

"그렇지. 시리우스 씨라면 무슨 일이 있어도 괜찮겠지만, 호쿠토와 함께 간다면 더 안심이 되니까."

"아뇨, 이럴 때는 첫 번째 시종인 제가 가야죠! 주인과 시종은 한몸이니까요."

"멍!"

에밀리아와 호쿠토는 이때다 싶어서 나섰지만, 안타깝게도 함께 갈 수는 없다.

에밀리아는 이 마을에서 여러 번 고백받을 정도로 남자들을 끌어들일 테고, 호쿠토의 존재감은 굳이 말할 필요도 없다.

덧붙여 말하자면 호쿠토는 아직 마을 전체의 정보 통제가 불안하기에 마을을 돌아다니는 건 조금만 더 기다려달라고 왕랑관의 지배인이 부탁하기도 했다.

"하, 하지만 저는 망토와 후드로 몸을 가리면……."

"에밀리아의 매력은 그런 걸로는 숨길 수 없을 거야."

딱히 염장질이 아니라 사실이다.

수인은 외모뿐만이 아니라 인간족이 느낄 수 없는 냄새나 파장에 이끌리는 경우가 많은 모양이니까. 아무리 복장으로 가린다 해도 자연스럽게 이성을 끌어들일 것이다.

"우후후……, 알겠습니다. 집보기는 제게 맡겨주세요."

"끄응……."

매력적이라고 하니 싫은 기색을 보이지 않는 에밀리아, 그리고 안타깝다는 듯이 포기하는 호쿠토를 보니 안타까웠지만, 나는 장비를 확인하면서 말했다.

"설마 마을보다 먼저 성을 견학하게 될 줄이야."

"무슨 일이 생기면 사양하지 마시고 불러주세요. 성안이라 해도 저희는 바로 시리우스 님 곁으로 갈 테니까요."

"그래. 아무리 커다란 성문이라 해도 내가 두 동강 내주겠어!"

만약 내게 무슨 일이 생기면 이 남매는 망설임없이 정면돌파할 것 같다.

그렇게 되면 나라를 강탈하려는 수준의 소동이 벌어질 것 같으니 성에서는 신중하게 대처해야겠다.

"그럼 다녀올게."

"다녀오십시오. 돌아오시기를 기다리고 있겠습니다."

""""다녀와!""""

"멍!"

그렇게 손을 흔드는 제자들과 호쿠토의 배웅을 받으며 나는 다른 사람들의 눈을 피해 아비트레이 성으로 향했다.

――― 레우스 ―――

성으로 향하는 형님을 배웅한 우리는 곧바로 왕랑관 별관에 느긋하게 지냈다.

형님이 어제는 자기가 쉬었으니, 오늘은 우리가 쉬라고 했기 때문이다.

"휴우…… 이렇게 느긋하게 지내는 것도 오랜만이지. 에밀리 아도 홍차를 끓이지 말고 쉬지 그래?"

"저는 이걸 하지 않으면 마음이 불편해서요. 한 잔 더 어떠세요?"

"먹을게. 사실 와인을 마시고 싶긴 하지만."

"아무리 그래도 낮부터 드시면 안 되죠. 시리우스 님께서 만드신 과자를 드시고 참으세요."

"냠냠……, 맛있네."

누나들은 뜰에 있는 의자에 앉아서 느긋하게 지내고 있지만, 나는 몸을 움직이지 않으면 근질근질해서 조금 떨어진 곳에서 팔굽혀펴기를 했다.

하지만 평범하게 팔굽혀펴기를 해도 재미가 없으니 호쿠토 씨의 앞다리로 등을 눌러달라고 한 상태에서 하고 있다.

"후욱…… 후욱…… 호쿠토 씨, 조금 더 세게 눌러도 돼."

"……멍."

"끄윽?! 잠깐만…… 무거워!"

"멍!"

"그, 그래! 끈기지!"

조금 우쭐해지기만 해도 호쿠토 씨는 예상했던 것보다 강한 힘으로 나를 눌러댄다. 형님하고 마찬가지로 방심할 수가 없다니까.

그렇게 근력 단련을 하고, 일과인 검 휘두르기를 마치자 배가 고파졌다.

정신을 차리고 보니 벌써 점심시간이 다 되었기에 누나들에게 점심 식사를 어떻게 할지 물어보려고 했을 때, 호쿠토 씨가 뜰 구석을 노려보았기에 누나와 내가 거의 동시에 소리쳤다.

"윽?! 레우스!"

"그래!"

나와 누나들은 곧바로 전투 태세를 갖추었지만, 다행히 전투를 벌이게 되지는 않았다.

우리 앞에 나타난 침입자는 뜰의 나무 그늘에서 무기도 들지 않고 당당하게 나타났기 때문이다.

"……실례합니다."

그 사람은 두꺼운 꼬리를 둥글게 말고 키가 큰 어른 여자였다.

술집에서 술을 마시는 남자들이 좋아할 법하게 가슴이 크고 왠지 매우 졸린 듯이 눈을 반쯤 감고 있네. 그리고 적의가 느껴지지 않는 걸 보니 우리와 싸울 생각은 없는 것 같다.

　그래도 일단 계속 경계하면서 막대기를 쥐고 있자니 옆에 나란히 선 누나가 기다리라는 듯이 내 앞으로 손을 뻗었다.

　"보아하니……혹시 당신이 그레테 씨인가요?"

　"응. 나는 그레테야. 잘 부탁해."

　"저는 에밀리아라고 합니다. 그런데 저희에게 무슨 볼일이 있으신가요?"

　"하고 싶은 이야기가 좀 있어. 그러니까 무기를 내려줬으면 좋겠는데."

　형님에게 들은 것처럼 말투가 좀 신기한 사람이네.

　누나가 신호를 보냈으니 막대기 끝을 내리긴 했지만, 저런 상대는 살기를 숨기는 재주가 뛰어나니까 조심해야지.

　그리고 나와 똑같은 생각을 했는지, 누나는 시종으로서 냉정하게 대답하고 있었다.

　"……지금 시리우스 님께서는 자리를 비우셨습니다. 전하고 싶으신 말씀이 있다면 저희에게 말씀하시죠."

　"없다는 건 알아. 그래서 나는 그의 동료인 당신들에게 전하고 싶은 말이 있어서 왔어."

　왠지 수상쩍은 분위기가 감도는 와중에 그레테 씨는 무표정하게 충격적인 말을 했다.

　"사실…… 성으로 초대받은 시리우스가 메리 님을 괴롭혔다는 혐의로 방에 감금되었어."

　"""뭐어?!"""

확실하게 듣긴 했지만, 우리는 그 말을 믿을 수가 없어서 잠시 굳어 있었다.

아니……, 잠깐만. 왜 형님이 감금당한 건데?

아니, 메리라는 공주님을 괴롭혔다니, 그런 건 말도 안 돼!

형님은 그 아이가 조금 장난꾸러기지만 솔직하고 가르치는 보람이 있는 아이라며 칭찬했다고. 심한 짓을 할 리가 없잖아.

바로 성으로 돌격하고 싶은 마음을 겨우 억누르고 그레테 씨에게 더 자세히 이야기를 들으려 했던 때, 내 몸이 떨리고 있다는 것을 눈치챘다.

"어째서 그렇게 된 건지, 자세히 좀 말씀해주실래요?"

"크르르르르르!"

역시 누나하고 호쿠토 씨가 화가 난 모양인데?!

꼬리털이 곤두선 것뿐만이 아니라 주위가 일그러질 정도로 마력을 뿜어내기 시작한 누나의 모습은 내 분노가 희미해질 정도로 강한 박력을 보이고 있었다.

옆에 있는 나조차 몸이 떨릴 정도다. 느긋하던 그레테 씨도 식은땀을 흘리기 시작했고, 잔상이 남을 정도로 빠르게 뒤쪽에 있던 나무에 숨었다.

"아, 정말. 좀 진정해. 저 아이에게 화를 내봤자 소용없잖아?"

"그래. 우선 이야기를 자세히 들어보자……, 응?"

피아 누나는 누나의 어깨를 살짝 두드리면서 나무랐고, 리스 누나는 호쿠토 씨의 머리를 쓰다듬으면서 진정시키고 있었다. 나는 절대 저렇게 못 해.

"휴우……, 안 좋은 모습을 보여드려 죄송합니다. 그레테 씨."

"멍!"

"……됐어. 나도 메리 님이 험한 꼴을 당했다는 말을 들으면 분명히 화가 날 테니까."

겁을 먹었던 그레테 씨도 겨우 진정한 누나와 호쿠토 씨를 보고 돌아왔다.

하지만 누나는 아직 냉정하지 않은 상태였기에 피아 누나가 대표로 이야기를 진행하고 있었다.

"그래서 성의…… 나라의 중추에 관련된 일을 일부러 가르쳐 주러 온 걸 보니 당신은 우리 편이라고 생각해도 될까?"

"나는 당신들 편이 아니야. 이건 내가 독단으로, 메리 님께서 슬퍼하시니까, 하는 일이야."

"적이 아니라면 상관없어. 그러니 알고 있는 범위 내에서 정보를 가르쳐줘."

"그래. 원인은 내가 맥더트 님에게 시리우스에 대해 보고했기 때문이기도 하니까."

미안하다는 표정으로 고개를 숙인 그레테는 어젯밤에 있었던 일부터 천천히 이야기하기 시작했다.

"어젯밤, 메리 님이 시리우스가 가르쳐준 마법 연습을 너무 열심히 해서 마력이 고갈되어 쓰러져버렸어. 그래서 항상 일어나는 시간이 되었는데도 메리 님이 깨어나지 않아서……."

"마력 고갈 때문에 쓰러지는 건 마법을 사용하면 누구나 거쳐 가는 길이잖아. 처음일 경우에는 하루 내내 드러눕는 사람도 있다고 하니까 감금당할 정도는 아닌 것 같은데."

"나도 그렇게 말했어. 하지만 메리 님은 많은 사람들에게 사랑받고 있어서 다들 매우 걱정하는 바람에 성안에서 큰 소동이 벌어졌어."

형님이 가르쳐주었으니 처음에는 너무 열심히 하지 말라고 확실히 말했을 텐데, 그래도 메리가 지나치게 해버린 건가? 앞을 볼 수 있게 되니 너무 기뻐서 그렇게 된 것도 당연한 건지도 모르겠다.

원인은 메리에게 있을지도 모르겠지만, 그 아이의 마음도 이해가 되긴 하거든. 나도 어렸을 때는 빨리 강해지고 싶다고 너무 심하게 단련하다가 여러 번 쓰러져서 혼나곤 했으니까.

"메리 님의 교육 담당인 맥더트 님은 아직 마법에 대해 가르치지 않았어. 그럼 누가 가르쳤는가…… 그런 이야기가 나왔고, 내게 캐물으니 대답할 수밖에 없었어. 그게 내 일이니까."

"그레테 씨가 무슨 말을 하고 싶은 건지는 알겠어. 하지만 그렇다고 감금하다니……"

"그건…… 매우 말하기 껄끄럽지만, 일부 사람들이 폭주했기 때문이야."

메리를 너무 걱정한 나머지 드러누운 원인이 형님이라고 단정지은 녀석들이 멋대로 움직인 결과인 모양이다.

그래서 성의 방에 가두고 형님에게 다그치려 하자, 그레테 씨의 상사인 맥더트 씨라는 사람이 말린 것 같다.

"하지만 시간은 별로 없을 거야. 화가 난 사람이 너무 많아서 내버려두면 거친 수단을 쓰려는 사람이 나올지도 몰라."

"혹시 가장 높은 수왕님도 그런 거야?"

"화를 내기 이전 문제야. 계속 잠든 메리 님 곁에서 떠나려 하지 않으니 시리우스에게 무슨 일이 일어났는지조차 모를 테니까."

왕이 그래도 되나? 아니, 그만큼 딸을 걱정하는 건가?

"우리가 생각했던 것보다 인기가 많은 공주님인 모양이네."

"형님은 잘못하지 않았어!"

"그래, 나도 알아. 결국 공주님이 노력가고, 주위 사람들이 과보호하는 것뿐이라는 말이야."

"시리우스 씨……, 괜찮을까?"

"연락이 없는 걸 보니 괜찮은 것 같지만, 일단 우리도 확인해 보는 게 좋을 것 같아. 시리우스, 들려? 시리우스?"

아……, 그렇지. 우리는 멀리 떨어져 있어도 이야기를 나눌 수 있는 방법이 있다는 걸 깜빡하고 있었다.

형님에게 받은 초커에는 마석이 달려 있어서 그 마석에 그려져 있는 마법진을 사용하면 형님과 연락할 수 있다. 형님이 감금당했다는 말을 듣고 허둥대다 보니 아예 잊고 있었어. 누나도 분한 표정을 짓고 있는 걸 보니 나와 마찬가지인 모양이네.

피아 누나는 당당하게 마석을 써서 연락하고 있는데, 형님의 오리지널 마법인 '콜'은 우리 말고 다른 사람은 모르는 마법이니 옆에서 보기에는 바람에 목소리를 담아 보내는 마법인 '에코'로 보일 것이다.

피아 누나를 바라보고 있던 그레테는 고개를 저으면서 말렸다.

"혹시 마법으로 연락을 하려고? 그렇다면 안 될 거야. 그가 갇혀 있는 곳은 마력이 잘 통하지 않는 방이니까 '에코'는 닿지 않아."

"……그런 모양이네."

안 되겠어. 형님이 대답하지 않는다.

엄청 편리한데, 형님이 대답을 하지 않으면 우리 목소리가 들리는지조차도 알 수 없다는 게 단점이지.

정말 목소리가 들리지 않는 건지, 아니면 대답할 여유가 없는 건지……. 아, 답답해!

"저기, 그레테 씨가 우리에게 그 사실을 가르쳐주러 온 걸 보니 뭔가 방법이 있는 거지?"

"응. 백랑님의 힘을 빌리러 왔어. 소동을 일으킨 사람들도 백랑님의 말을 들으면 조용해질 테니까."

"그래도 정말 괜찮아? 애초에 소동을 일으키고 싶지 않아서 시리우스만 초대한 건데, 호쿠토가 움직이면 큰 소동이 벌어질 거야. 당신들의 추태도 널리 알려지게 될지 모르고."

"메리 님이 깨어날 때를 생각하면 망설일 이유 같은 건 없어."

소중한 사람이 잡혀있다면 누구든 슬퍼질 테니까. 이 사람은 한결같이 메리만 생각하고 있는 것 같다.

아무튼 우리가 할 일은 정해졌으니 이제 행동하기만 하면 된다.

"누나. 준비를 마치고 성으로……, 누나?"

그러고 보니 아까부터 누나하고 호쿠토 씨가 안 보이는데?

주위를 둘러보니 금방 찾았다. 누나와 호쿠토 씨 앞에는 여관 창고에 맡겨두었던 마차가 준비되어 있었다.

"호쿠토 씨, 준비 끝났어요."

"멍!"

"네. 상대방이 그럴 생각이라면, 우리도 당당히 시리우스 님을 구출하러 가야죠."

혹시…… 성으로 돌격할 생각이야?!

게다가 마차에 짐을 전부 싣는 걸 보니 형님을 구한 다음에 곧바로 도망치듯이 마을을 떠날 생각인지도 모르겠다.

나는 급하게 뛰어가 출발하려던 누나와 호쿠토 씨 앞을 가로막았다.

"누나, 호쿠토 씨, 잠깐만 기다려!"

"그래, 레우스. 상황을 보니 억지로 성으로 밀고 들어갈지도 모르니까 좀 냉정히……."

"성문을 돌파할 거면 내게 선두를 맡겨줘!"

"그게 아니잖아?! 너까지 무슨 소릴 하는 거야!"

"이야기를 좀 들어! 멈추지 않으면 억지로라도 말릴 테니까!"

리스 누나와 피아 누나가 날린 물을 뒤집어썼지만, 덕분에 나와 누나는 약간 머리를 식힐 수 있었다. 참고로 호쿠토 씨는 물을 피했지만, 그래도 마법이 날아드니 얌전해졌다.


그 이후로 준비할 게 있다고 하면서 성으로 돌아간 그레테 씨를 보낸 다음, 우리는 마차를 원래 있던 곳으로 가져다 놓은 뒤 성으로 향했다.

하지만…….

"백랑님이다?!"

"오오, 백랑님!"

"감사합니다……, 감사합니다…….'"

거리를 잠깐 걸어간 것뿐인데도 수인들에게 둘러싸여서 움직일 수 없게 되었다.

아침에 왕랑관 지배인이 호쿠토 씨가 아직 바깥을 돌아다니면 안 된다고 했는데, 설마 이렇게 많이 모여들 줄은 몰랐지.

"……멍."

"이 마을에 온 날엔 이렇게 많이 모이지 않았지?"

"그때는 호쿠토 이야기가 퍼지지 않아서 그랬던 것 아닐까? 어찌 됐든 이대로 가다간 성에 도착하는데 시간이 오래 걸릴 것 같아."

호쿠토 씨를 보고 무릎을 꿇거나 기도하면서 앞을 막아버리니 조금 나아가기만 해도 멈추게 되었다.

억지로 밀쳐낼 수도 없으니 시간이 오래 걸릴 것 같다.

성이 있는 방향을 확인하고 눈앞에 있던 수인들에게 어서 비켜달라고 부탁하려 했을 때, 누나가 마력을 끌어모으고 있다는 것을 눈치챘다.

"부탁합니다, 호쿠토 씨."

"멍!"

그리고 호쿠토 씨와 마주 보고 고개를 끄덕이나 싶더니 누나가 '에코'를 발동시키며 소리쳤다.

『아비트레이에 살고 계신 여러분. 여기 계신 백랑님……, 호쿠토 님께서는 급하게 성으로 가셔야만 합니다. 부디 여러분의 힘으로 호쿠토 님을 인도하는 길을 만들어주실 수 있을까요?』

그렇군, 그러면 사람들이 길을 비켜줄 것 같네.

난 마법으로 날려버릴 생각인 줄 알았는데. 뭐, 형님이 진짜로 위기에 처하면 누나는 망설임없이 날려버릴 것 같지만.

누나의 목소리를 들은 수인들은 급하게 이동하기 시작했고, 깔끔하게 줄을 서서 성으로 이어지는 길을 만들어주었다.

"자, 갈까요."

"아우우우우——!"

마지막으로 호쿠토 씨가 고맙다는 듯이 짖자 수인들은 눈물까지 흘릴 기세로 기뻐했다. 마치 우리들을 축하해주는 퍼레이드 같다.

그 가운데를 걸어가다 보니 우리 일행 제일 뒤에서 걸어오던 리스 누나가 부끄러워하는 것을 눈치챘다.

"괜찮을까……? 이거."

"여기까지 왔으니 포기할 수밖에 없어. 당당하게 걸으렴."

"나도 알긴 하지만, 익숙하질 않아. 피아 씨는 아무렇지도 않네?"

"주목을 받는 상황은 익숙하니까. 그리고…… 나보다 더 당당하게 구는 사람이 있거든."

응? 리스 누나하고 피아 누나가 우리를 보고 쓴웃음을 짓는 것 같은데, 왜 그러지?

누나와 나는 선두에서 나아가는 호쿠토 씨 옆에서 나란히 걸어가고 있을 뿐이고 딱히 이상한 짓은 안 한 것 같은데.

"형님이 없는 게 아쉽다. 그렇지? 누나."

"네. 시리우스 님께서 호쿠토 씨의 등에 타고 계시면 정말 멋진 광경이 될 것 같은데요……, 정말 아쉽네요."

"멍!"

"……나도 그렇게까지 당당하게 걸어갈 순 없어."

"이런 소동이 벌어졌으니, 나중에 시리우스 씨에게 혼나지 않으면 좋겠는데."

"뭐, 비상사태니까 이해해달라고 해야지."

음……, 어째서지?


그렇게 마을의 수인들에게 안내를 받으며 성문에 도착한 우리는 문지기 수인들 앞에 서 있었다.

"아, 백랑님! 성에 볼일이 있으십니까?"

"죄송합니다만, 아무리 백랑님이라 해도 허가 없이 들어가실 수는……."

"멍!"

""히익?!""

척 보기에도 곤란해 하는 문지기 두 명은 고양이와 토끼 수인이라서 호쿠토 씨의 말을 이해하지 못한 모양이다.

하지만 호쿠토 씨가 형님 때문에 화가 났다는 건 이해했는지 두 사람의 귀와 꼬리가 겁먹은 듯이 늘어져 있었다. 하지만 문을 지키려고 도망치지 않은 건 훌륭한 것 같다.

그렇게 식은땀을 흘리면서 벌벌 떨고 있는 문지기들에게 누나가 한 발짝 앞으로 나가 천천히 인사했다.

"시끄럽게 해서 죄송합니다. 저는 백랑님과 함께 다니는 에밀리아라고 합니다. 혹시 괜찮으시다면 호쿠토 님의 말을 통역해 드릴까요?"

"그, 그래……. 부탁하지."

"알겠습니다. 그럼 백랑님께서 말씀하신 내용 말인데요……. 오늘 아침에 여기 인간족 청년이 찾아오지 않았나요?"

"그……래. 들어가긴 했는데, 그 청년은 왜?"

"그 청년은 백랑님께 소중한 분이신데요, 뭔가 안 좋은 예감이 들어서 데리러 오신 겁니다. 그러니 저희가 성에 들어갈 수 있게 해주실 수 없을까요?"

"……어떻게 할까?"

문지기 두 사람이 서로 마주 보고 당황해하고 있자 옆에서 뭔가 때리는 듯한 소리가 들렸다.

"보시면 아시겠지만, 지금 백랑님께서는 매우 심기가 불편하십니다. 그걸 풀어드리려면 그 청년을 만나는 것 말고는 방법이 없습니다."

옆을 보니 호쿠토 씨가 언짢다는 듯이 땅바닥을 꼬리로 여러 번 내리치고 있었다. 돌이 깔린 바닥인데 금이 가 있는 걸 보니 화가 났다고 생각할 수밖에 없겠지.

"멍!"

"그쪽에서 어떻게 나오는지에 따라 억지로 돌파하는 것도 생각하신다고 합니다. 호쿠토 님께서 앞다리만 휘두르셔도 이 정도 문은 한방에 부숴질 테니, 빠른 결단 부탁드립니다."

""자, 잠깐만 기다려주세요!""

문이 쉽사리 파괴되는 광경을 상상했는지 얼굴이 새파랗게 질린 문지기들은 한 명만 남고 성안으로 보고하러 갔다.

그동안 우리가 성문 앞에서 조용히 기다리고 있자니 리스 누나가 복잡한 표정으로 중얼거렸다.

"저기, 에밀리아. 방금 그건 완전히 협박이었던 것 같은데."

"시리우스 님께 배운 교섭술 중 하나예요. 압도적인 실력차가 있다고 모두가 아는 상황에서는 강하게 밀어붙이는 게 일이 더 잘 풀리는 경우도 있으니까요."

"그래, 간단하긴 하지만 사용할 상황을 선택하는 게 힘들다고 형님이 말했던 거지. 아니, 이번에는 호쿠토 씨가 의욕이 넘치니까 말릴 수도 없고."

이곳에 남은 문지기는 호쿠토 씨가 말없이 뿜어내는 위압감을 계속 받아내고 있어서 그런지 완전히 울상을 짓고 있었다.

나도 알아……, 그 마음. 살기를 견뎌내는 훈련이라고 해서 나도 호쿠토 씨가 계속 노려보는 훈련을 하다가 몇 번이고 울 뻔했으니까.

우리에게는 조금, 상대방에게는 영원과도 같은 시간이 지난 뒤, 문지기는 혼자 돌아오지 않았다.

"……기다렸어?"

옆에 있던 사람은 여관에서 헤어졌던 그레테 씨였다.

남들이 모르게끔 몰래 돕겠다고 했는데, 왜 여기 있는 거지?

"그레테 씨? 여긴 어떻게?"

"상황이 바뀌었어. 그가 있는 곳으로 가면서 설명할 테니까 나를 따라와."

우리는 무심코 고개를 갸웃거렸지만, 성으로 들어갈 수 있다면 딱히 문제가 없다.

문지기도 상관없다는 듯이 비켜주었기에 우리는 그레테 씨를 따라 성문을 지나갔다. 중간에 호쿠토 씨는 문지기에게 살짝 짖은 다음 옆을 지나쳤다.

좀 전과는 달리 부드러운 울음소리를 듣고 문지기 두 사람이 영문을 알 수가 없어서 의아한 표정을 짓고 있었기에 내가 호쿠토 씨가 한 말을 전해주었다.

"내 살기 때문에 겁을 먹었지만, 그럼에도 불구하고 너희들은 문에서 도망치지 않고 직무를 완수했다. 그것은 자랑스러운 행동이다……래."

"그래……."

"그런 말씀을……."

맞아, 맞아. 호쿠토 씨를 보고 도망치지 않았다는 것만으로도 대단한 거거든?

형님의 자상한 마음씨를 배신한 나라니까 짜증이 났지만, 이런 녀석이 있다는 걸 알게 되니 마음이 조금 편해졌다.


"일단 미리 말해두지만, 시리우스는 감금된 상황에서 해방되었어."

성을 안내해주던 그레테 씨가 한 말은 형님의 혐의가 풀렸다
는 말이었다.

휴우……, 그 말을 들으니 안심이 되네. 날뛸 필요가 없어진
건지도 모르겠다.

나뿐만이 아니라 누나들도 안심했는지 한숨을 쉬었고, 호쿠토
씨도 화가 풀렸다는 듯이 꼬리를 흔들고 있었다.

"좀 전에 당신들하고 만났을 때 메리 님께서 깨어난 모양이
야. 그리고 상황을 알게 된 메리 님이 시리우스 이야기를 해서
오해가 풀렸어."

"다행이네. 메리 님은 아직 어린데도 발언력이 꽤 강한 것 같네."

"응. 다들 메리 님을 정말 좋아하니까. 그래서 이 성에서 가장
높은 사람은 수왕님이 아니라 메리 님일 거야."

감금되었던 방에서 나온 형님은 곧바로 메리의 방으로 가서
말동무해주고 있다고 한다.

이 성의 공주님이라서 방도 성안 쪽에 있다. 우리는 무장한 수
인들이 지키는 통로와 문을 여러 번 지나 겨우 목적지인 방 앞
에 도착했다.

"이 방에 메리 님하고 시리우스가 있는데, 사실…… 좀 문제
가 생겼어."

"문제? 형님이 환영받고 있는 거 아니었어?"

"음…… 다른 의미로 환영받고 있긴 해. 아무튼 보면 알 거야."

그레테 씨는 의미심장한 말을 하면서 문을 노크했고, 방으로

들어오라는 허가가 떨어진 뒤 들어간 곳에는…….

"그래서 말이지! 오빠 정도는 아니지만, 조금이나마 앞을 볼 수 있게 되어서, 모두의 얼굴을 볼 수 있게 되었어!"

"열심히 했구나, 기특하다, 기특해. 하지만 너무 무리하지 말라고 여러 번 말했지? 다들 메어를 걱정하니까."

"응! 조심할게!"

"끄……으으윽. 끄어어어어…… 메리……, 어째서어어?!"

그곳에는 우리에게 빗질을 해줄 때 보여주는 자상한 미소를 짓고 있는 형님과 천진난만한 미소를 짓고 있는 여자애가 있었다.

그리고 나보다 몸집이 훨씬 커다란 수인이 눈물을 흘리면서 살기를 내뿜고 있는 신기한 광경이 펼쳐져 있었기에 나는 무심코 고개를 갸웃거렸다.

─── 시리우스 ───

"네놈 방은 여기다. 멋대로 나오지 마라!"

가지고 있던 무기를 병사에게 맡기고 초대장을 받아온 내가 먼저 안내받은 곳은…… 묘하게 어두컴컴하고 작은 방이었다.

어두운 건 창문이 하나도 없기 때문이고, 소리가 울리는 걸 보니 벽도 꽤 두꺼운 것 같다. 그리고 침대 같은 가구도 최소한만 갖춰둔 걸 보니 손님을 대접하는 방인 것 같지는 않았다.

구속당하진 않았지만, 이 방에서 내보낼 생각이 없는 것 같았

기에 지금 나는 감금당한 것 같다. 그쪽이 불러놓고 참 대우가 박하다.

"이 나라에서는 초대한 손님을 방에 가두는 풍습이 있나?"

"네가 손님일 리가 있냐! 메리 님께서 쓰러지신 건 네놈 때문인데!"

"……무슨 소리야?"

잔뜩 화가 난 수인의 말을 들어보니 내가 참견해서 메어…… 아니, 메리가 쓰러져버린 모양이었다.

어제 조사해봤을 때는 시력 말고는 건강 그 자체였으니, 메리는 마력 고갈 상태에 빠진 것 같았다.

그러니까 너무 무리하지 말라고 했는데……, 곤란한 아이다.

"그냥 마력이 고갈되어서 쓰러진 거 아니야? 중증이라면 위험한 상황이겠지만 처음이라면 조금 몸져눕는 정도……."

"메리 님은 우리의 보물이시다! 그런 분을 해친 녀석은 절대로 용서 못 해!"

사람은 마력 고갈 상태에 빠지면 스위치가 내려간 것처럼 자연스럽게 의식을 잃고 자신의 몸을 지키는 안전장치 같은 것을 가지고 있다.

방출해서 바깥으로 날리는 마법이라면 모를까, 내가 가르쳐준 것은 몸속에 마력을 순환시키는 마법이다. 애초에 마력을 다루는 데 초보인 메리라면 확실하게 안전장치가 작동할 것이다.

그러니 개인차는 있겠지만 잠시 누워 있으면 괜찮을 거라고 설명했는데도 이야기를 전혀 들어주지 않는다. 메리 때문에 머릿속이 꽉 찬 모양이다. 그냥 이런저런 생각이 많은 수인의 나쁜 면이 드러난 건지도 모르겠다.

아무튼 나는 상황을 확인하기 위해 '서치'를 사용해서 주위를 조사하려 했는데⋯⋯

"뭐지? 마력이⋯⋯."

주위로 날린 마력이 복잡하게 반사되어 머리 속에 떠올린 레이더가 방해받고 있는 것처럼 선명하지 않았다. 통신기기의 전파가 잘 통하지 않는 상황과 비슷하다.

원인은⋯⋯ 이 방인가? 벽을 직접 만지면서 조사하고 있자니 내 행동을 눈치챈 수인이 코웃음을 치며 말을 걸었다.

"마법이라도 쓸 생각이냐? 안타깝지만 이 방의 벽은 특제라서 튼튼하고 마법에도 강하지. 쓸데없는 짓 하지 마라."

마력을 저해하는 벽이 있다면 같은 계통인 '콜'로 연락할 수도 없을 것이다. 뭐, 방법에 따라 파괴하는 것도 충분히 가능하겠지만, 그건 마지막 수단이지.

"처분이 정해질 때까지 얌전히 있어라. 젠장, 그분의 명령만 없었더라도 내가 때려줄 텐데."

그는 그냥 안내인이었는지 그렇게 말한 다음, 나를 남겨두고 방에서 나갔다.

만약에 공격한다면 반격할 생각도 있긴 했지만, 누군가의 명령에 따라 내게 직접 손을 대는 건 금지된 모양이다.

그리고 그들도 감정적인 면이 눈에 띄긴 하지만 적어도 명령을 충실하게 지키려는 의지를 지니고 있는 것 같은데.

"자……, 어떻게 할까?"

사정을 알지 못해서 저항도 하지 않았는데, 설마 아무런 말도 없이 감금할 줄은 몰랐다.

문 건너편에 보초가 두 명 있는 걸 기척으로 알아낸 다음, 나는 방 안에 있던 의자에 앉아 지금까지 알게 된 것들을 정리했다.

가장 처음에 떠오른 것은 누군가의 음모였지만, 그런 것치고는 마무리가 어설픈 것 같다. 진짜로 나를 노리는 거라면 감금하는 게 아니라 감옥에 가둘 것 같기 때문이다.

그리고 수인들의 반응을 보니 그냥 메리만 생각해서 화를 내는 것 같았다.

다시 말해 메리가 깨어나서 설명해주면 오해가 풀릴 것 같으니 얌전히 있다 보면 자연스럽게 내보내 줄지도 모른다.

하지만 그렇게 하는 것도 문제가 있다. 내가 이런 꼴을 당했다는 사실을 제자들이 알면 화가 난 남매와 호쿠토가 성으로 쳐들어올지도 모르기 때문이다.

더 이상 소동을 크게 키우지 않게끔 하기 위해서 저녁까지 제자들에게 연락을 하고 싶은데…….

"지금은 잠깐 기다릴까."

아직 방에 갇혀 있을 뿐, 본격적으로 적이 된 게 아니다.

지금처럼 내가 없는 상황을 대비해서 제자들에게 경험을 쌓게 하기 위해 계속 잡혀있는 것도 괜찮을 것 같다. 제자들이 오기 전에 오해가 풀린다 해도 상관없고, 최악의 경우 호쿠토의 위광으로 어느 정도는 해결될 테니까.

나중에 제자들에게 혼날 것 같지만, 나는 일부러 움직이지 않기로 했다.

그대로 방에서 느긋하게 있자니 문밖이 묘하게 시끄럽다는 것을 눈치챘다. 바깥이 보이지 않아서 시간이 얼마나 지났는지 모르겠지만, 몸속의 감각 시계로 보니 슬슬 점심시간 무렵일 것이다.

벌써 제자들이 움직였나 싶어서 문 쪽으로 다가가 바깥소리를 들어보니 먼저 움직인 건 상대방 쪽이었던 모양이다.

『기, 기다리거라. 메리! 네가 갈 필요는 없어!』

『그래도 나 때문이잖아. 내가 오빠를 데리러 가서 사과할 거야!』

『오…… 정말 예의가 바르고 자랑스러운 딸이구나! 이렇게 잘 자라다니, 아버지는 기쁘……, 그게 아니라! 그자는 부하에게 맡기고, 너는 몸이 안 좋으니 방에서 기다리거라!』

『안 돼! 내가 갈 거야!』

보아하니 메리가 깨어나서 사정을 알고 나를 데리러 온 모양이다. 그 아이가 병에 걸린 게 아니라 정말 다행인 것 같다.

그리고 의자에 앉아 얌전히 기다리고 있자니 문이 열렸고, 미소를 짓고 있는 메리와 레우스보다 몸집이 훨씬 커다란 수인 남자가 나타났다.

남자의 종족은 사자의 귀와 꼬리, 그리고 훌륭한 갈기를 지닌 사자족이었는데, 외모가 다른 수인과는 달랐다. 사람보다 짐승에 가까워서, 사자가 두 발로 걸어 다니는 것 같았다.

방금 들은 이야기, 그리고 메리의 귀와 꼬리털의 색이 비슷한 걸 보니 메리의 아버지인 것 같았다.

다시 말해 저 커다란 사자족 남자가 바로 아비트레이를 다스리는 수왕……이라는 건가?

얼굴 전체를 뒤덮고 있는 멋진 갈기와 역전의 전사를 연상케 하는 우락부락한 근육.

그리고 상대방을 위축되게 하는 위엄을 두른 모습은 그야말로 왕이라 할 만한 남자였다.

하지만…….

"아, 오빠!"

"이, 이놈! 나보다 앞으로 나서지 말거라!"

메리와 이야기할 때는 그 위엄이 전부 사라졌다.

뭐라고 해야 하나…… 손자에게 정신이 팔린 검 바보 영감님과 리스의 아버지가 생각나는데, 이 수왕도 마찬가지인지도 모르겠다.

신중하게 상대해야겠다고 마음을 다잡고 있자니 나를 본 메리가 두 팔을 벌리고 달려와서 끌어안았다.

"무, 무슨 짓을 하는 게냐?! 네놈도 어서 딸에게서 물러나거라!"

"저기, 나 때문에 오빠가 험한 꼴을 당했다고 들었어. 그러니까……, 미안해."

"너는 아무런 잘못도 없다! 그래, 전부 거기 있는 남자가 쓸데없는 짓을 했기 때문에……."

"왜 그런 소리를 하는 거야? 오빠에게 심한 말을 하는 아빠는 정말 싫어!"

"크허억?!"

내가 온 힘을 다해 때려도 쓰러지지 않을 것 같은 수왕의 거대한 몸이 딸의 한 마디에 쉽사리 무너져내렸다. 아버지이자 왕인 그가 이런 상태다. 메리가 아군이라면 오해가 풀리는 건 분명하겠지만, 지금은 다른 의미로 생명의 위기가 느껴진다.

쓰러진 수왕뿐만이 아니라 방 바깥에서 들여다보고 있는 보초 수인들도 메리에게 안겨 있는 나를 죽일 듯이 노려보고 있으니까.

"메리 님, 걱정하지 않으셔도 됩니다. 그냥 오해예요. 저도 험한 꼴을 당한 게 아니니까요."

"어? 그래도 이 방에 갇혔다고……."

"제가 수상한 행동을 해서 경계한 거예요. 그리고 메리 님께서 쓰러지셔서 다들 당황한 탓에 말을 잘못해버린 거…… 맞죠?"

"……그래?"

"그, 그렇단다! 메리가 쓰러져버려서 아빠도 좀 혼란스러웠거든. 뒤늦게나마 아니라는 말을 하지 못해서…… 미안하다."

"으……, 그럼 됐어. 이제 거짓말하지 마."

왕이라는 입장이라 그런지 수왕은 내 의도를 파악하고 말을 맞춰주었다. 여러모로 수상한 부분이 있긴 하지만, 가족에게는 순수한 건지 메리도 쉽게 믿은 모양이었다.

"그리고 방금 들었는데요, 제게 성을 견학할 수 있게 허가를 내주셨어요. 그릇이 크고 훌륭하신 왕이시네요."

"응! 좀 이상한 구석도 있긴 하지만, 아빠는 대단하니까!"

"후, 후후후…… 당연하고말고. 나는 훌륭한 아버지니까!"

물론 견학 같은 건 부탁하지도 않았지만, 이런 꼴을 당하게 했으니 복수하려고 말해보았다.

예상했던 대로 딸 앞에서는 거절할 수가 없었는지 확실하게 약속을 받아냈다. 나중에 마음껏 성을 견학해야지.

수왕이 분노와 기쁨이 뒤섞여서 복잡한 표정을 짓고 있자니 메리가 내 팔을 끌어당겼다.

"저기, 저기. 내 방으로 가자. 오빠 이야기를 더 듣고 싶고, 어제 보답도 하고 싶으니까."

"안 된다! 안 된다! 메리! 누군지도 모르는 남자를 네 방에 데리고 가면 안 된다! 바로 손님용 방을 준비할 테니 거기에……."

"아빠는 좀 조용히 있어. 내 방이 더 나으니깐!"

"크허억?!"

메리가 날린 언어의 보디 블로에 수왕은 다시 격침되어 무릎을 꿇고 있었다.

사실 객실도 충분하겠지만, 이 순수한 미소가 무너지는 걸 보고 싶지는 않으니까 메리의 제안을 받아들이도록 할까.

"그럼 홍차를 대접해주시겠어요? 사실 목이 좀 말라서."

"그래! 금방 준비해달라고 할게!"

"기, 기다리거라! 메리! 아빠도 같이 차를 마시자! 반드시!"

그렇게 수왕의 살기를 등 너머로 느끼며 나는 메리의 안내를 받아 그녀의 방으로 가게 되었다.

그리고 메리의 방으로 가던 도중에 그레테와 다시 만났는데, 그녀가 좀 이상해 보이는 걸 눈치챘다.

"메리 님?! 벌써 일어나도 괜찮아?"

"응, 이제 괜찮아. 그레테야말로 오빠가 와줬는데 어디 갔었어?"

"좀……."

뭔가 마음에 걸리는 게 있는지 나와 눈을 마주치지 않으려 했기 때문이다.

그리고 어제는 호위라고 했는데도 나를 보자마자 도망치듯이 떠나갔다.

메리는 딱히 신경 쓰지 않는 모양이었지만, 아무리 봐도 수상하다.

그런 그레테의 뒷모습을 보고 기분 나쁜 위화감이 들었는데, 내 팔을 잡아당기고 있던 메리가 갑자기 돌아보았다.

"왜 그러세요? 메리 님."

"저기, 어제처럼 나를 메어라고 불러줬으면 좋겠어."

"그건 좀 힘들 것 같으니 봐주세요."

애매했던 어제 관계와는 달리 지금은 한 나라의 공주라는 게 드러났으니까.

그리고 지금은 수왕이 옆에 있어서 딱 잘라 거절했는데, 뒤에 서 있던 수왕이 내 어깨를 내려칠 기세로 손을 얹었다. 재빨리 '부스트'를 발동시키지 않았다면 탈구될 정도로 세게.

"당연히 그리 부를 게지……?"

수왕은 미소를 짓고 있긴 하지만 어쩔 수 없이…… 정말 어쩔 수 없다는 듯이 딱딱한 표정을 짓고 있었다. 신분이나 입장이 있는데도 허가해주는 걸 보니 딸을 무엇보다 우선시하는 것 같다.

매우 껄끄럽긴 하지만 그렇게 부르지 않으면 어깨뼈가 부서질 것 같기도 하니까 내게 거절이라는 선택지는 존재하지 않는 것 같다.

"……알았어. 갈까? 메어."

"응!"

"끄…… 으으…… 네가 웃어준다면…… 아빠는……, 끄으……"

……다른 의미로 껄끄러웠다.


그 이후로 성에서 일하는 시종 몇 명의 마중을 받으며 메어의 방에 도착한 우리는 테이블에 앉아 홍차가 나올 때까지 기다리고 있었다.

시종이 홍차를 끓여줄 때까지 기다리는 동안 내 맞은편에 앉은 메어와 훈련에 대해 이것저것 이야기했는데, 그녀 옆에는 살기를 뿜어내는 수왕이 있어서 불안했다.

대답하기에 따라서는 덤벼들 것만 같은 긴장감이 흐르는 와중에 메어에게 훈련의 성과에 대해 이야기를 들으며 맞장구를 치고 있자니 방문을 두드리는 소리가 들린 다음 그레테가 들어왔는데…….

"메리 님. 손님……이 오셨습니다."

"시리우스 님! 무사하셨나요!"

"멍!"

"형님!"

"시, 실례합니다……."

"어머, 예상했던 것보다 즐거워 보이네."

왠지 모르겠지만 내 제자들까지 함께 왔다.

그렇군, 그레테가 수상쩍어 보였던 건 제자들을 성으로 데리고 왔기 때문인가?

남매와 호쿠토가 성을 제압할 기세로 오지 않아서 다행이라고 몰래 안심하고 있자, 에밀리아와 호쿠토가 무사해서 다행이라는 듯이 다가왔다.

그 뒤에서 리스와 피아가 쓴웃음을 짓고 있는 걸 보니 남매와 호쿠토를 말리느라 고생한 모양이다. 나중에 이야기를 들어보고 두 사람을 칭찬해줘야지.

"아, 호쿠토 님이다!"

"설마 어제부터 소문이 돌던 백랑님인가?! 그리고 이자들은 대체……."

"수왕님. 귀를……."

메어는 호쿠토를 보고 기뻐했지만, 무슨 상황인지 모르는 수왕은 메어를 지키려고 나섰다. 그런 그의 뒤쪽으로 살며시 파고든 그레테가 귓속말을 하자 수왕은 눈을 크게 뜨면서 우리를 바라보았다.

"그게 정말인가?!"

"확실합니다. 저쪽을 보시면 아시겠지만……."

보아하니 그레테가 우리 이야기를 해준 모양이다.

수왕은 갑자기 그런 말을 듣고 의심하는 눈초리로 우리를 보았지만, 호쿠토가 내 가슴에 얼굴을 비벼대는 모습을 보니 믿을 수밖에 없는 모양이었다.

그동안 나는 제자들에게 바깥에서 무슨 일이 있었는지 이야기를 듣고 있었다.

"보시면 아시겠지만, 백랑님에게 인정받은 자입니다. 그리고 대가도 받지 않고 메리 님께 마법의 기술과 식사까지 대접해주셨습니다. 적대시할 이유는 없습니다."

"……그의 짐을 가져다주게."

"알겠습니다."

조용히 방을 나간 그레테를 보는 수왕의 표정이 진지한 걸 보니 오해는 완전히 풀린 것 같다.

사실 나에게 한 행동에 대해 따질 수도 있겠지만, 딱히 고문을 당한 것도 아니고, 맡긴 무기도 돌려줄 것 같으니 더 이상 캐물을 생각은 없다. 어찌 됐든 상대방이 어떻게 나오느냐에 달렸지만.

왕이라는 입장이기에 간단히 사과할 수는 없을 테고, 메어도 금방 놔주진 않을 것 같으니까 잠시 상황을 두고 봐야겠다.

사람이 늘어나서 방이 꽤 좁게 느껴지게 되었지만 호쿠토뿐만이 아니라 에밀리아 일행에게 흥미를 느낀 메어는 매우 기분이 좋아진 것 같았다.

서로 자기소개를 마친 다음에는 우리 여자 일행들과 사이좋게 이야기를 나누고 있었고, 특히 에밀리아와 말이 잘 통하는 것 같았다.

"그렇구나, 언니들도 오빠에게 이것저것 배웠구나."

"네, 저희는 시리우스 님께서 구해주신 것뿐만이 아니라 여러 가지를 배웠어요. 시리우스 님의 훌륭한 모습은 끝이 없고, 항상 저희의 목표로서……."

"잠깐, 에밀리아. 또 세뇌하려는 거 아니야?"

"저는 시리우스 님의 훌륭하신 점을 이야기하고 있을 뿐이에요."

"정말로 그럴까? 나나 리스의 눈을 보면서 다시 말해봐."

"잘 모르겠지만, 오빠가 대단하다는 건 알겠어."

상대가 누구라 해도 변함이 없는 에밀리아를 보고 쓴웃음을 짓고 있자니 그레테가 내 무기를 들고 돌아왔다.

"받아. 이거 맞지?"

"네, 전부 있네요. 그런데…… 정말 무기를 돌려주셔도 되나요?"

"당신들은 적이 아니라는 건 잘 알았고, 수왕님도 허가했으니 괜찮아."

잘 살펴보니 제자들도 무기를 들고 있다.

아무리 그래도 너무 무방비한 것 아닌가 싶은데, 그만큼 우리를 신뢰하고 있다는 증거일지도 모른다. 아니면 백랑인 호쿠토가 있기 때문일지도 모르고.

뭐, 애초에 공격 같은 걸 할 생각은 없으니 상대방이 그렇게 생각한다면 상관없겠지.

"메리 님. 간단한 식사 준비가 되었으니 모두 함께 먹는 게 어때?"

"아, 그렇구나. 아직 점심 식사하지 않았지."

"벌써 그런 시간이었나? 그대들도 사양하지 말고 들도록."

그 말을 듣고 생각났는지 내 배에서 꼬르륵 소리가 났다. 점심 식사하지 않았으니 당연하겠지.

메어도 깨어난 뒤에 아무것도 먹지 않았는지 먹겠다고 하니 성에서 일하는 사람들이 커다란 접시를 가져와서 테이블에 늘어놓았다.

접시에는 샌드위치와 과일 같은 것들이 잔뜩 담겨 있었고, 전부 손으로 들고 먹을 수 있는 가벼운 음식들이었다.

"이미 점심 시간이 지났으니 가벼운 식사를 준비했다. 혹시 부족하다면 사양하지 말고 말하도록."

"감사합니다. 그럼……."

보아하니 수상한 식재료를 쓰진 않은 모양이고, 코를 움직인 호쿠토도 문제없다는 듯이 바라보고 있다. 무엇보다 수왕이 전혀 신경 쓰지 않고 먹었기에 독을 타지는 않은 것 같다.

그래도 이 정도로는 남매나 리스가 부족하다고 느낄 테니 저녁 식사는 좀 많이 먹여야겠는데. 그런 생각을 하면서 샌드위치를 먹고 있자니 제자들도 나를 따라 먹기 시작했다.

"……응. 메리 님, 이건 괜찮아."

"고마워."

내 스튜를 먹을 때도 그랬지만, 역시 메리는 독이 있는지 먼저 먹어본 뒤에야 먹을 수 있는 모양이다.

어제도 그랬고, 왕족으로서 당연한 광경이긴 한데……, 뭔가 묘하다.

왜냐하면 성에서 가장 높은 위치에 있는 수왕은 그런 과정을 거치지 않고 계속 먹고 있으니까.

위화감이 드는 식사는 끝났고, 식후의 홍차를 마시며 숨을 돌리고 잇자니 메어가 졸린 모양인지 기지개를 켰다.

배가 부르다는 이유도 있겠지만, 마력 고갈로 인한 피로가 아직 남은 모양이었다.

그런 상태에서도 나를 구하려고 돌아다니고, 제자들과 신이 나서 떠들어댔으니 잠이 올 만도 할 것이다.

"메리. 너는 몸이 안 좋으니 좀 더 자는 게 어떠냐?"

"그래도, 오빠하고 호쿠토 님이……."

"그들은 내게 맡겨두렴. 메리가 신세를 졌으니 저녁 식사도 대접해야지."

좀 억지스럽긴 하지만 좀 전처럼 딸 바보스러운 게 아니라 한 나라의 왕으로서 한 말이었기에 나도 고개를 끄덕였다. 바로 돌아가지 않는다는 걸 알고 안심했는지 메어가 얌전히 방 안쪽에 있는 침대에 누웠기에 우리는 그 모습을 확인하고 나서 수왕과 함께 방을 나섰다.

그리고 방을 나선 것과 동시에 수왕이 나를 날카로운 눈초리로 바라보았지만, 그 눈초리에서 분노나 증오가 느껴지지는 않았다.

"시리우스……라고 했지. 저 아이가 듣지 못하는 곳에서 이야기하고 싶으니 내 방으로 와줬으면 한다."

"저 혼자요?"

"데리고 있는 자들은 그대에게 어떤 존재이지?"

"제 소중한 제자이자, 가족이기도 합니다. 물론 백랑인 이 녀석도 소중한 가족이고요."

내 대답을 듣고 제자들은 미소를 지었고, 호쿠토는 내 가슴에 코를 비벼댔다.

정신을 차리고 보니 모두가 한데 모여 있는 광경을 본 수왕은 진지한 표정을 누그러뜨리며 고개를 끄덕였다.

"가족……이라. 그렇다면 함께 와도 상관없다. 이번에 잘못은 우리 쪽에서 한 것이니."

수왕이 그렇게 말하면서 등을 돌려 걸어가기 시작했기에 우리는 그를 따라갔다.


수왕이 몸소 안내해주는 와중에 나는 그의 뒷모습을 관찰하면서 걸어가고 있었다.

다시 봐도 정말 등이 커다랗다. 외모뿐만이 아니라 정신적인 의미까지 포함해서 다가오는 자를 압도하는 왕에 어울리는 위압감을 뿜어내고 있다.

만난 뒤로 딸 바보 같은 모습만 눈에 띄었지만, 역시 그는 나라를 짊어지는 왕이라는 것을 알 수 있었다. 실제로 싸워보지 않으면 모르겠지만, 실력도 상당할 것이다. 아마 지금 레우스도 이기는 건 힘들 테고.

그런 수왕을 따라 도착한 그의 방은 정무를 볼 때 쓸 법한 멋

진 책상과 의자, 그리고 회의를 할 수 있을 정도로 길쭉한 책상
도 있었다. 침대도 있는 걸 보니 그의 방인 것 같은데, 느낌은
일을 하는 방에 가까운 것 같다.

"이 방은 내 집무실도 겸하고 있다. 적당히 앉도록."

자신의 책상이 아니라 우리와 같은 곳에 앉은 수왕은 근처에
대기하고 있던 시종에게 마실 것을 부탁하고 방에서 내보냈다.

그리고 방에 우리만 남게 되자 의자에서 일어난 수왕은 고개
를 크게 숙였다.

"오해가 있었다고는 하지만, 우선 사과를 하고 싶다. 시리우
스, 정말 미안하다."

상황을 따지면 가신이 멋대로 행동했기 때문이겠지만, 그는
윗사람의 책임을 지고 왕이면서도 모험자인 내게 고개를 숙였
다. 그렇게 떳떳한 태도는 매우 호감이 간다.

"아뇨, 제가 함부로 마법을 가르쳤기 때문이기도 하죠. 아무
튼 따님께서 무사하셔서 다행입니다."

"그래, 정말 다행이지. 어젯밤에 그 아이가 갑자기 쓰러졌고,
아침이 되었는데도 깨어나지 않았으니까. 그레테에게 이야기를
들을 때까지 우리는 정신을 차릴 수가 없었다."

"소중한 사람이 쓰러지면 걱정하는 게 당연하겠죠. 그런데 이
번 일은……."

"나도 알고 있다. 그대에게 마법을 배웠다는 이야기를 듣고
그 아이가 마력 고갈 상태에 빠졌다는 걸 바로 추측할 수 있었
지만 냉정하게 생각할 수가 없어서 말이야. 변명에 불과하지만

그런 내 모습과 딸을 본 가신들이 미쳐 날뛰면서 그대에게 그런 짓을 해버린 거다."

자칫하다간 내게 폭력을 휘두르고 지하 감옥에 가둘 수도 있었는데 냉정했던 소수의 가신이 말리러 나섰기에 감금당하는 정도로 끝난 것이다.

그건 사과해줬으니 충분하다고 생각하는데, 남매의 분노는 아직 사그라들지 않은 모양이었다.

미안하다는 태도를 보이는 수왕에게 자신의 생각을 확실하게 드러냈다.

"수왕님, 무례하다는 걸 알면서도 말씀드리겠습니다. 메리 님을 소중하게 여기신다는 건 알겠지만, 과보호하시는 것 아닌가요?"

"맞아. 마력이 고갈되어 쓰러지는 건 누구나 거치는 길이라고 생각하는데……, 아니, 생각합니다."

분노뿐만이 아니라 순수하게 메어의 장래를 걱정하며 한 지적일 것이고, 나도 마찬가지 생각이다.

너무 늦었다고 할 정도는 아니지만 메어 나이 정도면 마법이나 마력 관련 훈련을 하더라도 이상하진 않기 때문이다. 무엇보다 한 나라의 왕녀라면 몸을 지키기 위해 적극적으로 단련해야할 텐데.

주위의 반응을 보니 과보호라는 말로 끝낼 상황이 아닌 것 같기도 하고, 뭔가 사정이 있을 것 같기도 한데……

"잠깐, 너희 둘 다 그만해."

"그래, 아이를 키우는 법은 각자 다르니까."

""으…… 죄송합니다.""

"……됐다. 그렇게 생각하더라도 이상하진 않으니까."

아무리 그래도 오늘 처음 만난 우리가 참견할 일은 아닐 것이다. 나와 피아가 한 말을 듣고 정신을 차린 남매는 바로 사과했다. 너무 깊게 파고든 남매의 말을 듣고 기분이 상했나 싶었는데, 수왕은 안타깝다는 듯이 고개를 젓기만 했다.

신경 쓰이긴 하지만 이야기가 다른 곳으로 빠진 것 같았기에 나는 다시 바로잡으려고 질문했다.

"수왕님의 사과는 받아들이겠습니다. 그런데 성에는 아직 저를 좋게 보지 않는 사람들이 있는 거죠?"

"그래, 그대를 여전히 착각하고 있는 자들이 있을 거다. 이번 일에 관여한 자를 조사해서 서둘러 진실을 전해야겠지. 우선 그대를 그 방으로 안내한 두 사람에게 사과하게 하마."

그리고 수왕은 방 밖에서 대기하고 있던 시종을 불러 방금 말한 내용을 성안에 전달하도록 부탁했다.

이제 이번 일은 정리되었구나.

"그런데 시리우스. 좀 전에 그대는 성을 견학하고 싶다고 말했는데, 진심인가?"

"허가해주신다면 부탁드리고 싶네요. 저희는 견문을 넓히기 위해 여행 중이고, 성안에도 흥미가 있으니까요."

"으음, 그렇다면 정식으로 허가하마. 딸과 저녁 식사를 하기로 약속했으니 곧바로 돌아가면 곤란하기도 하고. 하지만 그 전에 잠깐 내게 시간을 내주겠나? 백랑님을 가족이라 부르는 너희 이야기를 듣고 싶구나."

서두를 이유는 없었기에 수왕의 제안을 받아들여 잠시 이야기를 나누기로 했다.

우리 모험담뿐만이 아니라 수왕에게 아비트레이의 역사와 무용담에 대해 들을 수도 있었는데, 꽤 재미있었다. 특히 우리가 알지 못하던 백랑의 전설은 정말 흥미로웠다.

정신을 차리고 보니 해가 지기 시작한 시간이어서 중간에 깨어난 메어가 왔다. 자고 일어났는데도 혈색이 좋은 걸 보니 몸 상태는 꽤 회복된 것 같다.

그렇게 메어가 나타난 것과 동시에 수왕이 뿜어내고 있던 왕의 위엄이…….

"오오! 벌써 일어나도 괜찮은 게냐? 메리!"

"이제 괜찮아. 그건 그렇고 아빠, 다들……, 있네!"

"어때! 아빠가 확실하게 대접했단다! 자, 건강한 모습을 가까이에서 보여다오!"

"아빠, 잠깐만 비켜봐. 호쿠토 님은 오늘도 북실북실하네!"

"……멍."

"우오오오──!"

단숨에 사라졌다.

수왕은 방으로 뛰어 들어온 딸을 안아주려 했지만, 메어는 슬쩍 피한 뒤 호쿠토를 껴안았다. 내게는 살기를 뿜어댔지만 이번에는 상대가 백랑인 호쿠토였기에 뭐라 말할 수 없는 표정을 짓고 있었다.

정말…… 딸만 엮이면 허당이 되는 왕이구나.

"메리 님. 아무리 그래도 너무 가엾어."

"수왕님. 심정은 이해가 됩니다만 손님 앞이니 좀 위엄있는 태도를 보여주시죠."

메어를 따라 그레테도 왔는데, 그녀 옆에는 온화하게 미소를 짓고 있는 중년 남자가 있었다.

"처음 뵙겠습니다. 저는 수왕님의 측근이자 메리 님의 교육 담당인 맥더트라고 합니다. 앞으로 잘 부탁드리죠."

그레테에게 직속 상사가 있다고 들었는데, 그가 바로 그 상사 인 모양이다.

이야기를 들어보니 정무에 수완을 발휘하며 왕의 오른팔이라 불릴 정도로 대단한 남자인 모양이다.

외모는 딱히 특징이 없어서 마을을 찾아보면 어디에나 있을 법한 남자인데, 신경 쓰이는 부분은 그가 인간족이라는 점이다. 마을이든 성이든 수인투성이라서 인간족이 신선하게 느껴진다.

"저야말로 잘 부탁드립니다. 제 이름은 시리우스라고 합니다."

"네, 당신 이야기는 그레테에게 들었습니다. 이번에는 저희 성에서 부당한 대우를 하게 되었으니 저도 사과드리려 합니다."

"그건 이야기가 정리되었으니 신경 쓰지 마시죠."

내가 그렇게 대답하자 맥더트는 안심했다는 듯이 고개를 끄덕 인 뒤 제자들에게도 인사를 했다. 보아하니 엘프인 피아를 보고 도 흑심 어린 눈초리로 보지 않았고, 호쿠토에게도 확실하게 인사를 했다.

기가 좀 약해 보이지만 예의가 바르고 착해보이는 남자라서 이야기가 잘 통할 것 같다.

하지만 그가 메어의 교육 담당인 이상 나도 사과를 해야만 한다.

"저도 사과드리고 싶습니다. 교육 담당인 당신의 허가도 없이 메리 님께 마법을 가르쳐드려서요."

"아뇨, 아뇨. 이렇게까지 열심히 노력하시는 메리 님을 본 건 처음이니 당신이 사과할 필요는 없습니다."

멋대로 교육 방침을 바꿔버린 거나 마찬가지니까. 같은 교육자로서 최대한 사이좋게 지내고 싶으니 용서를 받아서 다행…….

"단……, 이번에는 넘어가겠습니다만, 앞으로 메리 님께 멋대로 가르치는 건 피해주시죠."

……역시 이 사람도 마찬가지인가.

미소를 짓고 있긴 하지만 그 안쪽에 숨어 있는 메어에게 심취한 부분을 느끼고 나는 마음속으로 한숨을 쉬었다.

그때, 수왕과 딸은…….

"봐라~, 아빠의 꼬리도 북실북실하거든? 만져보고 싶지 않니?"

"아빠의 꼬리도 좋지만 호쿠토 님이 더 북실북실해."

"크헉?!"

"끄응…….'

미안하다, 호쿠토. 조금만 더 참아줘.


그 이후로 내 이야기가 성안에 퍼져서 오해가 풀렸고, 성안의

견학 투어가 끝났을 무렵에는 밤이 되었다. 참고로 이번에 폭주한 녀석들은 이야기를 듣자마자 수왕에게 사죄하기 위해 일부러 찾아왔나 싶었는데 갑자기 내 앞에서 엎드려 빌었다.

"정말 미안하다!"

"우리가 할 수 있는 거라면 뭐든지 하지!"

"부디 용서를!"

근처에 있던 호쿠토의 위압 때문인지 오히려 내가 미안해질 정도로 간절히 빌고 있었다.

"나쁜 짓을 해버렸어? 그런 짓 하면 안 되지."

"애초에 원인은 메리 님이 멋대로 빠져나갔기 때문이잖아?"

"으……, 미안해요."

"""전부 다 저희가 멋대로 움직였기 때문입니다. 용서해주십시오! 메리 님!"""

"사과할 상대가 바뀐 것 같은데?"

레우스 말이 맞긴 하지만, 왕에게 사죄하겠다고 찾아온 마음씨는 훌륭하다.

뼛속까지 악당인 것도 아니고, 나보다 덩치가 큰 수인 남자들이 메어에게 혼나서 진심으로 울고 있었기에 용서해주겠다고 확실하게 말했다.

그런 다음 메어와 약속한 대로 우리는 성의 식당에서 저녁 식사를 대접받게 되었다.

수십 명이 앉을 수 있을 정도로 거대한 테이블에는 다양한 요리가 빈틈없이 놓였고, 그중에는 처음 보는 것도 있어서 정말 흥미로웠다.

수왕이 예의를 차릴 필요가 없다고 말해주었기에 우리는 제각각 요리를 먹기 시작했다.

"한 그릇 더 부탁드릴게요. 이번에는 곱빼기로."

"후우…… 와인도 역시 다르네. 두세 병만 더 부탁할 수 있을까?"

"형님이 만든 게 더 맛있긴 하지만, 이것도 맛있는데!"

"소재의 맛을 잘 살려서 정말 맛있네요. 시리우스 님의 요리보다는 못하지만."

"공공장소에서 비교하지 마!"

"하하하, 신경 쓰지 말거라. 사람에 따라 취향이 다른 법이니 식사를 즐겨주기만 해도 충분해."

나는 수왕의 관대한 말을 듣고 안심하면서 낯선 요리를 차례차례 먹기 시작했다. 한편, 수왕과 그레테 사이에 앉은 메어는 우리와 함께 먹는 게 기쁜지 활짝 웃으며 식사를 하고 있었다.

"메리 님, 이것도 괜찮아."

"응! 그럼 다음에는 이걸 먹고 싶어."

하지만 여전히 독이 있는지 미리 먹어봐야 하기 때문에 먹는 속도가 조금 느렸다.

그리고 수왕은 좀 전과는 달리 묘하게 꼬리의 윤기가 더 살아난 것 같았다. 아마 호쿠토에게 맞서기 위해 손질하고 왔을 것이다.

"또 오빠가 만든 스튜를 먹고 싶은데."

"우후후…… 메리 님께서는 이미 이해하신 모양이네요. 시리우스 님의 요리야말로 최상의 요리라는 것을!"

"응! 그 스튜는 엄청 맛있었으니까!"

"오오…… 메리가 이렇게 눈부신 미소를. 시리우스, 그 스튜를 요리사에게 전수해다오! 보수는 얼마든지 주마!"

안타깝게도 메어는 수왕의 변화를 눈치채지 못한 모양이다.

애초에 스튜 이야기 때문에 수왕도 잊어버린 것 같으니 내버려두는 게 낫겠다.


그렇게 떠들썩하고 즐거운 저녁 식사가 이어졌고, 요리를 거의 다 먹었을 무렵…… 내 근처에서 누워있던 호쿠토가 갑자기 일어섰다.

"멍!"

"……무언가가 다가오는 모양이로군."

"형님! 호쿠토 씨가 방심하지 말라는데!"

곧바로 '서치'를 사용하자 엄청난 기세로 이쪽을 향해 다가오는 반응을 포착했다.

오해도 풀렸으니 성안에 적은 없을 것 같긴 하지만, 호쿠토가 반응하는 존재가 다가오고 있다는 건 분명하기 때문에 우리는 조용히 경계했다.

"설마…… 벌써 돌아온 건가?!"

수왕도 곧바로 눈치챈 모양이었지만, 그는 허둥대기는커녕 오히려 씁쓸한 표정으로 머리를 감싸 쥐고 있었다.

그리고 바깥에서 거친 발소리가 들리기 시작했고, 식당 문앞에서 멈췄나 싶더니 성을 뒤흔들 정도로 큰 목소리가 울려퍼졌다.

"아버지! 메리는 무사한가!"

문을 박차며 나타난 사람은 수왕과 왠지 닮은 호족 청년이었다.

외모와 분위기를 보니 수왕의 아들인 것 같은데, 그의 표정은 매우 필사적이었고 온 힘을 다해 달려왔는지 숨을 거칠게 몰아쉬고 있었다.

"어째서 여기 있지? 산에서 수업하던 것이 아직 끝나지 않았을 터인데?"

"기분 나쁜 예감이 들어서 돌아온 거야! 그랬더니 메리가 쓰러졌다는 말을 들었고……, 메리!"

소리치던 청년이 주위를 둘러보았고, 메어를 보고 눈을 반짝이기 시작했을 때…… 실내인데도 불구하고 한 줄기 바람이 불었다.

"오오, 사랑스러운 여동생아! 용케 무사히…… 크헉?!"

그리고 바람이 분 것과 동시에 청년이 쓰러졌고, 그의 등 위에 키가 큰 여자가 서 있었다. 얼음처럼 차갑고, 날카로운 눈빛을 보이는 젊은 여자였다. 종족은 귀와 꼬리가 흰색인 호족 수인인 것 같았다.

확실히 말해 피아와 맞먹는 미모의 소유자인 것 같은데, 내가 신경 쓰인 건 그 부분이 아니었다.

"……빠르다."

방심하기도 했지만, 그녀가 방으로 들어오는 움직임이 보이지

않았다. 정신을 차리고 보니 청년이 쓰러져 있었다……는 느낌이다.

호쿠토도 방심하지 않고 긴장하는 걸 보니 이 여자는 분명히 강할 것이다.

빈틈이 전혀 없는 것은 물론이고 그저 서 있기만 하는데도 주위 사람들을 위축되게 만드는 위압감을 뿜어내고 있어서 함부로 움직일 수 없을 정도다. 강검 라이오르와 비슷한 냄새가 난다.

그렇게 갑자기 쳐들어온 사람을 보고 모두가 당황한 가운데, 그 여자의 날카로운 시선이 메어에게 쏠렸다.

메어는 그 시선을 받고 얼어붙은 듯이 굳어 있다가 잠시 후 떨리는 목소리로 중얼거렸다.

"어, 엄……마?"

문제가 원만하게 해결되나 싶더니, 또 새로운 소동이 일어날 것 같다.

## 《주먹으로 말한다》

나는 아직 마을을 돌아다니지 않았지만, 에밀리아와 피아에게 이 나라에 대해 대충 들었다.

많은 수인이 사는 아비트레이를 다스리는 수왕.

우락부락한 근육과 거대한 덩치에 걸맞은 실력을 지닌 것뿐만이 아니라 왕이라 불리기에 걸맞은 그릇을 지닌 사자족 수인이다. 딸을 사랑하는 것이 지나친 것 같긴 하지만, 그 딸이 모두에게 사랑받고 있기에 이 나라에서는 사소한 문제인 것 같다.

그런 수왕의 딸인 메어와는 이런저런 일을 겪으면서 알고 지내게 되었는데, 수왕에게는 아이가 한 명 더 있었다.

메어의 오빠인 키스다.

나보다 두 살 연상인 청년이고, 아버지처럼 사자족이 아니라 메어와 마찬가지로 호족 수인이다. 하지만 외모는 아버지와 마찬가지로 짐승 쪽으로 치우친 호족이라서 박력이 꽤 있는 청년이다.

그런 메어와 키스의 어머니이자 수왕의 부인인 여자가…….

"너도 걱정되어 돌아왔는가, 이자벨라."

호족 수인……, 이자벨라다.

전체적으로 선이 가늘고 키가 큰 여자이며 눈처럼 하얀 머리카락을 나부끼면서 수왕을 돌아보고 있었다. 참고로 여전히 아들 등 위에 올라타 있었다.

"어머님. 비켜줬으면 좋겠는데……."

"…………."

당연하다는 듯이 아들의 등을 밟고 등장했는데, 일부러 그런 건 아닌 모양이다.

아들이 부탁하자 살며시 등에서 내려온 이자벨라는 아무런 말도 없이 메어를 바라보고 있었다. 보아하니 과묵한 사람인 것 같았다.

나오자마자 험한 꼴을 당한 뒤 몸에 묻은 먼지를 털어낸 키스는 만회하려는 듯이 우리를 손가락으로 가리켰다.

"성에 있는 녀석들에게 들었어! 아버지! 거기 있는 인간족 모험자가 메리에게 마법을 가르쳐서 쓰러졌다면서!"

"진정해라, 키스. 그건 오해이고 이미 해결되었다."

"네놈이구나! 내 여동생에게 심한 짓을 했다지!"

키스는 아버지가 말리는 것도 듣지 않고 나를 노려보며 다가왔지만, 레우스가 끼어들어서 막아섰다.

"잠깐. 형님에게 무슨 짓을 하려는 거야?"

"상관없는 녀석은 조용히 있어라. 나는 이 남자를 용서할 수 없다고!"

"상관이 있으니까 막는 거지. 나를 무시하고 형님에게 덤빌 수 있을 거라 생각하지 말란 말이야."

나란히 선 모습을 보니 키스가 키가 조금 더 컸다. 그리고 레우스와 맞먹는 근육을 보니 상당히 단련한 모양이다.

그렇게 두 사람이 계속 노려보다가 동시에 주먹을 쥐었을 때…….

"하우스다, 레우스."

"응!"

"진정하라고 하잖느냐!"

"크허억?!"

이런 곳에서 싸우기 시작하면 곤란했기에 내 호령과 수왕이 휘두른 주먹으로 인해 싸움을 강제로 중단시켰다.

이자벨라 정도는 아니었지만, 수왕이 파고들 때 보여준 속도와 절묘한 힘 조절은 정말 훌륭했다.

"아얏! 무슨 짓이야! 아버지!"

"너야말로 무슨 짓을 할 셈이냐! 됐으니까 우선 내 이야기를 들어라. 이자벨라도."

"………….."

딸을 바라보고 있던 이자벨라도 수왕의 말을 듣고 고개를 끄덕이자 세 사람이 우리에게서 등을 돌리고 정보를 공유했다.

그리고 이자벨라가 날카로운 눈초리로 바라보자 떨고 있던 메어에게 우리 여자 일행들이 다가가 말을 걸고 있었다.

"메리, 괜찮아?"

"……괜찮아."

"저 사람이 메어 님의 어머님이시군요. 저기, 정말 말하기 껄끄럽지만…….."

"응, 정말 예쁜 사람인데 왜 그렇게 노려본 걸까?"

"엄마는 항상 저런 느낌이야. 나를 계속 노려보기만 해."

어머니가 나타나자 메어가 묘하게 얌전해진 것 같은데, 저렇게 날카로운 눈빛과 위압감을 보면 위축되는 게 당연할 것이다.

완전히 껄끄럽다는 생각으로 가득 찬 모양이라 모녀지간인데도 제대로 이야기를 나누지 못하는 것 같다.

"……그렇게 된 거다. 그러니 그들에게 실례가 되는 행동은 삼가도록."

"그래도 아버지, 귀여운 메리가 쓰러진 원인을 만들었다는 건 사실이잖아?"

"네 마음은 잘 알겠다. 하지만 이야기를 해보니 나쁜 자들도 아니고, 만난 지 얼마 안 되었는데도 메리가 저렇게 잘 따르는 걸 보거라. 무엇보다 너는 저기 계신 분이 보이지도 않느냐?"

"무슨 소릴…… 우오옷?! 뭐, 뭐야. 저 거대한 늑대!"

"……백랑님?"

청력을 강화해서 수왕 가족의 이야기를 듣고 있었는데, 보아하니 메어에게 정신이 팔려서 호쿠토가 있다는 걸 눈치채지 못한 모양이다.

뒤늦게나마 눈치챈 키스는 놀란 것 같은데, 어머니인 이자벨라는 여전히 무표정하다.

"아무튼 더 이상 추태를 보이는 것은 나라의 체면 문제다. 그들에게 시비를 걸지 말거라."

"이해가 안 된다고!"

"아니, 뭘 이해하지 못하겠다는 거냐!"

"저 여자애들은 상관없지만, 인간족하고 수인 남자는 안 돼!

한창 나이인 남자가 메리에게 접근하는 건 아직 일러!"

딸 바보의 아들이라 그런지 그도 훌륭한 여동생 바보인 것 같다.

이야기에 자주 등장하곤 하는 여동생과 사귈 남자는 자신이 인정한 상대여만 한다, 그런 건가? 보아하니 여동생과 사이좋게 지내려면 꽤…… 아니, 꼭대기가 보이지 않을 정도로 허들이 높은 것 같다.

메어뿐만이 아니라 오빠도 나중에 결혼할 수 있을지 불안해지는데.

"그런 마음도 다 안다! 하지만 저렇게까지 따르는데 억지로 떼어놓으면 메리를 슬프게 할 뿐이다. 너는 저 아이의 눈물을 보고 싶은 게냐?"

"크으?! 어쩔 수 없지. 한동안 내가 달라붙어서 지켜줘야겠어."

"그건 내가 먼저 말했는데 거절당했으니 포기해라. 우선 제대로 인사를……."

"……싸울래."

그렇게 겨우 이야기가 마무리 되어갈 때쯤 갑자기 이자벨라가 입을 열었다.

우리 앞에 나타나서 처음으로 말을 하나 싶었는데 정말 호전적인 말이었다. 수왕도 깜짝 놀란 모양이었다.

"이자벨라?! 진심이냐?"

"……싸우고 싶어."

"사정을 알면서도 그렇게 말하는 거겠지?"

수왕은 가족이 아니라 왕으로서 다그치고 있었지만, 이자벨라는 담담하게 고개를 끄덕이기만 했다.

　부부가 그대로 잠시 바라보고 있었고, 잠시 후 수왕이 포기했다는 듯이 한숨을 쉬었다.

　"……교섭해보지."

　"아버지! 나도!"

　"진정해라, 전부 상대방 하기 나름이니."

　이야기가 정리되자 수왕은 부인과 아들을 데리고 내 앞으로 다가왔다.

　참고로 가족회의를 하는 목소리는 점점 커졌기에 중간부터는 청력을 강화하지 않아도 들리게 되었다.

　"시끄럽게 해서 미안하군. 우선 내 가족을 소개하마. 내 부인인 이자벨라, 그리고 이쪽은 아들인 키스다."

　"흥, 키스다."

　"…………이자벨라."

　"실은 말이지. 그대에게 그런 짓을 해놓고 염치가 없지만, 부탁하고 싶은 게 있어서……."

　"네, 이야기는 다 들었어요. 그러니까 이자벨라 님께서 저희와 싸우고 싶다는 건가요?"

　"이해해준 것 같아 다행이군. 내 부인은 말이야, 너희 같은 강자를 보면 싸우고 싶어서."

　척 보기에는 차분한 미인 같은 여자인데, 성격은 완전히 무투파라는 거로군.

뭐, 그래도 라이오르 영감님과 비교하면 훨씬 낫지. 그 검에 미친 변태는 일방적으로 정하고 검을 휘두를 테니까.

"이건 메리와 나라와는 상관이 없다. 그저 자신의 힘을 부딪치는 싸움을 하고 싶을 뿐이야. 싸워준다면 보수를 줄 수도 있고."

"거절해도 된다는 건가요?"

"그래도 상관없다. 애초에 억지로 싸우게 할 수는 없으니까. 하지만 부인이 이렇게까지 적극적으로 싸우고 싶다고 하는 건 오랜만이라서. 될 수 있으면 부탁을 들어줬으면 좋겠군."

"잠깐 일행하고 이야기해도 될까요?"

"상관없다. 검토해주는 것만으로도 충분해."

서두를 필요는 없기에 우리는 일단 수왕 가족에게서 거리를 두고 이야기를 나누기로 했다.

하지만 내 대답이 이미 정해져 있다는 것을 제자들도 눈치채고 있었는지 미소를 지으며 고개를 끄덕였다.

"표정을 보니 받아들일 생각인 모양이네."

"말릴 생각은 없지만, 정말 괜찮을까? 강한 사람……이지?"

"그래, 그래서 더욱 싸워보고 싶은 거야. 상대방도 그걸 원하고 있는 모양이고."

이자벨라는 무표정하지만 싸우고 싶다는 마음만은 느낄 수 있었다.

그리고 아들인 키스를 포함해서 이런 녀석들과는 한 번 제대로 맞붙어야 마음을 열어줄 것 같다.

무엇보다 메어의 가족이기도 하니 될 수 있으면 사이좋게 지내고 싶다.

"형님! 나는 키스라는 녀석하고 싸우고 싶어."

"애초에 그럴 생각이야. 훈련의 성과를 보여주도록 해."

"그래!"

"시리우스 님의 제자로서 지는 건 용납할 수 없어요."

"그래도 너무 승패에 연연하다가 크게 다치면 안 돼."

강자들끼리 맞붙게 되면 한 번의 실수가 치명상이 되어 죽을 가능성도 있다. 게다가 상대는 왕족이니 만약 크게 다치게 해버리면 분명히 골치 아파질 것이다.

그럼에도 싸우기로 한 것은 레우스에게 경험을 쌓게 하기 위해서다.

레우스가 넘어서려고 하는 강검 라이오르 영감님도 여럿 강자와 싸우면서 강해졌으니까.

내 예상으로는 키스의 실력이 레우스와 비슷할 것 같다. 여유가 있다면 더 강할 것 같은 이자벨라와도 싸워보라고 하고 싶을 정도다.

어찌 됐든 무슨 일이 있더라도 책임을 지지 않겠다고 약속해야겠지만.

그렇게 이야기가 끝나자 가족이 있는 곳이 아니라 우리쪽에 있던 메어와 그레테가 복잡한 표정으로 중얼거리고 있다는 걸 눈치챘다.

"엄마는 왜 그렇게 싸우고 싶어하는 걸까?"

"저기, 메어. 저 사람은 항상 저런 느낌이야?"

"……응. 나는 못 봤지만 그레테도 싸운 적이 있는 것 같아."

"이자벨라 님은 정말 강해. 나는 눈 깜짝할 새에 저버렸는데, 그 덕분에 인정받아서 메리 님의 호위를 맡을 수 있게 되었어."

"항상 오빠하고 같이 있는데, 나를 무섭게 노려보기만 해. 역시 강해져야만…… 하는 건가?"

아무리 다가가기 껄끄럽다 해도 역시 어머니에게 응석을 부리고 싶은 모양이다.

그렇게 쓸쓸해 보이는 소녀를 위로해주려 해도, 우리는 이자벨라에 대해 아무것도 알지 못한다.

함부로 추측해서 말하다가 착각하게 만들 수는 없었기에 지금은 꾹 참고 수왕에게 대답하기로 했다.


그렇게 이자벨라, 키스와 싸우게 되었는데, 이미 늦은 시간이었기에 내일 낮에 싸우게 되었다.

성에 묵어도 상관없다고 했지만, 개인적으로 준비할 것도 있었기에 마차를 맡겨둔 왕랑관이 더 나겠다고 하며 거절했다.

"이미 그대들 이야기는 성안에 퍼졌으니 문에서 붙잡지는 않을 것이다. 내일은 안심하고 성으로 오도록."

"알겠냐? 반드시 와라. 도망치면 용서하지 않을 테니까!"

"내일 보자!"

"…………."

수왕 가족에게 배웅을 받으며 성을 나선 것까지는 좋았지만, 마을로 나가자마자 나는 머리를 감싸 쥐었다.

왜냐하면…… 호쿠토를 본 마을의 수인들이 모여드나 싶더니, 우리를 안내하는 듯이 줄을 섰기 때문이다.

방향은 왕랑관 쪽이었기에 큰 문제는 없지만…….

"…………이게 뭐야?"

"다들 호쿠토 씨를 위해 길을 만들어주시는 거예요. 저희가 앞장설 테니 시리우스 님께서는 가운데에 서주세요."

"여관으로 돌아가면 자세히 설명해줘."

"저는 시리우스 님과 호쿠토 씨에게 걸맞은 환경을 마련했을 뿐이에요!"

"이제 형님이 호쿠토 씨를 타면 완벽하겠는데!"

"멍!"

어쩔 수 없는 상황이었는지는 모르겠지만, 이건 너무 심하다.

여관으로 돌아가면 자랑스러워하는 남매와 호쿠토를 혼내야겠다고 결심한 다음, 나는 내일을 대비해 생각하기 시작했다.


다음 날, 성으로 온 우리는 수왕이 말했던 대로 곧바로 문을 지나 성안에 있는 커다란 야외광장으로 안내받았다.

어제 견학했을 때 들었던 이야기에 따르면 이곳은 특별한 의식이나 대결을 하기 위해 마련한 투기장인 모양이다. 물론 관객석도 있고, 그곳에는 고급스럽게 차려입은 귀족 수인과 무인 같은 분위기를 뿜어내는 수인이 많이 앉아 있었다.

"구경하는 사람이 꽤 많네."

"성에 있던 녀석들을 거의 다 모았으니까. 아버지 생각대로야."

우리를 안내하는 역할을 맡은 키스는 투덜거리면서도 물어보면 확실하게 대답해주는 예의를 보여주었다.

그리고 수왕의 생각이란 성에서 근무하는 사람들에게 이 시합을 견학하게 하는 것이다.

이곳 아비트레이에서는 실력자들을 우대해주기 때문에 내 이야기를 듣고도 받아들이지 못하는 사람들을 설득하기 위해서 마련한 자리이기도 한 모양이다.

실제로 이자벨라와 싸운다니 상당한 실력자로 본 건지 흥미롭다거나 가엾게 여기는 시선은 있어도 살기나 분노가 담긴 시선은 전혀 느껴지지 않았다.

여담이지만, 이 모의전을 오후에 벌이게 된 것은 어제 소동 때문에 밀리게 된 정무를 처리하기 위해서라는 속사정이 있었다.

"아! 오빠! 호쿠토 님!"

"왔나."

"…………."

시합장 가운데에는 수왕 부부와 메어가 있었고, 우리가 나타난 것을 본 메어가 이쪽을 향해 달려왔다.

"잘 봐라, 메리. 오빠는 절대로 지지 않…….”

"어서 와, 오빠. 오늘 열심히 해."

"메, 메리?!"

""메리 님?!"""

그리고 팔을 벌린 채 기다리고 있던 키스를 지나쳐 내 가슴으로 뛰어들었다.

잘 따르니 기분이 나쁘지는 않았지만, 키스와 수왕의 눈초리가 따가워서 껄끄럽다.

아니, 키스뿐만이 아니다. 관객석에 앉아 있던 수인들도 살기를 뿜어내고 있어서 투기장이 마치 세기말 같은 분위기로 변했다.

하지만 메어는 그런 상황을 전혀 눈치채지 못했는지 나 다음으로 호쿠토를 끌어안고 즐겁게 웃고 있었다. 아직 어린데도 불구하고 거의 마성의 여자구나.

"형님에게 살기를 뿜어내다니, 배짱도 좋군. 나도 뿜어내서 조용히 만들겠어."

"내버려둬요. 상대방이 덤빈다면 해치워버리면 되니까요."

"진정하라니까. 우리가 나설 필요는 없을 것 같거든."

점점 흥분해서 화가 난 목소리도 들리기 시작했지만, 이자벨라가 바닥을 꼬리로 내려치면서 위압감을 뿜어내자 시합장이 단숨에 조용해졌다.

나나 호쿠토에게 혼난 남매처럼 수인들의 귀와 꼬리가 곤두섰고, 겁을 먹었다. 완전히 상하관계가 형성되어 있는데.

"자, 모두가 진정했으니 시작하지. 우선 키스와 손님인 레우스의 승부부터."

조용해지자 수왕이 진행하기 시작했기에 우리는 레우스와 키스를 남겨두고 시합장에서 내려왔다.

"레우스. 시리우스 님의 제자에 걸맞은 싸움을 보여줘야 해요."

"당연하지. 내게 맡겨, 누나!"

"바로 그런 마음가짐이에요. 키스 님과는 제가 싸워도 되겠지만, 제 마법으로는 절단해버릴 것 같으니 이번에는 당신에게 양보하죠."

키스가 내게 적개심을 보여서 그런지 에밀리아의 발언도 조금 과격했다.

"누나, 나도 검으로 벨 가능성이 있거든?"

"지금 저와 비교하면 당신이 더 냉정해요. 그리고…… 검이 더 힘조절을 하기 편하잖아요?"

"그렇긴 하지."

음…… 방금 그 말은 못 들은 걸로 하자.

지금은 그저 에밀리아가 싸우러 나서지 않아서 다행이라는 생각뿐이다.

그때, 대전상대인 키스와 이자벨라를 보니 두 사람은 마주 보고 이야기를 나누고 있었다.

"…………."

"괜찮아, 어머님. 나는 온 힘을 다해 싸울 뿐이야."

"…………."

"나도 알아. 저 녀석은…… 강하지. 방심 같은 건 안 해!"

하지만 이자벨라가 한마디도 하지 않아서 키스가 혼잣말하는 것처럼 보인다. 가족이기 때문에 의사소통이 되는 건가?

그리고 시합장에서 나온 우리는 수왕이 마련해준 특별석에 앉아 있었다.

조금 높은 위치에 있기에 관전하기 편하고, 싸움의 여파를 막아주는 방호벽도 있는 훌륭한 좌석이다. 게다가 부드러운 소재로 만든 쿠션도 마련되어 있어서 불편하진 않은데…….

"시리우스. 옆에 앉으마."

"……앉을게."

수왕과 이자벨라가 내 양쪽에 앉아서 긴장감이 커졌다.

딱히 두 사람이 싫은 건 아니지만, 이렇게 사이에 끼게 되니 마음이 가라앉질 않는다.

근처에 있는 호쿠토의 등에 타서 우리 여자 일행들과 즐겁게 이야기를 나누고 있는 메어가 부럽다.

"음, 내 아들은 이길 수 있을까?"

"자제분을 못 믿으시나요?"

"믿고 있긴 하지. 그래도 그대의 제자인 레우스에게서 느껴지는 힘은 아들 못지 않다고 확신하네. 적어도 꼴사나운 싸움만은 보여주지 않았으면 하는데."

딸에게는 매우 약하지만, 아들에게는 엄한 모양이다.

하지만 장남인 키스는 옥좌의 후계자이기도 하기에 아버지가 엄하게 대하는 것도 당연할지 모른다.

그럼 어머니 쪽은 어떨까?

"……지면 벌을 줘야지."

이쪽은 아버지보다 더 엄한 것 같다.

손가락을 우드득거리며 중얼거리는 이자벨라의 박력 때문에 시합장에 서 있던 키스는 몸을 벌벌 떨었다.

어젯밤에 정한 싸움의 규칙에 따라 어느 한쪽이 전투불능 상태가 되거나 상대가 패배를 인정하면 승부가 나게끔 했다. 두 사람은 시합장에서 일정한 거리를 두고 서 있지만 아직 무기를 쥐고 있지는 않다.

평소에 사용하는 무기로 싸우면 위험하기에 무기는 수왕 쪽에서 마련해주기로 했기 때문이다. 그렇기에 레우스의 파트너인 대검은 지금 내 발치에 있다.

"레우스, 이걸 받아라."

키스는 병사 두 명이 가져온 대검을 던져서 건넸는데, 왠지 모르겠지만 자신의 무기인 커다란 도끼…… 핼버드도 건넸다.

고개를 갸웃거리면서도 두 무기를 공중에서 낚아챈 레우스는 대검을 살짝 휘두른 다음 고개를 끄덕였다.

"음…… 파트너보다 가볍긴 하지만 나쁘진 않네. 그런데 이거, 키스 님의 무기는 어째서?"

"나를 키스라고 불러도 되고, 말도 편하게 해도 상관없다. 지금 나는 너와 싸울 상대이고, 신분 같은 건 상관없으니까. 내 무기를 건넨 건 조작 같은 걸 하지 않았는지 확인하라는 뜻이다."

"그런 거였구나. 그럼…… 응, 문제없어! 키스!"

평소처럼 말한 레우스는 미소를 짓고 나서 핼버드를 휘두르며 부정행위를 하지 않았다는 것을 확인한 다음 던져서 돌려주었다.

여동생을 너무 사랑하는 이상한 남자인줄 알았는데, 막상 싸우게 되니 예의를 중요시하는 것 같다.

키스를 다시 평가하고 있자니 옆에 앉아 있던 수왕이 무기에 대해 보충 설명을 이것저것 해주었다. 왕이 직접 설명해주는 상황이니 조금 사치스러운 기분이 드는 것 같다.

"두 사람에게 마련해준 무기의 칼날은 완전히 뭉개두었다. 저 두 사람의 실력으로는 안전하다고 할 수 없겠지만 적어도 위험이 줄어들긴 했을 거다."

"목제 무기는 금방 부러질 테고, 두 사람의 실력을 고려하면 당연한 거겠죠. 그래도 오래 버티진 못하겠지만요."

"그건 아들도 마찬가지겠지. 무기가 망가지면 일단 중단시키는 것도 염두에 두지."

"……필요 없어. 내가 가르쳐준 때리는 방식도 있으니까 멈추지 않아도 돼."

"저도 같은 생각이에요. 레우스에게는 격투술도 가르쳤으니 무기가 망가지더라도 싸울 수 있거든요."

"그렇다면 마음대로 하도록 할까."

싸움에 대해 공감할 수 있는 부분이 생겨서 그런지 조금 긴장이 풀리는 것 같다.

그런 식으로 나란히 앉아 이야기하던 우리를 근처에서 바라보고 있던 제자들이 신기하다는 듯이 보고 있었다.

"왠지 대단하네. 시리우스 씨가 두 사람 사이에 있는데도 위화감이 없는 것 같아."

"그래, 멋지게 녹아들었어."

"시리우스 님의 그릇이 왕족과 나란히 설 정도로 멋지다는 증거인 거죠."

아니…… 지금은 왕족이라기보다는 부모 같은 심정 때문에 그런 거지.

제자들이 한 말에 그렇게 대답하려 했지만, 그보다 먼저 두 사람의 싸움이 시작되었기에 나는 시합장으로 의식을 집중하였다.


"간다! 레우스!"

"그래! 으랴아아아아아아앗──!"

시합 개시 신호와 동시에 두 사람이 달려가며 무기를 있는 힘껏 휘둘렀다.

그리고 무기가 부딪치자 거친 소리와 충격파가 생겨났고, 지진이 일어난 것처럼 투기장이 흔들렸다.

무기는 튕겨 나가지 않았기에 곧바로 힘겨루기가 이어지나 싶었는데, 한순간 팽팽하다가 뒤쪽으로 튕겨 나간 사람은…… 레우스였다.

"말도 안 돼?! 레우스가 힘으로 졌잖아!"

"아뇨, 힘은 거의 호각일 거예요. 아마 파고드는 속도가 약간 뒤처졌기 때문인 것 같네요."

"레우스의 검은 빌린 거니까 익숙하지 않아서 그런 건지도 몰라. 그래도…… 레우스는 아직 포기하지 않았네."

튕겨 나간 기세를 이용해 핼버드 범위에서 벗어난 레우스는 그 기세를 죽이지 않고 제자리에서 회전하며 검으로 있는 힘껏 후려쳤다.

그 검이 추격타를 날리기 위해 다가왔던 키스의 핼버드에 맞았고, 이번에는 키스가 튕겨 나갔다.

"크웃?! 설마 아버지 말고 다른 사람에게 밀리다니! 하지만 여동생을 위해서라도 나는 질 수 없다!"

"나도 형님의 제자로서 질 수는 없다고!"

"네놈! 여동생보다 그 형님이라는 녀석이 더 좋다는 거냐!"

"무슨 소릴 하는 거야?!"

미묘하게 엇나간 이야기를 하면서도 두 사람의 거친 공방이 이어졌다.

레우스도 검의 감각을 파악했는지 이번에는 튕겨 나가지 않고 맞섰기에 양쪽 다 제자리에서 버티며 무기를 맞부딪히기 시작했다.

한 번, 두 번…… 충격과 굉음을 만들어내는 쇳덩이가 부딪히는 소리가 스무 번을 넘었을 때, 마치 미리 짠 것처럼 두 사람이 무기를 있는 힘껏 들어 올렸다.

"으랴아아아아아아앗——!"

"우오오오오오오오옷——!"

그 혼신의 일격으로 인해 무기가 한계를 넘었고, 둔탁한 소리와 함께 산산조각 났다.

그와 동시에 수많은 파편이 관객석으로 튀어서 관전하던 수인들은 허둥대며 몸을 피했다. 그중에 커다란 파편이 이쪽으로 날아왔기에 쳐내려 했지만, 그보다 먼저 수왕과 이자벨라가 움직였고…….

"저 바보 같은 녀석. 메리에게 맞으면 어떻게 할 셈이냐!"

"……나중에 벌을 줘야겠어."

마치 날벌레를 잡는 듯이 맨손으로 잡아서 막아냈다. 게다가 키스가 벌을 받는 것도 확정되었다.

그렇게 부부가 화가 난 것도 모르고 두 사람의 싸움이 더욱 가속되고 있었다.

망가진 무기를 재빨리 버린 두 사람은 우리가 아무런 말을 하지 않았는데도 주먹으로 치고받기 시작한 것이다.

"여동생에게 다가가는 남자는 몸도 마음도 강해야만 한다! 네 진심을 보여봐라!"

"굳이 말하지 않아도 보여주지!"

양쪽 다 때때로 몸에 맞아도 치명적인 일격은 아니었기에 한 발짝도 물러서지 않고 정면에서 치고받는 싸움이 이어졌다.

거의 호각으로 보이는 싸움이었지만 나이인지 기백의 차이인지…… 서서히 레우스의 공격 횟수가 줄어들고 수세에 몰리고 있었다.

그리고…… 균형이 무너졌다.

"이걸로 끝이다!"

혼신의 일격으로 인해 레우스의 방어가 무너지고 큰 빈틈이 생긴 것이다.

키스가 그 순간을 놓칠 리가 없었기에 순식간에 마치 창 같은 발차기를 날리며 레우스의 복부를 뚫었다.

하지만…….

"윽?! 감촉이……."

"이쪽이다!"

뚫린 것은 레우스가 마력으로 만들어낸 잔상이었다.

완전히 허를 찔려 빈틈을 드러낸 키스 뒤쪽으로 파고든 레우스는 상대방의 허리에 팔을 두르며 힘을 해방시켰다.

"으랴아아아아아아앗——!"

"우……오오오오오오옷?!"

몸으로 아치를 그리는 듯이 키스를 들어 올리나 싶더니 멋진 백드롭을 먹인 것이다.

기세가 엄청나서 키스의 몸이 투기장 바닥에 내동댕이쳐진 것과 동시에 소규모 지진이 발생할 정도였다.

그리고 피어오른 흙먼지가 가신 뒤에는 사람의 상반신이 파묻히고 하반신만 튀어나온 전위적인 오브제가 생겨났다.

솔직히…… 죽어도 이상하지 않은 일격이다. 하지만 단련한 경험과 본능 덕분인지 키스는 재빨리 팔로 뒤통수를 지켜냈기에 치명상을 입지는 않은 것 같다.

일단 '서치'를 사용해 조사해보니 마력 반응을 확인할 수 있었기에 살아 있긴 한 모양이었다.

"으음…… 그대의 제자는 재미있는 기술을 쓰는군."

"솔직히 말씀드리자면 저도 뜻밖이었습니다."

"……재미있을 것 같아."

내가 가르쳐준 '미라주'를 재빨리 사용한 것도 훌륭했지만, 설마 스승님에게 당한 프로 레슬링 기술까지 쓸 줄은 몰랐다.

초보가 쓰기에는 위험한 기술이지만, 레우스는 예전에 스승님에게 여러 번 당하면서 요령을 파악했다. 내게 쓰는 방법을 몇 번 물어본 적도 있는 걸 보면 프로 레슬링 기술이 마음에 든 건가?

참고로 대처할 방법이 여러 가지 있는 기술이지만 처음 본 기술인 데다 잔상 때문에 동요한 키스는 벗어날 수 없었던 모양이다.

누가 보더라도 전투 불능 상태가 된 키스의 모습을 보고 조용해진 가운데 레우스는 천천히 일어나서 우리에게 손을 흔들고 있었다.

"분하지만 아들이 완전히 졌군."

"……다시 단련시켜야겠어."

아들이 져서 불쾌할 텐데, 수왕은 패배를 인정한 것뿐만이 아니라 시원스러운 미소까지 짓고 있어서 그릇이 크다는 게 느껴졌다.

그리고 이자벨라도 마찬가지로 키스를 엄한 눈초리로 바라보면서도 레우스의 승리를 받아들이겠다는 듯이 고개를 끄덕였다.

"양쪽 다 훌륭한 싸움이었다. 이 승부, 레우스의 승리다!"

자기 나라의 왕자가 쓰러졌는데도 관객석의 수인들은 박수를 치며 레우스를 칭찬해주었다.

이 싸움은 우리의 실력을 보기 위한 것이며 나라와 체면 같은 건 상관이 없다고 수왕이 미리 선언한 덕분일 것이다.

힘과 힘이 거칠게 부딪친 싸움을 본 관객들의 흥분도 최고조에 달했지만, 방금 끝난 싸움은 전초전에 불과하다.

"……다음은 나야."

천천히 일어선 이자벨라는 억누르고 있던 위압감을 해방하고는 조용히 나를 내려다보았다. 양쪽 다 아직 시합장에 올라가지도 않았는데도 투기를 받아내고 있자니 자연스럽게 몸이 긴장했다. 이렇게 강한 사람과 싸우는 건 오랜만인데.

"해냈어! 형님!"

한편, 멋진 백드롭을 날리고 일어선 레우스는 우리를 향해 승리의 함성을 지르고 있었다. 기쁜 건 알겠지만 네가 쓰러뜨린 사람은 이 나라의 왕자니까 너무 기뻐하면 곤란한데.

서둘러 자리에서 일어나 시합장으로 간 나는 미소를 짓고 있던 레우스 앞에 섰다.

"축하한다, 레우스. 기뻐하는 건 좋지만 어서 저 사람을 빼줘."

"아, 그렇지 참. 괜찮아?"

돌바닥에서 사람의 다리가 돋아난 것처럼 우스꽝스러운 키스에게 다가간 레우스는 상대방의 양쪽 다리를 잡고 억지로 빼내고 있었다. 왠지 채소를 뽑아내고 있는 것 같다.

그렇게 키스는 구출되었는데, 바닥에 내동댕이쳐진 충격 때문에 정신을 잃었던 모양이었다. 자신에게 무슨 일이 일어났는지 바로 알아채지 못하고 의아하다는 듯이 주위를 둘러보고 있었다.

"나는……, 어라? 방금까지 너와 싸우고 있었을 텐데……."

"괜찮아? 자기 이름 같은 것도 확실하게 기억하고 있지?"

"무, 물론이지! 아니, 설마 내가······."

"······너는 졌어."

"히익?!"

어느새 가까이 와 있던 이자벨라의 말을 듣고 그제야 상황을 이해한 모양이었다.

얼굴이 새파랗게 질린 채 식은땀을 흘리며 어머니를 올려다보고 있던 키스를 혼내기 시작할 것 같은 분위기였지만, 이자벨라는 아들을 조용히 바라보기만 할 뿐 아무런 말도 하지 않았다. 이런 경우에는 이러쿵저러쿵 말하기보다는 조용히 있는 게 더 무섭겠지.

"저기, 어머님?"

"······이번 싸움은 어느 쪽이 이긴다 해도 이상하지 않았어. 진 이유는 알아?"

"마, 마지막 일격이 빗나가서 냉정함을 잃었습니다."

"······그럼 됐어. 나중에 방금 본 기술의 연습 상대가 되어줘."

"··········네?"

보아하니 이자벨라는 레우스가 날린 백드롭이 마음에 든 모양이다.

약속된 공포로 인해 절망한 키스를 내버려둘 수 없었는지 레우스는 위로하려는 듯이 상대방의 어깨를 두드리고 있었다.

"뒤에서 들어 올린 뒤에도 냉정하게 움직이면 대처할 수 있어. 예를 들어 내동댕이쳐지기 직전에 바닥을 친다든지."

"기술에 걸리는 건 확정이냐! 그래도······ 응, 기억해두지."

위로하는 건지 아닌지 미묘한 것 같은데, 맞붙은 덕분에 두 사람 사이가 좋아진 것 같기도 하다.

만에 하나를 대비해 키스를 살짝 만지면서 '스캔'으로 조사해 보았지만 타박상 말고 다른 상처는 없었다. 몸이 튼튼해서 다행이라고 생각하며 안심하고 있자니 조금 늦게 다가온 리스가 두 사람의 상처를 봐주었다.

"타박상이 대부분이긴 한데, 조금 베인 상처도 있네. 금방 치료해줄 테니까 움직이지 마."

"나는 필요 없어. 이 정도 상처는 쉬면 금방 나아."

"안 돼요! 상처가 덧나면 큰일이니까, 싫어도 치료를 받아야 해요. 레우스!"

"그러니까 필요 없……, 무, 무슨 짓이냐! 네놈!"

"포기하고 치료를 받으라고. 리스 누나에게 대들면 험한 꼴을 당하게 된다니까!"

"내가 위험하다는 듯이 말하지 마."

누나들에게 절대적으로 복종하는 레우스가 뒤에서 붙잡고 키스를 억지로 치료하게 되었다. 정말 떠들썩한 치료를 멍하니 바라보고 있자니 내게 다가온 이자벨라가 시합장 가운데를 손가락으로 가리키며 말을 걸었다.

"……그럼, 이번에는 우리 차례. 시작할까?"

그때, 이자벨라는 아주 살짝 웃고 있었다.

아무리 봐도 아이가 두 명 있는 것 같지 않을 정도로 요염한 느낌이 드는 미인의 그 미소는 남자들을 사로잡을 만한 미소였

지만, 그와 동시에 뿜어내는 위압감과 살기로 인해 멋지게 상쇄
되고 있었다.

어서 싸우고 싶은 모양이니 치료를 마친 두 사람에게 관객석
으로 가라는 뜻으로 돌아보았는데, 레우스는 진지한 표정으로
이자벨라를 보고 있었다.

"형님. 나도 이자벨라 님하고 싸워보고 싶은데, 안 될까?"

"나는 상관없는데, 이자벨라 님께서는 어떠신가요?"

"……좋아."

반응은 둔했지만 레우스가 한 말을 듣고 고개를 끄덕인 이자
벨라는 관객석에 앉아 있던 수왕을 보았다.

그 시선을 느낀 수왕은 에밀리아와 잠시 이야기를 한 다음 레
우스의 파트너인 대검을 이쪽으로 던졌다. 저 대검은 무게가 꽤
나가는데, 한 손으로 가볍게 던지네.

날아온 파트너를 잡은 레우스를 확인한 이자벨라는 시합장 가
운데에 서서 중얼거렸다.

"……그래도, 온 힘을 다해야 해?"

"음……, 형님?"

자신의 대검을 있는 힘껏 휘두르면 성벽조차 쉽사리 잘라낼
수 있기에 레우스도 온 힘을 다하라는 말을 듣고 망설이고 있
었다.

하지만 너는 그런 걱정을 할 필요가 없다는 사실을 이미 이해
하고 있을 텐데. 눈앞에 서 있는 상대는 너보다 훨씬 강하다는
사실을.

"상관없다. 내게 도전한다고 생각하면서 싸우고 와."

"알았어!"

가끔이긴 하지만 레우스하고는 목검이 아니라 진짜 무기를 사용하는 모의전도 하고 있으니까. 지금 너라면 절망적으로 차이가 나진 않을 거다. 내가 한 말을 듣고 각오를 다진 레우스는 시합장 가운데로 간 뒤 이자벨라와 마주 보고 서서 대검을 겨누었다.

"……언제든, 상관없어."

"…………."

집중하던 레우스는 조용히 고개를 끄덕이고 대검을 상단 자세로 겨눈 채 빈틈을 살피고 있었지만, 이자벨라는 선수를 양보할 생각인지 제자리에서 움직일 낌새를 보이지 않았다.

사실 함부로 공격하지 말라고 하고 싶지만, 레우스가 배운 강파일도류는 공격하는 검이다.

기다리고 있는 상대라 해도 정면으로 두 동강 내는 필살의 유파이고, 너는 그것이 가능한 기술을 단련해왔다. 지금은 한 수 배우는 상황이니 마음을 굳게 먹고 나서는 것도 괜찮을 테니까.

나와 같은 생각을 하며 각오를 다졌는지 레우스는 호흡을 고른 다음 소리쳤다.

"으랴아아아아아아아아앗——!"

레우스는 시합장 바닥을 박살 낼 기세로 뛰쳐나갔고, 한 발짝이 아니라 지면을 여러 번 박차며 이자벨라에게 다가섰다.

평소보다 복잡하게 파고드는 이유는 상대가 어떤 움직임을 보여도 땅에 발을 내디딘 상태를 유지하기 위해서다.

하지만 레우스가 그렇게 눈앞까지 다가왔는데도 이자벨라는 꿈쩍도 하지 않았다.

그리고 망설임없이 내려친 레우스의 대검이 닿은 순간…… 이자벨라의 모습이 사라졌다.

아니……, 사라진 것이 아니다. 신체능력만으로 잔상이 생겨날 만큼 빠르게 레우스의 오른쪽으로 파고든 것이다.

눈앞에 있던 레우스가 보기에는 사라진 것처럼 보였겠지만, 레우스의 본능은 놓치지 않았던 모양이다.

"오른쪽인가?!"

지금까지 쌓아온 경험과 동체시력을 통해 이자벨라의 위치를 파악한 레우스는 내려친 대검의 궤도를 억지로 바꾸어 측면으로 파고든 상대를 후려치려 했다.

하지만…….

"올곧고…… 멋진 눈이구나."

약간 말투가 바뀐 이자벨라는 다가오는 대검을 피하기는커녕 미소를 지으며 레우스의 눈을 들여다보고 있었다.

레우스는 동요하면서도 대검을 끝까지 휘둘렀지만, 이자벨라는 이미 사라졌고 대검은 허공을 베었을 뿐이었다.

"윽?!"

레우스가 당황한 걸 보니 이번에는 이자벨라를 완전히 놓친 모양이었다.

나는 멀리서 바라보고 있기에 눈치챘는데, 이자벨라는 레우스의 뒤로 파고들어 발차기를 날리려 하고 있었다.

약간 늦게 이자벨라의 공격을 알아챈 레우스는 공격하는 것을 포기하고 대검을 최단거리로 끌어당겨 방어로 전환했다.

아슬아슬하게 이자벨라의 발차기를 대검으로 막아내는 데 성공했지만, 자세가 무너진 상태로는 충격을 전부 죽일 수가 없었기에 레우스의 대검은 손에서 빠져나가 관객석에 박혔다.

완벽한 컨디션이 아니라 해도 레우스에게서 대검을 쳐낼 정도로 강한 발차기라. 한 방이라도 제대로 맞으면 확실하게 전투 불능 상태가 되겠지.

레우스는 압도적인 속도의 차이를 알게 된 것뿐만이 아니라 무기까지 잃었지만, 투지는 아직 사라지지 않았다.

반격당할 것을 알면서도 레우스는 발차기를 날렸지만, 마찬가지로 이자벨라를 맞출 수는 없었기에 헛발질을 하게 되었다.

"젠……장!"

"느려. 하지만…… 나쁘지 않아."

부드러운 목소리와 함께 이자벨라가 이동한 곳은 상대방의 뒤쪽이었고, 레우스가 그 사실을 눈치채기도 전에 그녀는 허리에 팔을 두르고 있었다.

설마 저건…… 백드롭인가?

아들의 원수를 갚을 생각……, 아니, 프로 레슬링 기술에 흥미가 있는 것 같았으니 그냥 해보고 싶었을 뿐인지도 모르겠다.

하지만 레우스는 그 기술을 스승님에게 여러 번 당했기에 빠져나갈 방법을 알고 있었다.

"그 기술은…… 끄윽?!"

하지만 레우스가 어떤 움직임을 취하기도 전에 이자벨라의 백드롭이 작렬했다.

주위 사람들에게 보여주는 듯이 천천히 기술을 날렸던 스승님과는 달리, 이자벨라는 곧바로 공격을 가했기에 미처 대응할 수가 없었던 모양이다.

그 결과…… 레우스의 상반신은 바닥에 파묻혀서 키스와 똑같은 상황이 되었다.

새로운 오브제를 만들어낸 이자벨라는 만족스러운 표정을 짓고 있었고, 키스가 급하게 달려갔다.

"……역시, 재미있는 기술이야."

"어머님, 힘조절을 하셔야죠! 정신 차려라! 레우스!"

"끄……허억?! 괘, 괜찮……아."

하지만 레우스는 혼자서 빠져나와 비틀거리면서도 일어섰다. 레우스가 튼튼하기도 하지만, 스승님의 백드롭과 비교하면 가벼운 일격이었기 때문일 것이다.

"나는 아직…… 싸울 수…… 어푸?!"

"정말, 더 싸우면 안 돼."

레우스는 무사했지만, 머리에서 피를 조금 흘리고 있었기에 리스가 닥터 스톱을 걸었다.

얼굴에 물을 뒤집어쓴 채 억지로 치료당하고 있는 레우스를 바라보던 이자벨라는 전투를 벌이기 전에 보여준 미소를 다시 지으며 고개를 크게 끄덕였다.

"……너는 합격."

"크윽?! 어머님께서 그렇게 말씀하시니 어쩔 수 없지. 나도 인정해주마."

"합격이라니……, 뭐가?"

갑작스러운 합격 선언을 듣고 물에서 해방된 레우스가 고개를 갸웃거리고 있었다.

상황을 보니 실력자로 인정받은 것 같은데, 반응을 보면 아닌 것 같다.

"하지만 착각하지 마라! 나는 여동생에게 다가가는 것을 인정했을 뿐, 사이좋게 지내는 걸 허락한 게 아니니까!"

"그쪽이냐?! 사이좋게 지내는 것 정도는 딱히 상관없잖아."

"시끄럽다! 여동생은 아직 나와 아버지 말고 다른 남자와 엮이기엔 너무 이르다고!"

"그거라면 괜찮아. 내게는 이미 애인이 있으니까……."

"네놈! 여동생에게 매력이 없다는 거냐!"

"뭐라고 대답해야 되는 건데!"

사이가 좀 좋아졌나 싶었더니, 메어 이야기가 나오니까 초기 상태로 돌아가 버렸네. 저 정도면 거의 병에 가까운 것 같다.

그리고 뭘 인정해줬는지는 모르겠지만, 다음은 내 차례니까 마음을 다잡고 가야지.

"다음은 너……지. 빨리 싸우자?"

의욕을 보이며 시합장 가운데에 선 이자벨라를 보고 고개를 끄덕인 나는 관객석으로 돌아간 리스와 레우스, 그리고 키스가 지켜보는 가운데 그녀 앞에 섰다.

"저는 준비가 다 되었으니 언제든 시작하시죠."

"……응."

조용히 고개를 끄덕인 이자벨라가 관객석에 있던 남편을 바라보자 수왕이 큰 목소리로 선언했다.

"시작하라!"


진심으로 싸운다고는 해도 사투를 벌이는 건 아니기에 이번 싸움에 쓰려고 가져온 무기는 스승님에게 받은 성수제 나이프뿐이다.

이 나이프는 척 보기에 그냥 나무로 만든 것처럼 보이지만 광석보다 훨씬 튼튼하고, 마력을 흘려 넣으면 미스릴 나이프보다 더 날카로워진다. 반대로 마력을 흘려 넣지 않으면 그냥 튼튼한 나이프로 써먹을 수 있기 때문에 모의전 때 사용하기도 적합하다.

그에 비해 이자벨라는 여전히 맨손이다. 역시 자신의 몸이 아닌 무기는 가지고 있지 않은 건가?

"……안 와?"

수왕의 선언으로 인해 이미 싸움이 시작되었지만, 우리는 한 발짝도 움직이지 않고 서로 노려보고 있었다.

이자벨라는 한순간의 방심이 승부를 가를 정도로 빠르기 때문에 자칫하다가는 레우스 꼴이 날지도 모른다. 속도에는 자신이 있는 편이긴 하지만, 내 예상으로는 이자벨라가 더 빠를 것이다.

"그럼 내가…… 갈게."

지면을 밟아서 부술 기세로 뛰쳐나간 레우스와는 달리 이자벨라의 이동은 발소리를 내지 않고 조용한 이동이었다. 마치 워프를 한 것처럼 눈앞에 나타나서 주먹을 날리는데, 나는 그 일격을 정면에서 흘렸다.

　"……준비운동은 이미 충분하지 않나요?"

　'부스트'로 신체능력을 끌어올리고 이자벨라의 일격을 흘려내고 느낀 건데…… 생각했던 것보다 가볍다.

　좀 전에는 레우스의 대검을 튕겨낼 정도로 강한 발차기를 날렸는데, 그때는 공격을 완전히 중심에 때려 넣어 충격을 완벽하게 전달시켰기 때문에 그런 위력이 나왔을 것이다. 다시 말해 이자벨라의 공격은 너무나도 정확하다.

　그리고 나는 똑바로 날아드는 총알을 피한 경험이 싫증 날 정도로 많다.

　그렇기에 직선적인 공격…… 점의 일격을 피하는 것만이라면 아무리 빠르다 해도 해낼 수 있었다.

　내가 이렇게 공격을 흘리고 도발하는 듯이 말하자 이자벨라는 씨익 웃으며 자세를 취했다.

　"……그렇지. 그럼 속도…… 올린다?"

　"혹시나 해서 묻는 건데요. 어느 정도까지 올리실 생각이신지?"

　"아직…… 절반."

　그렇다면 꽤 힘들겠다고 대답하기도 전에 이자벨라의 주먹이 내 얼굴을 노리고 날아들었기에 흘렸다. 그와 동시에 그녀가 몸을 비틀어서 마치 창처럼 날린 발차기를 나이프로 흘렸지만, 곧바로 날아든 꼬리 일격을 받아내는 건 위험하다고 판단하고 몸을 웅크려 피했다.

적이긴 하지만 훌륭한 공격이다. 그리고 자신의 팔다리뿐만이 아니라 수인 특유의 꼬리도 어엿한 무기로 다루고 있다.

"더……, 더 간다!"

"저도 가도록 하죠!"

이자벨라의 속도가 빨라진 것과 동시에 나도 '부스트'를 있는 힘껏 발동시켜 마치 기관총처럼 날아드는 공격을 쳐내기 시작했다. 하지만 멈출 줄 모르는 이자벨라의 가속으로 인해 사고가 따라잡고는 있지만 몸이 뒤처지고 있었다.

그럼에도 불구하고 나는 쌓아온 경험과 '멀티 태스크'를 이용한 예측으로 겨우 따라잡고 있었는데, 공격이 더욱 거세질 때마다 이자벨라가 변해간다는 사실을 눈치챘다.

"후후…… 하하…… 아하하! 왔다…… 왔어! 오랜만이야!"

꿈을 꾸고 있는 것처럼 흐릿했던 눈동자에 빛이 깃들었고, 간단한 말만 하던 말투도 거칠어졌다 싶더니 갑자기 큰 소리를 내며 웃기 시작했다.

싸우면서 아드레날린이 분비된 건가?

흥분상태도 극에 달했는지 완전히 딴판으로 달라진 것을 보고 동요해서 공격을 미처 피하지 못할 뻔했다. 정과 동이 이렇게까지 극단적인 사람도 드문데.


『으음……, 저 모습을 보는 게 몇 년 만인지. 역시 그렇게 대단한 상대였나.』

『저기, 수왕님. 이자벨라 님이 대체 어떻게 되신 건가요?』

『부인은 투쟁본능이 끓어오르면 감정이 폭발해서 저렇게 본성이 드러난다. 다시 말해 진심을 드러낸 거지.』

『저게…… 엄마야?』


관객석에서 당황함과 동요, 그리고 공포로 물든 시선이 날아드는 것 같은데, 안타깝게도 그쪽을 볼 여유는 없다. 사나운 미소를 지으며 날리는 공격을 피하기도 벅찼고, 서서히 내 몸에 자잘한 상처가 늘어나기 시작하고 있었다.

"아하하하! 나를 이렇게까지 흥분시키다니, 남편 이후로 처음이야! 그러니까 당신의 힘을 더 보여줘!"

"크윽…… 더 가속하는 건가!"

뒤로 파고들어 날리는 공격은 '미라주'를 이용한 잔상으로 피했지만, 반격하기 위해 날린 내 공격도 맞지 않았다.

정신을 차리고 보니 서로 백 번 이상 공방을 주고받았는데, 결정타는 한 방도 맞추지 못했다.

"더……, 더……, 좀 더…… 당신의 진심을 보여줘! 흙이여, 솟구쳐라! '어스 브레이크'."

이자벨라가 영창한 것과 동시에 지면을 밟아서 부수자 내 발치가 갈라지고 화산이 분출한 것처럼 하늘을 향해 수많은 바위가 뿜어져 나왔다.

이 마법은 분명…… 임의의 장소에서 상공을 향해 바위와 충격파를 날리는 토속성 중급 마법이었던가?

영창도 최대한 짧게 하고, 공격하는 사이에 잘 끼워넣어서 마법을 날리는 전투 센스. 이렇게까지 뛰어난 강자는 별로 없을 것이다. 마법으로 인해 공중으로 떠버린 내게 아래쪽에서 바위가 다가왔지만, 오히려 그 바위를 발판삼아 피하기 시작했다.

"대단해! 당신도 그걸 할 수 있구나!"

정신을 차리고 보니 이자벨라가 성의 3층 높이까지 뛰어오른 나를 향해 공중의 바위를 박차며 쫓아왔다.

속도는 상대방이 더 빠르지만, 공중전이라면 '에어 스텝'을 쓸 수 있는 내가 더 유리하다.

이자벨라는 바위를 박차며 몇 번이고 나를 향해 달려들었지만, 나는 바위가 아니라 마력 발판을 박차며 피했다.

하늘 위로 날아오른 바위가 이곳저곳으로 흩어지며 관객석으로 쏟아져 내리는 것 같았지만, 안타깝게도 지금 나는 신경 쓸 여유가 없다. 뭐, 내 동료들하고 수왕이라면 바위가 떨어진다 해도 문제없을 테니까.


『메리, 위험하니까 아버지 곁으로 오거라!』

『아니, 오빠 곁이 더 안전하지!』

『바람으로 막고 있으니까 내게서 떨어지면 안 돼.』

『피아 언니의 마법은 대단하네!』

『…………』

그리고 공중에 뜬 바위가 전부 떨어지고 시합장에 착지한 나는 곧바로 옆을 향해 뛰려 했지만, 그보다 먼저 이자벨라가 내 뒤로 파고들어 허리에 팔을 둘렀다.

이 움직임…… 또 백드롭이냐! 정말 이 기술이 마음에 든 모양이네.

"그렇게는 안 되지!"

나는 재빨리 두 팔을 위쪽으로 뻗어 뒤통수가 바닥에 부딪히기 직전에 '임팩트'를 날렸다.

날아간 충격으로 인해 우리의 몸이 바닥을 부수면서 튕겨져 나갔고, 다시 공중에 몸이 떴을 때, 몸을 크게 비틀어 허리를 감고 있던 이자벨라의 팔을 떼어냈다.

이자벨라가 그런 행동에 놀라면서도 날린 박차기를 두 팔로 막아낸 나는 상대방의 다리를 붙잡아 '에어 스텝'으로 발판을 만들어서 휘두르고는 관객석 근처의 벽을 향해 던졌다.

"좋아! 당신…… 최고야!"

날아가면서도 자세를 바로잡은 뒤 벽을 박차고 시합장으로 돌아온 이자벨라는 곧바로 내게 달려들었다. 호흡을 가다듬고 다가오는 이자벨라에게 집중했을 때…… 그녀의 표정이 확실하게 달라졌다는 것을 눈치챘다.

"이렇게 강한 힘을 지닌 당신이 딸에게 접근해서 무슨 수작을 부리려는 거지?"

그 말은 전사가 아니라 어머니로서 한 말일 것이다.

싸움을 즐기고 있다는 건 분명하지만, 지금 이자벨라에게서는 에리나 엄마와 비슷한 감정…… 자식을 생각하는 애정이 느껴지기 때문이다.

어젯밤에 있었던 일이다.

성에서 여관으로 돌아가기 전에 수왕이 나만 따로 불러서 메어의 시력에 대해 고맙다는 인사를 했기에 나는 좋은 기회다 싶어서 물어보았다.

어째서 메어의 시력이 안 좋은 건지…….

선천적으로 그렇거나 병에 걸린 것치고는 이상하다고 생각했기에 물어보았지만, 수왕은 분하다는 듯이 주먹을 꽉 쥐며 대답해주었다.

『메리는 독을 먹은 적이 있다.』

아비트레이의 왕녀…… 메어는 가족뿐만이 아니라 나라 전체의 수인들로부터 사랑받고 있었다.

그런 메어가 이유식을 졸업하고 평범한 식사를 할 수 있게 되었을 무렵…… 어떤 자가 메어의 식사에 독을 타버린 비극이 일어났다.

겨우 목숨을 건지긴 했지만, 독의 후유증으로 인해 시력이 극단적으로 떨어져 버린 것이다.

본인은 어린 나이였기에 당시에 무슨 일이 있었는지 잘 기억하지 못하는 모양이지만, 그 이후로 메어는 무의식적으로 식사를 피하거나, 먹어도 토해버리게 되었다고 한다.

『서서히 말라가는 그 아이를 보고 내가 몇 번을 절망했는지 모른다. 하지만 모두가 힘써준 덕분에 그 아이는 살아남을 수 있었다. 아무리 감사해도 부족하겠지.』

그리고 많은 사람이 나서서 헌신적인 재활 훈련을 시켜주었기에 메어는 누군가가 독이 있는지 먼저 먹어본 뒤에는 평범하게 음식을 먹을 수 있게 되었다.

나중에 알게 된 것이지만, 메어에게 독을 먹인 것은 원한이나 정치 관련 음모가 아니라, 그저 메어에게 맛있는 것을 먹으려고 너무 분발했던 요리사의 실수가 원인이었다고 한다.

고의가 아니었다고는 해도 죄책감을 견디지 못했던 요리사는 자살했고, 아무도 행복하지 못한 결말을 맞이했다는 모양이다.

그런 이유 때문에 수왕과 키스는 메어의 몸을 지나칠 정도로 걱정하게 된 것이다. 내가 그렇게 원망을 산 것도 당연한 결과일지 모르겠다.

하지만 그런 가족 중에서 메어에게 가장 반응이 희미한 사람이 어머니인 이자벨라였다. 실제로 우리가 본 것처럼 딸과 만났는데도 멀리서 지긋이 노려보기만 하고 제대로 챙겨주지도 않으며 아들인 키스만 단련시키는 나날을 보내고 있다는 모양이다.

그 때문에 메어는 어머니에게 다가가지 않게 되었고, 주위 사람들은 차가운 어머니라고 생각하게 되었다는데…….

"당신의 마음을 내게 보여줘!"

……그건 완전히 착각이었던 모양이다. 싸우면서 본성을 드러낸 것처럼, 이자벨라는 입이 아니라 투쟁으로 상대방과 대화하

는 여자다.

수왕의 이야기에 따르면 이자벨라는 강자 말고도 메어와 관계를 맺은 사람 모두와 맞붙은 모양이다. 그레테는 물론이고 싸움과는 어울리지 않는 맥더트도 예외가 아니었다고 하는데.

그 이유는 아마 싸움을 통해 상대방의 본성을 알아보면서 메어를 해치는 존재가 아닌지 파악하기 위해서일 것이다. 이렇게 실제로 싸워보니 나도 그 의도를 이해할 수 있었다.

메어를 계속 노려보기만 하는 것도 말재주가 정말 없고, 주먹을 맞부딪히는 것으로만 진심을 털어놓을 수 있기 때문이다. 정말 까다로운 성격인 것 같다.

"그렇게 말하니 물러설 수는 없지."

그렇기에…… 나도 각오를 다졌다.

이자벨라가 온 힘을 다해 날리는 일격을 정면으로 받아낼 각오다.

약간 허리를 낮추고, 평소에는 몸 전체에 균등하게 두르는 마력을 오른손에 집중시켰다. 아마 이것이 내 육체만으로 날릴 수 있는 최대의 일격일 것이다.

그리고 서로 신호를 주고받지 않았는데도, 나와 이자벨라는 동시에 바닥을 박차고 뛰쳐나갔다.

중심을 확실하게 포착해서 자신의 온 힘을 다해 날리는 이자벨라의 주먹에 맞서 나는 '임팩트'를 팔꿈치 근처에서 폭발시켜 항타기…… 파일 벙커 같은 요령으로 가속시킨 주먹을 날렸다.

이자벨라의 물음에 대한 답.

그것은 교육자를 목표로 한 자로서 미래가 있는 아이를…….

"내버려둘 수는 없잖아!"

두 사람이 진심을 담아 날린 주먹이 격돌한 순간, 우리는 튕겨져 나가는 듯이 뒤쪽으로 날아갔고, 바닥을 여러 번 구른 뒤 관객석 벽에 격돌한 다음 멈췄다.

"거기까지다!"

더 이상은 힘들 거라고 판단한 모양인지 수왕이 큰 소리로 시합이 종료되었다고 선언했다.

아프긴 해도 몸이 아직 움직이기 때문에 싸울 수는 있지만, 너무 지쳤기에 나는 얌전히 벽에 몸을 기댄 채 리스가 오기를 기다리기로 했다.

이자벨라도 나와 마찬가지인지 일어설 낌새는 보이지 않았지만, 마음껏 싸워서 그런지 표정이 매우 만족스러워 보였다.

이렇게 바라보고 있으니 매력적인 미소인데, 그걸 끌어내려면 온 힘을 다해 싸워야만 하니 수지가 안 맞는 것 같다.

"시리우스 님!"

종료 선언과 동시에 날아온 에밀리아가 걱정스럽게 얼굴을 들여다 보았기에 나는 안심시키려고 그녀의 머리에 손을 얹으려 했는데.

"윽?! 시리우스 님, 오른팔이……."

"그래, 이쪽은 무사하지 않은 것 같아. 당분간 안정해야겠는데."

마력으로 보호하긴 했지만, 이자벨라의 일격을 막아내긴 힘들었던 모양이다.

내가 이 정도로 지친 걸 본 적은 처음일지도 모르니 달래는 것도 힘들겠다고 생각했는데, 뜻밖에도 에밀리아는 냉정한 표정을 짓고 있었다.

그렇구나, 너도 성장했······.

"시리우스 님을 이렇게까지 몰아붙인 상대지만 저쪽도 많이 다쳤죠. 뒷일은 제게 맡겨주세요. 저분을 완전히 굴복시키고 이 나라를 손안에······."

······우는 것보다 더 악질이다.

왼손으로 에밀리아의 머리를 쓰다듬으며 진정시키면서, 나는 상처를 다시 확인했다.

흐음······ 통증이 심하긴 하지만 오른팔의 뼈는 금이 좀 갔을 뿐, 부러지진 않은 것 같다. 하지만 마지막 일격으로 인해 마력이 고갈되어서 나른하고, 이자벨라의 공격을 계속 쳐내다 보니 몸이 피곤해서 오늘은 움직이고 싶지 않네.

그렇게 상처의 분석이 끝날 때쯤, 내 동료들이 모두 모여 있었다.

"제대로 치료할 거니까 움직이면 안 돼."

"대단한 싸움이었어. 당신이 이렇게 당한 모습을 본 건 처음이야."

"시리우스 님을 간호하고 돌봐드리는 건 전부 제게 맡겨주세요. 그러니 안심하고 쉬시고요."

"형님에게 다가오는 적은 내가 전부 두 동강 내줄 테니까!"

"멍!"

"알았어, 알았어. 그러니까 진정해……, 응?"

남매가 떠들어대는 와중에 리스의 치료가 끝났고, 에밀리아에게 부축받으며 일어서 보니 이자벨라도 수왕과 키스의 부축을 받으며 일어서고 있었다.

이제 말은 필요 없을 것이다. 다가온 이자벨라가 부드러운 표정을 지으며 손을 내밀었기에 나는 그 손을 잡고 악수를 했다.

"으음, 양쪽 다 훌륭한 싸움이었다. 부인이 인정했으니 이제 그대들을 수상쩍게 여기는 자는 없을 거다."

"설마 어머님과 그렇게까지 싸울 수 있는 녀석이 있을 줄은 몰랐어. 이봐, 상처가 나으면 나하고도 싸워줘!"

수왕이 말한 것처럼 관객석에 있던 수인들은 내게 아낌없는 박수를 보내주고 있었다.

키스도 인정해준 모양이니 이제 전부 해결되었다…… 싶었는데 메어가 이상하다는 것을 눈치챘다. 우리가 있는 곳에서 조금 떨어져서 당황한 표정으로 서 있었기 때문이다.

제자들의 보고를 들어보니 나와 이자벨라가 싸우기 시작했을 때부터 이상해졌다고 하니, 어머니가 진심으로 싸우는 모습을 처음 봐서 그런 건지도 모르겠다.

"엄마……."

"………….."

지금 이자벨라가 진심을 말하면 간단히 해결될 것 같기도 한데, 흥분이 가라앉은 이자벨라는 아무런 말도 하려 하지 않았다.

하지만 그녀의 심정을 알게 된 지금은 딸에게 어떻게 말을 걸어야 할지 몰라 당황한 어머니로만 보였다.

그런 이자벨라를 부축하고 있던 수왕은 웃음소리를 내며 그녀의 머리에 손을 얹었다.

"이자벨라, 전부터 여러 번 말했다만, 좀 더 솔직해지는 게 어떤가? 그렇게까지 사납게 싸울 수 있으니 메리와 이야기하는 것 정도는 어렵지 않을 터인데."

"……어떻게 말을 걸어야 할지 모르겠어. 나는 엄마인데, 응석을 받아주는 방법을…… 모르니까."

수왕이 계속 달래보았지만, 이자벨라는 거절하려는 듯이 움직이지 않았다.

이제 슬슬 조용히 보는 것도 한계인 것 같으니 나도 끼어들었다.

"말로 하는 게 힘들면 행동으로 해야죠. 시험 삼아 머리를 쓰다듬어 보시는 건 어떨까요?"

"윽?!"

내 말을 듣고 충격을 받았는지, 이자벨라는 눈을 크게 뜨면서 뒤로 물러나고 있었다.

머리를 쓰다듬는 거라면 누구나 할 수 있을 것 같은데, 얼마나 서투른 건지.

옆에서 수왕이 질렸다는 듯이 한숨을 쉬고 있는 걸 보니 아마 그도 몇 번 제안했다가 거절당한 게 분명하다.

별로 마음에 드는 수단은 아니지만, 이렇게 된 이상 써보도록 할까.

"이자벨라 님. 이번에 저희는 당신의 부탁으로 싸우게 되었습

니다. 그 빚을 갚는 조건으로 메어 님의 머리를 쓰다듬어주시면
안 될까요?"

"……어째서?"

"제가 그렇게 하고 싶으니까요. 자……, 따님은 도망치지 않
을 테니 차분하게 손을 내밀어 보세요."

"…………응."

잠시 고민하던 이자벨라는 조용히 고개를 끄덕인 다음 멍하
게 서 있던 메어의 머리에 손을 얹은 뒤 천천히 쓰다듬기 시작
했다.

옆에서 보기에는 쓰다듬는 것 같지 않을 정도로 서툴렀다. 그
럼에도 불구하고 메어의 마음이 크게 움직였는지, 긴장해서 굳
었던 몸에서 힘이 빠져나가는 것을 알 수 있었다.

"엄……마?"

"……아프지 않니?"

"응. 더 세게 쓰다듬어도 괜찮아."

"……안 돼. 무서우니까."

"무서워?!"

사이좋은 모녀의 대화와는 거리가 멀긴 하지만, 적어도 한 발
짝 전진한 것은 분명하다.

리스가 아버지와 화해했을 때도 큰 소동이 벌어졌는데, 이쪽
도 여러 가지로 힘들 것 같다.

같은 생각을 하고 있던 리스와 마주 보며 쓴웃음을 짓고 있자
니 메어의 메리를 쓰다듬고 있던 이자벨라가 갑자기 내게 말을

걸어왔다.

"……시리우스. 이 아이의 교육 담당…… 할래?"

이자벨라와의 싸움이 끝나고, 메어의 가족뿐만이 아니라 성에
서 일하는 수인들에게도 인정받은 우리는 필요한 이야기를 마
치고 마을의 여관인 왕랑관으로 돌아와 있었다.

　어젯밤과 마찬가지로 성에 머물러도 좋다고 했지만, 조금씩
사이가 개선되고 있는 모녀를 방해하고 싶지는 않았기에 오늘
도 여관에서 쉬기로 한 것이다.

　마지막까지 아쉬워했던 메어에게는 미안하지만, 성에 머무르
면 시끄러워질 것 같으니까.

　이곳이라면 오늘의 피로를 느긋하게 풀 수 있을 거라고 생각
하며 쉬고 있었는데, 좀처럼 숨을 돌릴 수가 없었다.

　왜냐하면⋯⋯.

　"홍차는 어떠세요? 또 뭔가 필요한 게 있으시면 바로 말씀해
주세요."

　"오늘은 침대에서 움직이면 안 돼."

　"후후, 잠이 안 오면 자장가라도 불러줄까?"

　"경비는 내게 맡기고 형님은 푹 쉬어."

　"멍!"

　별관에는 방이 많은데, 모두가 내 방에 모여 있기 때문이다.

　이자벨라와 싸우면서 매우 지친 내 모습을 봐서 그런지, 침대
에 누워있는 내 곁에서 떠나려 하질 않았다. 걱정해주는 건 기

쁘고, 불만이 있는 건 아니지만 이렇게까지 한데 모여서 돌보려고 하니 오히려 숨을 돌릴 수가 없다.

하지만 오랜만에 한계까지 싸워서 그런지 움직이기도 귀찮았기에 나는 아예 포기하고 모두의 간호를 받아들였다.

아마 가장 열정적일 에밀리아가 먹여주는 과일을 먹고 있자니 침대 끄트머리에 앉아 있던 피아가 의아하다는 듯이 말하기 시작했다.

"그건 그렇고, 왜 메어의 교육 담당을 맡은 거야? 함부로 다치게라도 하면 이번에는 상대방이 덤벼들지도 모르는데?"

"그래서 맡은 거야. 다른 사람들이 그 아이에게 너무 심취해 있으니까."

피아가 한 말대로 메어의 교육 담당을 맡으면 골치 아픈 일이 일어날지도 모르지만, 여러모로 신경 쓰이는 게 있었기 때문에 맡게 되었다.

좀 전에는 가족들도 있었기에 아무런 말도 하지 않았지만, 역시 신경 쓰였던 모양이다. 피아가 말을 꺼내자 남매도 물어보기 시작했다.

"그래도 말이야. 왜 형님이 그렇게까지 신경 쓰는 거야?"

"레우스 말이 맞아요. 메리 님이 내버려둘 수 없는 아이이긴 하지만……"

"뭐라고 해야 하나, 그 아이를 내버려두면 이 나라 자체가 위험할 것 같거든."

가족뿐만이라면 그나마 이해가 되지만, 다른 수인들이 보여주는 메어에 대한 집착은 척 보기에도 이상하다. 만에 하나 메어가 전쟁을 벌이고 싶다는 말을 꺼내면 곧바로 전쟁이 일어나버릴 것 같다.

지금 메어는 순수한 아이니까 문제가 없지만, 그녀가 성장해서 제멋대로 구는 여자가 되어버린다면…… 이 나라의 장래가 어떻게 될지 모른다.

지나친 생각인 것 같기도 하지만, 알아버린 이상 내버려둘 수는 없었다. 그리고 애초에 메어에게는 이것저것 가르쳐주고 싶다는 생각도 있었고.

그밖에도 레우스에게 경험을 쌓게 해주기 위해 이자벨라나 키스와 싸우게 하고 싶고, 성에서 내준 처음 보는 식재료로 새로운 요리에 도전하고도 싶으니 조금만 더 있기로 결심한 것이다.

"그리고 개인적인 생각인데, 메어에게는 마력을 다루는 법을 더 가르치고 싶어. 눈뿐만이 아니라 온몸을 강화시키는 '부스트'를 익히면 메어가 더 어머니와 잘 지낼 수 있을 것 같으니까."

"응, 나는 찬성이야. 어머니가 있는데 그렇게 쓸쓸해 하는 아이는 보고 싶지 않으니까."

"적어도 이번 일로 빚을 지게 되었으니 어느 정도 멋대로 구는 건 용납될 거야. 메어에게 미움받지만 않으면 말이지."

"후후, 그렇긴 하겠어. 보아하니 메어에게 미움받을 일은 없을 것 같고, 조심만 하면 괜찮으려나?"

한 가지 덧붙이자면, 이번에 여비를 잔뜩 벌기 위해서이기도 했다. 잘만 되면 보수를 기대할 수 있을 것도 같으니까.

내가 간단한 설명을 마치고 제자들의 의견을 들으며 앞으로 방침을 정리한 다음 에밀리아가 끓여준 홍차를 마시며 숨을 돌리기로 했다.

그와 동시에 이야기가 끝나기를 기다리고 있었는지 침대 옆에 누워있던 호쿠토가 고개를 들이밀었기에 쓰다듬고 있자니 갑자기 레우스가 창밖을 날카로운 눈초리로 바라보았다. "형님, 누가 온 모양인데."

"그래, 보아하니 손님이 온 것 같군. 들어오라고 해."

"알겠습니다. 모시고 올게요."

내가 쓰다듬어주자 응석을 부리는 호쿠토가 반응하지 않는 걸 보니 다가오고 있는 사람은 적이 아닌 것 같다. 만에 하나를 대비해 '서치'로 상대방을 확인하다가 흐느적거리며 내 가슴에 달라붙은 호쿠토를 보고 생각했다.

"……응석을 부리다가 경계를 소홀히 하는 건 아니겠지?"

"멍?!"

말도 안 된다는 듯이 짖는다. 미안, 진짜로 의심한 건 아니니까 기분 풀어.

사과하는 듯이 호쿠토를 계속 쓰다듬고 있자니 손님을 데리러 간다고 하던 에밀리아가 움직이지 않는다는 걸 눈치챘다.

"왜 그래? 에밀리아."

"……부러워요."

"에휴……, 이리 와."

"네! 우후후……."

활짝 웃으며 다가온 에밀리아의 머리를 쓰다듬어주자 꼬리가 찢어질 정도로 세게 흔들며 기뻐했다.

그리고 에밀리아는 마음껏 기뻐한 뒤 손님을 맞이하러 현관으로 향했다.

"에밀리아는 언제나 변함이 없네. 기쁜 것 같기도 하고, 슬픈 것 같기도 하고……."

"확실하게 성장했잖아. 예전에는 억지로 머리를 들이대곤 했는데."

"이야기를 듣고 보니 그렇긴 한데……, 아니, 왜 피아까지 다가오는데?"

"어머, 나는 응석을 부리면 안 돼? 어른도 쓰다듬어줬으면 할 때가 있는 법인데."

"그럼 나도 괜찮을까?"

"마지막은 나야!"

"멍!"

"너는 방금 해줬잖아."

그렇게 차례대로 쓰다듬게 되었는데, 나보다 덩치가 커진 남자인 레우스를 쓰다듬는 건 위화감이 들었기에 어깨를 툭툭 두들기기만 했다.

"……무슨 상황이야?"

"아니, 평소에도 이러니까 신경 쓰지 마."

"끄응……."

찾아온 사람은 그레테였고, 쓰다듬어주자 흐느적거리고 있는 호쿠토를 보고 당황한 모양이었다.

일단 호쿠토에게 떨어지라고 한 다음 침대에서 몸을 일으키려 했지만, 그레테는 상관없다는 듯이 고개를 저었다.

"피곤하지? 나는 신경 쓰지 말고 쉬어."

"그럼 그렇게 할게. 그런데 우리한테 무슨 볼일이 있어? 내일 다시 성으로 가려 했는데……."

"응. 좀 급한 일이 있어서 왔어."

여전히 졸린 듯이 눈을 반쯤 감고 있는데, 왠지 초조해하는 것 같다는 느낌도 들었다.

그래서 이야기를 자세히 들어보니 내가 메어의 교육 담당이 되어서 질투하기 시작한 수인들이 나타난 모양이었다.

"그래서 그런 녀석들이 괴롭히러 올지도 모르니까 내가 감시 하러 왔어."

"그게 무슨 소리야? 그 맥다…… 맥도……, 누구였지?"

"맥더트 씨야. 그런데 원래 교육 담당이 인정했는데도 어른스 럽지 못하게 구는 사람이 있나 보네."

이번 담당 교체는 맥더트 씨도 내키지 않을 텐데, 그는 메어 의 성장을 위해서라면 어쩔 수 없다며 씁쓸한 표정으로 받아들 였다.

그리고 우리는 모험자라서 며칠 동안만이라는 조건으로 받아 들였는데, 정말 속이 좁은 녀석들이 있는 것 같다. 이것도 메어 의 매력 때문인가?

다시 말해, 이야기를 정리하자면 그레테가 온 이유는 그런 녀석들에게서 나를 지키기 위해서이며 오늘은 여기에 머무르고 싶다는 거였다.

"마음을 써주는 건 고맙지만, 우리는 호쿠토만 있으면 감시할 필요가 없거든?"

"그래도 메리 님에게 부탁받았어. 모두를 지켜줬으면 좋겠다고 가장 신뢰받고 있는 내가 뽑혔는데……."

정말 거절하기 힘든 말투다. 아니, 메리의 신뢰에 부응하지 못하면 돌아갈 수가 없다고 가출한 소녀 같은 이야기까지 꺼내고 있다.

그래도 잘 생각해보니 그레테는 자신들의 문제에 대처하러 온 거니까 억지로 거절할 필요는 없……나?

"그럼 감시를 부탁해. 나도 오랜만에 마음 놓고 쉬고 싶으니까 감시 차례는 마지막으로……."

"아뇨, 시리우스 님 차례는 필요 없습니다. 저희가 전부 맡을 테니 아침까지 푹 쉬세요."

에밀리아뿐만이 아니라 모두가 맡겨두라는 듯이 고개를 끄덕였기에 이번에는 호의를 받아들이기로 했다. 그리고 방에 있던 테이블에 앉아 경비의 배치와 그레테가 잘 곳에 대해 이야기를 나누던 도중에 피아가 조용히 물어보았다.

"저기, 당신은 맥더트의 부하지? 그 사람은 시리우스가 교육 담당을 맡게 된 걸 정말 받아들인 거야?"

"그렇게 말하던데?"

"하지만 그때는 수왕님이 있었으니까 진심을 말하기 껄끄럽지 않았을까? 그 사람도 메어가 귀여워서 어쩔 줄 몰라 하는 것 같았으니까. 불만을 품고 있다면 시리우스도 껄끄러울 텐데."

"괜찮아. 무엇보다 메리 님이 원하니까."

그렇게 이야기를 나누던 동안 바깥이 어두워졌고, 모험자나 주민이 술집에서 떠들기 시작하는 밤이 되었을 무렵, 우리에게 다시 손님이 찾아왔다.

"늦은 시간에 죄송합니다. 실은 호쿠토 님께 부탁드리고 싶은 게 있어서……."

우리 앞에 나타난 사람은 왕랑관의 지배인이었다.

쭈뼛거리던 지배인의 말에 따르면 호쿠토가 마을을 당당하게 돌아다닐 수 있게끔 정보를 통제하는 마지막 모임이 곧 시작되는데, 그 모임에 호쿠토도 나와줬으면 한다고 했다.

"호쿠토 님의 모습을 보면 모두가 금방 받아들일 겁니다. 그 밖에도 호쿠토 님을 뵙는 자리에 대해 회의도 할 예정이니 될 수 있으면 참가해주셨으면 합니다만……."

"끄응……."

판단해달라는 듯이 호쿠토가 나를 보았지만, 나는 네 마음대로 하라고 말했다.

그 말을 듣고 잠시 생각하던 호쿠토가 살짝 짖자 지배인이 기뻐한 걸 보니 나가기로 결심한 모양이었다. 우리를 매우 저렴한 가격에 머무르게 해준 것뿐만이 아니라 특별한 방까지 마련해주었으니 보답하려는 것 같았다.

모임은 한두 시간 정도이고 여관에서 조금 떨어져 있는 건물에서 개최되는 것 같았다. 지배인은 여관 입구에서 기다리겠다고 말한 다음 나갔다.

"호쿠토에게 무슨 짓을 할 것 같지는 않지만, 일단 누가 같이 가는 게 좋을 것 같은데."

"그럼 내가 갈게."

"피아 씨는 엘프니까 나도 있는 게 좋겠지?"

에밀리아는 내 곁에서 떨어지려 하지 않을 테고, 레우스도 오늘 싸우면서 지쳤기에 남기로 했다.

흑심을 품은 녀석들이 노릴 가능성도 있긴 하지만, 호쿠토의 전투력과 정령마법을 다룰 수 있는 두 사람이 있으면 위험하지는 않을 것이다. 애초에 호쿠토에게 손을 대면 주위에 있는 수인들이 용서하지 않을 테고.

준비를 하기 위해 방을 나서려 하는 두 사람 옆에서 호쿠토가 남매에게 뭔가 전하려는 듯이 짖었다.

"멍!"

"네, 이쪽은 맡겨주세요."

"그레테 씨도 있으니까, 이쪽은 괜찮아."

아마 나를 부탁한다……고 말하는 것 같다.

의욕을 보이며 대답하는 남매를 보고 호쿠토는 만족스럽게 고개를 끄덕인 다음 리스, 피아와 함께 모임 장소로 향했다.


"시리우스 님. 죄송하지만 설거지를 하고 올 테니 잠시 자리를 비울게요. 필요한 게 있으시면 불러주세요."

"형님은 이제 잘 거지? 나는 거실에 있을게."

"나는 건물 주변을 돌아보고 올게."

갑자기 사람이 없어져서 방이 조용해졌기에 나는 일으키고 있던 윗몸을 침대에 기대며 숨을 크게 내쉬었다.

같은 건물 안에 있긴 하지만, 방에 나만 남은 것도 오랜만이다.

내일부터 메어를 가르치느라 바빠질 테니, 레우스가 말한 것처럼 오늘은 쉬어야겠다.

나는 이불을 덮으면서 눈을 감았다.

———    ———

어둠을 틈타 기척을 죽이면서 왕랑관 별관으로 조용히 다가간다.

그들의 전력을 깎아내기 위해 손을 썼는데, 설마 기척에 예민한 백랑님뿐만이 아니라 다른 두 명까지 빠진 건 운이 좋았던 것 같다.

강한 것 같은 은랑족 레우스 군은 남았지만, 그는 오늘 싸우면서 많이 지쳤을 것이다. 만에 하나 싸우게 되더라도 방법은 여러 가지 있다.

다시 말해 이 저택에서 실질적인 전력은 은랑족 남매의 누나…… 에밀리아뿐.

시간적인 여유는 별로 없지만, 초조해할 필요는 없다.

미리 말해두었기에 내가 바깥에 있더라도 부자연스럽지는 않을 것이다.

나는 건물 주위를 둘러보는 척하면서 품속에서 약……을…….

"어라? 내가 이런 걸 가지고 있었나……, 아니야. 내 거였지."

꺼낸 약을 보니 위화감이 들었지만, 착각이었던 모양이다.

이 알약은…… 맞아, 불을 붙이면 연기가 피어오르고, 그것을 마신 상대를 깊은 잠에 빠지게 하는 수면약이다. 냄새가 전혀 없는 연기니깐, 내가 맡지 않게끔 조심해야지.

손가락 끝으로 자그마한 '프레임'을 발동시킨 다음 알약을 가져다 댄 뒤 녹아내리는 듯한 소리가 들리자 건물 창문으로 그것을 던져넣었다.

아마 네 개 정도 던져넣으면 연기가 저택 안에 가득 찰 것이다.

감시하는 척하면서 건물 주위를 도며 마지막 알약을 던져넣은 다음, 조금 떨어져 있던 바위 그늘에 숨었다.

"그리고, 300을 셀 때까지…… 대기."

저 연기는 금방 효과가 나타나지만, 그만큼 효과가 사라지는 것도 빠르다고 들었지……, 어라? 이 이야기를 누구에게 들었더라?

생각이 잘 나지 않지만, 이걸 끝내지 않으면 나는 돌아갈 수 없다. 희미하게 떠오르는 의문을 억누르고 천천히 숫자를 세면서 연기의 효과가 사라지기를 기다렸다.

시간이 지날수록 가슴이 계속 답답해졌지만, 착각이겠……지?

왜냐하면 이건…… 올바른 일이니까.


연기의 효과가 사라진 것을 확인하고 별관으로 돌아가 보니 레우스 군은 거실의 의자에 앉은 채 숨소리를 내며 자고 있었다. 다가가 봐도 깨어날 낌새를 보이지 않는 걸 보니 연기의 효과는 충분한 것 같다.

그의 옆을 지나 방 안으로 들어가 보니 이번 목표가 침대에서 조용히 잠들어 있는 것을 확인할 수 있었다. 조명은 꺼져 있고, 달빛만이 창문으로 새어 들어오는 방에서 귀를 기울여보니 규칙적인 숨소리가…… 두 개.

보아하니 유일한 전력인 에밀리아가 목표의 가슴에 얼굴을 기댄 채 잠들어 있었다. 분명 이상하다는 것을 느끼고 주인의 곁으로 돌아왔지만, 정신을 잃고 잠들어버렸을 것이다.

"그래도 행복해 보이네."

잠든 상태로도 주인의 존재를 느끼고 있는지 에밀리아의 잠든 모습은 매우 편안해 보였다.

확실히 말해 에밀리아와 알고 지낸 기간은 얼마 되지 않는다. 하지만 주인을 모시고 받쳐주는 기쁨을 안다는 부분이 나와 비슷해서 신경 쓰이긴 했다.

그래서 진심으로 미안하다는 생각이 든다.

하지만 나는…… 지금 그를 해치워야만 한다.

이자벨라 님과 대등하게 싸울 수 있는 상대라면 지친 지금밖에 기회가 없을 테니까.

"안심해. 괴롭지 않게 보내줄 테니까."

이제 자고 있는 그의 목에 독침을 찌르는 것만 남았다. 잠든 듯이 세상을 떠나게 되는 독 덕분에 고통 같은 건 느끼지 않을 것이다.

그 침을 꺼내려고 품속으로 손을 뻗었을 때…… 내 손가락이 멈췄다.

준비는 전부 끝났는데, 왜 아직 망설이는 거지?

이건 전부 메리 님의…………님을 위해…… 어라?

또…… 뭔가 흐릿하네…….

"으, 으으……. 잘못하는 게…… 아니야."

그래. 나는…… 아무런 잘못도 하지 않았어.

그러니까 어서 끝내야지.

얼른 돌아가서 메리 님의 미소를 보면…… 분명히 괜찮을 테니까.

그리고 침을 든 순간, 갑자기 내 주위에 한 줄기 바람이 불었다.

그 바람에 의문을 품기도 전에, 나는 움직임을 멈춰야만 했다.

왜냐하면…….

"……움직이지 말아주세요."

달빛에 반사되어 빛나는 은빛 머리카락을 나부끼며 그녀가…… 에밀리아가 내 뒤로 파고들어 목덜미에 나이프를 들이대고 있었기 때문이다.

잠드는 연기를 마셨을 텐데, 어떻게 깨어있는 거야?

에밀리아는 갑작스러운 상황으로 인해 혼란스러워진 나를 날카로운 눈초리로 바라보며 입을 열었다.

"당신이 무슨 짓을 하려 했는지 대답해주세요……. 그레테 씨."

─── 에밀리아 ───

"당신이 무슨 짓을 하려 했는지 대답해주세요……. 그레테 씨."

우리를 탐탁지 않아 하는 자가 공격한다면 오늘일 것이다……,
시리우스 님께서 그렇게 예상하셨는데 멋지게 들어맞았습니다.

온 사람이 그레테 씨라는 건 뜻밖이었지만, 시리우스 님을 노
린다면 제 적이 분명합니다.

품속에 손을 넣으며 정신이 팔린 틈을 타서 뒤로 파고든 뒤 나
이프를 목덜미에 들이댄 저를 보고 그레테 씨도 깜짝 놀란 모양
이네요.

"……연기를 마셨는데 어째서 잠들지 않았어?"

"그야 물론, 연기를 마시지 않았기 때문이죠."

"나를 노릴 거라면 미리 조사를 충분히 하고 왔어야지."

시리우스 님은 항상 그레테 씨의 움직임을 '서치'로 추적하고
계셨는지 바깥에서 부자연스러운 움직임과 희미한 마법의 발동
을 느낀 것과 동시에 저를 '콜'로 부르셨습니다.

그리고 시리우스 님의 지시대로 이 침대를 중심으로 바람의
흐름을 만들어 연기로부터 지켜낸 것입니다.

저와 마찬가지로 자는 척을 하던 시리우스 님께서는 침대에서
일어나서서 마찬가지로 거실에서 자는 척을 하던 레우스에게
'콜'로 일어나라고 하셨습니다.

"어떻게 알았어? 방이 어두워서 연기 같은 건 보이지도 않을
텐데……."

"에밀리아가 바로 알아차린 덕분이지. 맛과 냄새가 없다 해도 은랑족의 코를 속이진 못한 모양인데."

그때, 제가 희미하게 느낀 냄새를 보고하자 시리우스 님께서는 곧바로 상대방의 수법을 예상하시고 작전을 생각하셨습니다.

상황이 다르긴 하지만, 연기나 가스를 이용한 무력화는 시리우스 님께서 말씀하신 전생 때 몇 번 실행하기도 했고, 당하시기도 했다고 합니다.

"시리우스 님께서는 처음부터 그레테 씨를 수상하게 여기고 계셨군요."

"그녀는 예전의 나와 비슷한 분위기를 풍기고 있거든. 암살을 생업으로 삼는 자의 독특한 분위기라는 게 있어."

"그럼 어째서 나를 방치한 거야?"

"일부러 우리 앞에 모습을 드러냈잖아. 우선 본성을 보려고 함정을 깔아본 거지."

그래서 위험한 줄 아시면서도 주무시는 척하시면서 그레테 씨를 끌어들이신 거군요.

만에 하나라는 가능성도 있으니 좀 못마땅하긴 합니다만, 가까이에서 시리우스 님의 냄새를 마음껏 맡을 수 있었으니 기뻤다는 건 비밀입니다.

"휴우……. 위험했어. 하마터면 숨을 참지 못할 뻔했다고."

"한정된 산소를 잘 사용하는 것도 중요해. 이번 일을 교훈 삼아서 호흡을 더 의식할 수 있게끔 명심해."

연기가 사라질 때까지 계속 숨을 참고 있던 레우스도 방으로 왔네요.

하지만 바람으로 막고 있던 우리와는 달리 연기에 닿아서 영향을 받았는지 조금 졸린 듯한 표정이에요.

"자, 나를 노린 이유하고 의뢰한 자가 있다면 누군지 말해보실까."

"저항하는 건 무의미합니다. 품속에 넣은 손을 꺼낸 다음 두 손을 들어주세요."

"……알았어."

제가 지시하자 그레테 씨는 천천히 손을 품속에서 꺼냈지만, 손가락 사이에 자그마한 마석이 끼어 있었기에 저는 재빨리 마석을 쳐내 공중으로 튕겨냈습니다.

"불꽃의 마법진…… 폭발 계열인가! 레우스!"

"알았어!"

마석은 시리우스 님께서 날리신 '임팩트'에 튕겨져 나갔고, 레우스가 휘두른 검에 맞아 창문을 뚫고 날아가 저택 상공에서 커다란 폭발을 일으켰습니다.

창문이 깨져버렸지만, 실내가 엉망진창이 되는 것보다는 낫겠죠.

"자살이나 양동용인가. 아무튼 훌륭한 반응이었어, 에밀리아."

"아뇨, 저도 아직 멀었네요."

방금 그 움직임 때문에 정신이 팔린 틈에 그레테 씨를 놓쳐버렸으니까요.

나이프를 들이댄 상태에서 억지로 물러나다가 살짝 베인 모양입니다. 제 나이프에는 그레테 씨의 피가 묻어 있었습니다.

도망친 그레테 씨는 이미 깨진 창문을 통해 바깥으로 뛰쳐나간 것 같지만, 지금이라면…….

"죄송합니다. 하지만 시리우스 님, 저분은 제게 맡겨주실 수 없을까요?"

"지금 너라면 문제없을 상대겠지만, 방심하진 마."

"네, 제게 맡겨주세요! 레우스, 시리우스 님을 부탁해요."

"그래! 누나도 조심하고."

저도 조금 뒤늦게 창문을 통해 바깥으로 나갔지만, 그레테 씨는 이미 왕랑관을 둘러싸고 있는 해자를 뛰어넘어가고 있었습니다. 예상했던 것보다 빠르지만 아직 따라잡을 수 있습니다. 만약에 놓친다 하더라도 피 냄새는 기억했으니 결코 도망치진 못할 거예요.

신체능력을 '부스트'로 한계까지 끌어올리고, 바람을 받으며 높게 뛰어오른 저는 '에어 스텝'으로 만들어낸 발판을 박차며 그레테 씨가 도망친 방향으로 가속했습니다.

저는 시리우스 님이나 피아 씨와는 달리 하늘을 계속 날아다닐 수는 없지만…….

"속도라면 지지 않아요!"

마법으로 공기 저항을 줄이고, 바람을 가르는 화살 같이 날아가자 그레테 씨와의 거리가 꽤 많이 줄어들었습니다.

상대방은 인기척이 없는 뒷골목이나 사각이 많은 골목을 골라다니며 제 추적을 뿌리치려 하는 모양이지만, 잘못된 선택입니다. 위치는 냄새를 통해 바로 알 수 있고, 길을 따라 달려가는 그레테 씨와는 달리 저는 공중에서 일직선으로 쫓아갈 수 있으니까요.

그리고 좁은 뒷골목을 달려가던 그레테 씨를 추월한 저는 바람으로 속도를 줄이며 지상으로 내려가 앞을 가로막았습니다.

"윽?! 어떻……게?"

"시리우스 님을 노린 당신을 놓칠 수는 없어요!"

"그렇……겠지."

메리 님을 사랑하는 당신이라면 설명할 필요가 없겠죠? 만약 반대 입장이었다면 그레테 씨도 결코 상대방을 놓치지 않았을 테니까요.

제 분노를 느끼고 도망칠 수 없다고 판단했는지, 그레테 씨는 나이프를 겨누고 전투할 준비를 갖추었습니다. 곧바로 무력화시키고 확보하고 싶지만, 그러기 전에 물어봐야만 하는 게 있습니다.

"그레테 씨, 말씀해주세요. 어째서…… 시리우스 님을 노린 거죠?"

"……메리 님을 위해서니까."

"그건 이상하네요. 시리우스 님께서 모르셨다고는 해도 메리 님에게 마력을 다루는 법을 가르쳐드렸지만, 그게 암살당할 짓이라고는 생각지 않는데요?"

"아니, 그는 메리 님에게 어울리지 않아. 왜냐하면…………에 방해가 되니까."

"어찌 됐든 우선 교섭부터 시작해야 하지 않나요? 이런 짓을 하다니, 너무 성급해요."

"나는 잘못하지 않았어!"

마치 자신에게 하는 것 같은 말이네요. 원래 감정을 파악하기 힘든 분이었지만 지금은 특히 이상해 보여요.

아무튼 그레테 씨의 말을 들어보니 시리우스 님께서 나서시면 곤란한 분이 있다는 건 분명한 것 같네요. 상황을 보고하기 위해 초커의 마석에 손을 댄 저는 시리우스 님께 그레테 씨의 상황을 전달했습니다.

"……그렇게 된 거예요. 그레테 씨는 왠지 정신이 팔렸다고 해야 할까요, 저와 이야기를 나누면서도 앞뒤가 들어맞지 않은 것 같기도 하고요."

『그건 나도 느꼈어. 누군가에게 조종당하는 것 같은데, 본인의 의지는 있는 것 같으니 조종당하는 게 아닐지도 몰라. 암시에 걸려서 그렇게 생각하게끔 유도했을 수도 있고.』

"암시……란 말이죠."

시리우스 님께서 저희를 구해주신 뒤에 피로를 풀기 위해 암시를 걸어 강제로 잠들게 하신 적이 있습니다.

만약 정말로 그렇다면 그레테 씨는 사실 나쁜 사람이 아닐지도 모릅니다. 그렇다면…….

"시리우스 님. 그레테 씨 말인데요……."

『그래, 그녀를 구하고 싶다는 거지? 나도 신경 쓰이니까 말릴 이유는 없지. 에밀리아가 하고 싶은 대로 해.』

"감사합니다."

『일단 리스하고 피아에게도 연락해두겠지만, 무리하진 마. 네가 무사히 돌아오는 게 가장 중요하니까.』

네……, 맡겨주신 이상 온 힘을 다해 임무를 마치고 당신의 곁으로 돌아가겠습니다.

신뢰에 부응하자고 생각하기만 해도 힘이 한없이 솟구치는 것 같아요.

"아까부터 무슨 소릴 하는 거야? 혹시…… 보고?"

"그걸 신경 쓸 여유가 있나요? 해치진 않을 테니 저희에게 항복해주시면 감사하겠는데요."

"아직 도망칠 가능성이 남아 있는 이상 그럴 순 없어. 아까는 세 명이 있어서 그럴 수 없었지만, 당신 한 명이라면 어떻게든 되겠지."

그 말은 허세가 아니겠죠.

시리우스 님께서 방심하지 말라고 하신 것처럼, 저도 그레테 씨가 뭔가 역전할 수 있는 수단을 숨기고 있다고 예상하니까요.

"나를 방해하지 않으면 손대진 않겠어. 그러니까…… 비켜."

"알겠습니다. 그럼……."

시리우스 님을 노린 건 절대로 용서할 수 없지만, 이유가 어찌됐든 그레테 씨가 죽으면 메리 님이 매우 슬퍼하겠죠.

그리고 메리 님이 슬퍼하면 시리우스 님께서도 슬퍼하실 거예요. 그분께서는 한 번이라도 가르친 상대를 신경 쓰실 정도로 자상하신 주인님이시니까요.

저를 비롯해서 슬픈 결말을 맞이하지 않는 미래를 잡아내기 위해서…….

"온 힘을 다해 당신을 무사히 확보하도록 하겠습니다."

저는 최선을 다할 뿐입니다.


몇 발자국 걸어가기만 해도 벽에 부딪힐 정도로 좁은 골목에서 저와 그레테 씨가 나이프를 겨눈 채 마주 보고 서 있었습니다.

자……, 확보하기로 결심한 건 좋은데, 장소가 좀 안 맞는지도 모르겠네요.

바람을 받으며 재빠르게 움직여서 싸우는 제게 이곳은 좁아서 싸우기 힘들고, 마법을 날리면 주위 건물에 피해가 생길 테니 함부로 쓸 수도 없고요.

하지만 저는 어떤 곳이든, 어떤 상황이든, 자신의 힘을 한껏 끌어내는 것이 중요하다는 것을 배웠습니다.

저는 시리우스 님께서 싸우시는 모습을 떠올리며 '부스트'를 발동시켰고, 힘 조절한 '에어 샷'을 날리며 뛰어갔습니다.

"마법 자체는 빠르지만 뻔히 보여."

주위에 있는 집이나 벽이 부서지지 않게끔 날린 바람 덩어리의 숫자는 네 개, 그레테 씨는 옆으로 뛰어오르는 듯이 피하며 품속에 손을 넣었습니다.

생각했던 대로 접근전은 피하는 모양이네요. 암살을 노리는 그레테 씨 같은 분들은 힘이 아니라 상대방의 허를 찔러 죽이는 능력과 기술만 있으면 충분하기에 정면으로 맞붙는 걸 피하는 경향이 있다고 들었습니다.

그게 그레테 씨에게 들어맞는다고 단정할 수는 없지만, 제가 다가가자 거리를 두려고 하는 모습을 보니 상대방은 접근전을 원하지 않는 것 같네요.

상대방을 분석하며 다음 마법을 날리려 하자 그레테 씨가 작은 돌멩이 같은 걸 날렸는데요…….

"……어라?"

"같은 수법은 통하지 않아요."

날린 돌멩이…… 마석은 제가 재빨리 날린 바람으로 인해 높게 날아갔고, 높은 하늘에서 불꽃을 내뿜으며 폭발했습니다.

마력을 조금 쓰긴 했지만, 지상에서 폭발했다면 주위에 피해가 생길 테고, 그레테 씨를 놓칠 가능성도 있었기 때문에 가장 적합한 방법이었겠죠.

"그렇게 정밀하고 빠른 마법은 처음 봤어."

"칭찬해주셔서 감사합니다. 하지만 훈련하면 누구든 할 수 있고, 위에는 위가 있는 법이거든요?"

리스와 피아 씨라면 물이나 바람으로 감싸서 억지로 폭발을 막아 소멸시킬 수도 있겠죠. 그렇게 말하며 그레테 씨의 품속으로 단숨에 파고든 저는 그녀의 팔을 노리고 나이프를 휘둘렀습니다.

치명상을 피하며 힘을 깎아내기 위해 날린 제 공격을 자신의 나이프로 튕겨낸 그레테 씨는 어느새 반대쪽 손으로 들고 있던 나이프로 제 팔을 노렸습니다.

꽤 억지스러운 공격이었기에 피하는 것도 어렵지 않은 일격.

아슬아슬하게 피하고 반격하자는 생각도 들었지만, 저는 크게 움직여서 반격을 포기하고 회피하는 것을 선택했습니다.

"앗?!"

"역시 숨기고 있었나요."

피한 것과 동시에 그레테 씨의 팔뚝에서 쇠꼬챙이 몇 개가 튀어나와 제가 방금까지 있던 위치를 뚫었습니다.

만약 제가 나이프를 받아내거나 최소한으로 회피했다면 쇠꼬챙이에 찔렸을지도 모릅니다.

"……알고 있었어?"

"묘하고 부자연스럽게 부풀어 있는 부분이 보여서 뭔가 있을 거라 예상했죠."

시리우스 님과 모의전을 할 때는 기술을 향상시키는 것뿐만이 아니라 여러 가지 전투 경험을 쌓는 것도 중요하니까요.

그리고 시리우스 님께서는 불규칙적으로 전법을 바꾸시면서 공격하시니 변칙적인 움직임이나 뜻밖의 공격에 대해 어느 정도는 대처할 수 있게 되었습니다.

그래서 그레테 씨가 숨기고 있던 무기…… 시리우스 님의 말씀에 따르면 암기라 불리는 무기도 덕분에 예상해서 회피할 수 있었던 겁니다.

"그럼 이건 어때?"

조금 놀란 듯한 그레테 씨는 제게서 거리를 벌리고 허리에 숨겨 두었던 나이프를 여러 개 동시에 던졌습니다.

숫자는…… 네 자루.

한 자루는 나이프로 튕겨내고, 다른 나이프는 확실하게 피한 뒤, 저도 되돌려 주겠다는 듯이 나이프를 던졌습니다만, 역시 거리가 멀리 떨어져서 그런지 쉽사리 피해버렸습니다.

"꽤 거창하게 피하던데, 당신 실력이라면 아슬아슬하게 피할 수도 있지?"

"도발해봤자 소용없어요. 그 나이프와 침…… 뭔가 발라두 었죠?"

시리우스 님의 가르침 중 하나…… 암살자의 공격은 절대로 맞지 말 것.

목표를 쓰러뜨리기 위해 기습이나 상대방의 움직임을 막는 공격뿐만이 아니라 독물을 사용하는 경우도 많으니까요.

실제로 그레테 씨가 들고 있는 나이프와 투척용 나이프에서 기분 나쁜 냄새가 느껴집니다. 분명히 독을 발라둔 거겠죠.

제 지적이 맞았는지, 나이프를 거꾸로 쥔 그레테 씨의 분위기가 확실하게 변했습니다.

"될 수 있으면 죽이고 싶진 않았는데, 역시 당신 상대로는 힘들 것 같아."

"죽이고 싶진 않았다……고요? 그렇게 생각하신 당신이 어째서 이런 짓을 하는 거죠? 스스로도 이상하다는 걸 눈치챘을 텐데요?"

"이상하진…… 않아. 메리 님에게 악영향을 끼치는 상대니까. 나도 잘못되지 않았고."

"역시 다시 한번 생각할 수는 없나요."

저도 마음을 다잡으면서 왼손으로 투척용 나이프를 여러 개 들고 자세를 취하자 그레테 씨가 짐승처럼 네 발로 땅을 짚고 미소를 지었습니다. 다시 말해 지금부터 진짜 싸움이라는 거겠죠.

"따라올 수 있을까?"

그렇게 말한 그레테 씨의 모습이 사라진 것과 동시에 오른쪽 벽에서 무언가가 부딪친 것 같은 소리가 들렸기에 재빨리 나이프를 휘두르자 벽을 박차고 옆쪽에서 공격한 그레테 씨의 나이프와 부딪혀 불꽃이 튀었습니다.

저는 곧바로 재빠르게 발차기를 날렸지만, 그레테 씨가 일격을 날린 것과 동시에 거리를 벌렸기에 제때 맞춰서 반격할 수가 없었습니다.

"그렇군요. 간단히 따라잡았다 싶었는데, 저를 유도한 거였어요."

"응. 눈치채는 게 늦네."

좁은 공간에서 싸우는 게 특기인 거겠죠. 양쪽의 벽을 박차며 공중을 이리저리 뛰어다니기 때문에 정확한 위치를 파악하기가 힘들어요.

속도는 이자벨라 님처럼 빠르지 않으니 저도 겨우 늦지 않게 방어하고 있긴 하지만, 반격은 허공을 가를 뿐입니다.

"크윽…… 골치 아프네요."

"내 공격을 계속 막아내고 있는 당신이 그렇게 말하는 건 이상해. 그럼…… 다음은 이거."

그녀가 그렇게 말한 것과 동시에 던진 작은 주머니가 발치에서 터졌고, 주위가 하얀 연기로 가득 차버렸습니다.

숨을 멈추고 곧바로 '윈드'를 발동시켜 연기를 치웠지만, 그레테 씨의 모습을 완전히 놓쳐버린 모양입니다. 도망친 것 같지는 않으니 어딘가에 숨어서 기습을 노리고 있겠죠.

코로 찾으려 해도 연기 냄새 때문에 정확한 위치를 알아낼 수 없었기에 저는 감에 맡기고 왼손으로 들고 있던 투척 나이프를 전부 날렸습니다.

"……아쉽네."

하지만 그레테 씨를 맞추진 못했고, 나이프는 전부 주위의 벽에 깊게 박히기만 했습니다.

그레테 씨가 그 빈틈을 놓치지 않고 달려들었기에 저는 뛰어서 거리를 벌리려 했지만, 피하려는 방향에 나이프가 날아들어서 멈출 수밖에 없었습니다.

"놓치지 않아."

움직임이 멎었을 때 그레테 씨가 접근해서 날린 암기인 쇠꼬챙이를 나이프로 튕겨냈지만, 그레테 씨의 진짜 공격은 반대쪽 손으로 들고 있던 나이프였던 모양입니다.

피하려 해도 자세가 무너진 탓에 그럴 수가 없는 상태여서 그레테 씨도 확신한 듯이 미소를 짓고 있었습니다만…….

"……어?!"

갑자기 맥이 빠지는 소리를 내며 깜짝 놀란 표정을 지었습니다.

왜냐하면 휘두르려 하던 팔이 아무것도 없는 공간에 걸려버렸으니까요. 깜짝 놀랄 만도 하죠.

아마 그레테 씨도 냉정한 상태였다면 볼 수 있었을 겁니다.

제 왼손에서 뻗어 나간 수많은 마력의 실…… '스트링'이 주위의 벽에 꽂힌 나이프와 이어져 있다는 것을요.

그렇습니다…… 그레테 씨의 팔이 멈춘 이유는 공중에 쳐둔 '스트링'에 걸렸기 때문입니다. 좁은 골목이기 때문에 시리우스 님께 배운 '스트링'을 이용한 전법이 잘 먹혀들었네요.

"어째서…… 크윽?!"

"이미 늦었어요. '에어 임팩트'."

움직임이 막혀서 매우 동요한 탓에 생겨난 치명적인 빈틈을 본 저는 단숨에 접근해서 그레테 씨의 배에 왼손을 대고 마법을 날렸습니다.

거의 접촉한 상태에서 날아간 바람의 충격은 그레테 씨를 날려버렸고, 뒤쪽 벽에 세게 부딪히게 만들었습니다. 충격으로 인해 벽에 금이 잔뜩 갈 정도이니 한동안은 일어서지 못하겠죠.

하지만 아직 의식은 잃지 않았는지, 그레테 씨는 떨리는 오른손을 품속으로 넣었습니다.

"윽?! 그렇게 두진 않아요!"

이미 뛰어가서 눈앞까지 다가가 있던 저는 나이프를 휘둘러 그레테 씨의 오른쪽 손목을 잘라냈습니다.

급한 상황이기도 했지만, 왠지 그레테 씨의 오른손에서 위화감이 들었기에 저는 별다른 저항 없이 그렇게 할 수 있었습니다. 여차하면 시리우스 님께 붙여달라고 하면 된다는 어설픈 생각도 하고 있었는지 모르겠습니다.

"미안………… 님…….."

"최대한 나을 수 있게끔 부탁해볼게요. 그러니까 안심하고 주무세요."

그런 다음 턱 아래를 손바닥으로 가격해서 이번에는 확실하게 그레테 씨의 의식을 잃게 만들었습니다.

그와 동시에 날아갔던 손목이 쥐고 있던 마석이 발치에 떨어진 걸 보니 억지로 막길 잘했던 것 같습니다. 아마 이 마석에는 좀 전에 보았던 폭발의 마법진이 새겨져 있겠죠.

"신경 쓰이는 게 많긴 하지만, 생각은 나중에 해요."

다른 사람들의 눈에 띄고 싶지 않기도 하지만, 잘라낸 손목을 붙이려면 빠르게 대처할 필요가 있으니까요.

재빨리 그레테 씨를 지혈하고 돌아서자 리스 씨가 물로 보호한 오른쪽 손목을 공중에 띄우고 서 있었습니다. 물론 뒤에는 호쿠토 씨와 피아 씨도 있었습니다.

"고생했어. 손을 보존하는 건 내게 맡겨."

"멍!"

"자세한 상황은 모르겠지만, 호쿠토도 칭찬하는 것 같네. 시리우스에게 사정은 대충 들었는데, 지금은 서두르는 게 좋을 것 같아."

"네. 리스 덕분에 한동안은 괜찮을지도 모르겠지만, 손목을 붙이는 건 시간과의 승부일 테니까요."

소중한 주인의 목숨을 노린 자객인데, 살려주는 것뿐만이 아니라 잘라낸 손목을 치료해주려는 저는 어설픈 시종이겠죠.

하지만 상대가 누구라 해도 손목은 있는 게 나을 거예요.

싸우게 되었다고는 해도 아직 그레테 씨가 진짜 적이라고 밝혀진 건 아니니까요.

저는 하지 않고 후회하기보다는 하고 난 다음에 후회하고 싶습니다.

그렇게 생각할 수 있게 된 것도 전부 시리우스 님께 배운 덕분입니다.

"그럼 서둘러서 돌아갈까? 호쿠토, 그 애를 옮겨줄래?"

"멍!"

그리고 기절한 그레테 씨를 호쿠토 씨의 등에 태운 다음 우리는 시리우스 님께서 기다리시는 왕랑관으로 돌아갔습니다.


─── 시리우스 ───


돌아온 에밀리아 일행과 합류하고 정보를 공유한 우리는…… 오늘 두 번째로 아비트레이 성에 와 있었다.

이미 늦은 시간이었기에 성에 들어갈 수 있을지 불안했지만, 매우 쉽사리 정문을 통과할 수 있었다.

"여러분은 백랑님뿐만이 아니라 이자벨라 님께도 인정받으셨으니까요."

이자벨라는 말수가 적지만 그렇게 강한 힘을 가지고 있기 때문에 영향력도 큰 모양이었다. 호쿠토가 없더라도 우리는 얼굴만 보여주면 들어갈 수 있을 것 같다.

맞이해준 병사에게 수왕과 급하게 만나야 할 일이 생겼다고 전해달라는 부탁을 한 다음, 우리는 성의 하인들이 안내해준 방에서 기다리고 있었다.

성의 3층에 있는 커다란 창문으로 바깥을 내다보니 우리가 싸웠던 시합장과 성 뒤쪽에 있는 넓은 숲과 산이 보였다. 어두워서 잘 보이지 않지만, 저 숲과 산은 꽤 넓은 것 같은데.

바깥을 내다보면서 의자에 앉아 조용히 기다리고 있자니 수왕이 맥더트를 데리고 나타났다.

그가 오지 않았다면 불러달라고 부탁할 생각이었는데, 이제 다 모인 모양이다.

처음에는 고개를 갸웃거리고 있었지만 우리들이 풍기는 분위기로 비상사태라는 것을 이해한 모양이었다. 수왕과 맥더트는 진지한 표정으로 우리 맞은편에 앉았다.

"꽤 급하게 찾아온 것 같은데, 무슨 일이 있었던 모양이군?"

"네. 하지만 설명하기 전에 다른 사람들을 물려주셨으면 합니다. 몰래 처리해야 할 일이라 생각하니까요."

"……알겠다."

"그렇다면 저도 자리를 피해야만 하는 안건인가요?"

"아뇨, 맥더트 씨는 괜찮습니다."

내 부탁을 듣고 의문을 품은 것 같지만, 빛이 있는 우리 이야기를 간단히 거절할 수 없다고 생각했는지 수왕은 방에 있던 하인들에게 나가도록 지시했다.

그리고 방에 우리와 수왕, 맥더트만 남게 되자 본론으로 들어가게 되었다.

"이제 됐겠지. 그럼 다시 묻겠다만, 이런 시간에 대체 무슨 일인가?"

"좀 전에 도저히 무시할 수 없는 문제가 발생했습니다. 간단히 설명해드리자면, 제 목숨을 노린 자가 있습니다."

"뭐라고?!"

"이미 범인은 확보해두었습니다. 레우스."

"응!"

레우스가 여관에서부터 들쳐메고 온 커다란 주머니를 바닥에 내려놓고 안에 들어 있던 것을 보여주자 수왕과 맥더트는 눈을 크게 뜨며 놀랐다.

"그, 그레테?!"

"이게…… 대체? 어째서 내 부하가……, 설마?!"

"상상하신 게 맞을 겁니다. 그녀가 제 목숨을 노렸기에 어쩔 수 없이 붙잡았습니다."

팔다리가 묶인 그레테는 이미 깨어났지만, 입에 재갈을 물려서 말을 할 수가 없는 상태였다.

호쿠토와 레우스가 감시하고 있는 상황이라 도망칠 수 없다는 사실을 알고 있는 그녀는 수왕의 날카로운 눈초리로부터 도망치려는 듯이 눈을 돌리고 있었다.

"정말로 그랬단 말이지?"

"저희가 거짓말을 해봤자 이득될 게 없고, 만약 저희가 뭔가 꿍꿍이가 있었다면 더 확실한 수단을 썼겠죠."

내일부터 메어 교육 담당을 맡기로 했으니 뭔가 원하는 게 있다면 그때 메어를 인질로 잡는 게 낫다.

겨우 호위 한 명을 내세우고 속이기에는 너무 어설픈 거짓말일 테고, 나라를 다스리는 왕이라면 그 정도는 눈치챌 수 있을 것이다.

우리가 딱히 다치지 않은 것을 확인한 수왕은 일단 안심했지만, 그녀의 상사인 맥더트는 매우 당황하며 수왕에게 소리쳤다.

"잠깐만 기다려주십시오! 수왕님! 제 부하가 이렇게 어리석은 짓을 할 리가 없습니다!"

"그녀는 계속 메어 님을 위해서라고 했습니다. 자세한 이유는 모르겠지만, 제가 메어 님의 교육 담당을 맡게 된 것에 불만을 품었는지도 모르죠."

"유혹을 참지 못하고 그레테를 억지로 덮친 건 아니겠죠?"

"이제 그만두거라. 나는 너와 그레테를 믿고 싶지만, 그들이 이런 수단을 쓸 필요가 없다는 것도 이해가 된다. 아무튼 그레테에게도 사정을 들어보도록 하지."

수왕은 우선 본인의 해명을 듣겠다고 그레테에게 다가갔지만, 그녀는 모든 것을 포기한 듯이 고개를 숙이고 있기만 했다.

좀처럼 입을 열려 하지 않았기에 수왕이 한숨을 쉬고 있자니 맥더트가 고개를 숙이며 끼어들었다.

"수왕님. 제가 그레테와 이야기를 해봐도 괜찮겠습니까?"

"……좋다."

맥더트는 그레테 앞에서 웅크리고 앉아 재갈을 풀어준 다음 자상하게 말을 걸었다.

"그레테 리코엘. 내 질문에 대답하도록."

"……네."

"너는 시리우스 군의 목숨을 노렸지?"

맥더트가 질문하자 고개를 든 그레테는 흐릿한 눈을 보이며 조용히 고개를 끄덕였다.

"……네. 시리우스 군의 목숨을…… 노렸습니다."

"그건 네 독단 행동이고, 메리 님을 위해서 그랬다는 걸 인정하는 거겠지?"

"네. 메리 님을 위해 제가 독단으로 그랬습니다."

척하면 딱이라는 듯이 쉽사리 자백하는 그레테를 보고 맥더트는 머리를 감싸 쥐며 괴로운 표정을 짓고 있었다.

"이렇게 어리석을 수가. 수왕님, 들으신 대로 그레테의 독단 행동이 분명한 것 같습니다."

"부하의 폭주를 저지하지 못했던 네 이야기는 나중에 듣지. 그레테, 질투를 견디지 못한 너는 해선 안 되는 짓을 저질러버렸다. 일단 물어보마. 해명할 게 있다면 해보도록."

"아닙니다. 이 같은 실수는 죽어서 사죄할 수밖에 없습니다. 그레테 리코엘. 자신의 죄를 용서할 수 없다면 스스로 목숨을 끊는 각오를 보이거라!"

"진정해라, 맥더트. 그렇게까지 할 필요는 없다."

수왕이 말리기더 전에 그레테는 입을 살짝 벌려 혀를 깨물려는 움직임을 보이고 있었다.

우리는 그런 그레테를 그저 내려다볼 뿐, 그녀를 확보한 에밀리아조차 꿈쩍도 하지 않았다.

왜냐하면…….

"……그럴 수는 없어요."

그레테가 거절할 것이라는 사실을 알고 있었기 때문이다.

아무리 죄를 짓더라도, 사람은 죽는 것을 싫어하는 법이다. 그렇기에 그레테가 그런 반응을 보이는 것도 당연하다 할 수 있는데, 맥더트만은 거친 반응을 보여주고 있었다.

"그, 그렇게 어린애 같은 변명이 통할 것 같으냐! 그레테 리코엘……, 너는 죄를 저질렀다! 죽어서 죗값을 치르는 것도 당연할 텐데!"

"싫습니다. 죽을 거라면 메리 님을 위해서 죽고 싶고, 죗값은 살아서 치러야 하는 법이니까요."

"그레테 리코엘! 너는……."

"소용없어요, 맥더트 씨."

맥더트는 계속 그녀의 이름을 불러댔지만, 나는 그를 가로막으려는 듯이 그레테를 풀어주었다. 그 행동을 보고 수왕도 놀랐지만, 그레테는 도망치기는커녕, 그 자리에서 움직이려 하지도 않았다.

"이제 그녀는 당신의 명령을 따르지 않습니다. 죄를 전부 그레테에게 떠넘기고 자해하게 만든다…… 예상했던 대로 증거를 인멸하려 하는군요."

"증거를 인멸해? 무, 무슨 소릴 하는 거죠? 그레테는 자신의 죄를 인정했잖습니까?"

"그건 그저 당신이 한 말을 복창했을 뿐입니다. 그렇게 하라고 제가 지시했죠."

다시 말해 맥더트의 움직임을 보기 위해 그레테에게 연기를 시킨 것이다.

그리고 맥더트는 멋지게 걸려들었고, 나는 그의 본성을 알게 되었다.

따지려 하는 맥더트를 무시한 나는 근처에 있던 그레테에게 손바닥을 내밀며 수왕에게 말했다.

"수왕님. 좀 전에 거절한 것과 지금부터 말할 내용이 그레테의 진심입니다. 그걸 듣고 나서 판단해주실 수 있을까요?"

"흐음…… 이해가 안 되는 부분이 많지만, 모두의 의견을 듣는 건 마찬가지지. 말해 보거라, 그레테."

"감사합니다. 저는…… 분명히 시리우스 군의 목숨을 노렸습니다. 그건 진실이기에 죗값은 확실하게 치르겠습니다. 하지만 제가 시리우스 군을 노린 것은 맥더트 님이 그가 메리 님을 해칠 적이라고 억지로 생각하게 만들었기 때문입니다."

"그레테 리코엘! 입을 다물어라!"

"……적이라고 생각하게 만들어서 죽이려 했다고? 말로는 뭐든 할 수 있겠지만……."

"그냥 타이른 게 아닙니다. 더 깊숙하게…… 다른 사람이 보면 확실하게 이상한데도 그것이 당연하다고 생각하게 만드는 기술이 있거든요."

상황이 복잡해지자 수왕이 고개를 갸웃거렸기에 나는 죽을 뻔했던 상황과 그레테에게 무슨 일이 일어났는지 자세하게 설명했다.

이야기는 몇 시간 정도 거슬러 올라가서…… 그레테가 내 암살에 실패하고 도망친 뒤.

마석이 공중에서 폭발하자 허둥대며 달려온 왕랑관의 지배인에게 겨우 둘러대고 돌려보낸 다음, 깨진 유리창을 전부 정리했을 무렵, 에밀리아 일행이 그레테를 확보해서 돌아왔다.

그리고 몸 수색을 마친 에밀리아와 동료들이 지켜보는 가운데 나는 침대에 눕힌 그레테의 오른쪽 손목을 붙이기 위해 '스트링'으로 혈관을 하나 하나 이어주었다.

여자 일행들에게 부탁해서 소지품을 검사하고 날뛰지 못하게 묶어두었기에 갑자기 일어나도 덤벼들 걱정은 없을 것이다. 물론 근처에 호쿠토를 대기시켜두었기에 뭔가 하려 해도 순식간에 제압당하겠지만.

"죄송합니다. 저 때문에 쓸데없이 번거롭게 해드렸네요."

"신경 쓰지 마. 네 판단은 잘못된 게 아니었어."

피곤하기도 하고, 육체뿐만이 아니라 정신적으로도 힘든 상태이지만 계속 집중하며 작업을 진행해 나갔다.

대충 한 시간 정도 걸렸을까? 중요한 혈관과 뼈를 전부 이어붙이자 리스가 나설 차례가 되었다.

"고생했어. 이제 평소처럼 치료하기만 하면 되는 거지"

"그래. 실을 빼내는 건 내가 맞출 테니까 리스는 치료에 전념해줘."

마지막으로 리스에게 혈관과 뼈를 치료해달라고 한 다음, 그 과정에 맞춰서 '스트링'을 없애나가면 잘려나간 부분도 완전히 붙게 된다.

그렇게 무사히 치료를 마치고 에밀리아가 끓여준 홍차를 마시며 숨을 돌리고 있자니, 레우스가 그레테의 잠든 얼굴을 바라보며 중얼거렸다.

"그레테 씨가 한 짓은 용서할 수 없지만, 왜 형님을 노릴 필요가 있었던 거지?"

"물어봤자 메어를 위해서라고만 한다며? 수왕 일가와 성에 있던 사람들의 반응을 생각하면 역시 메어를 위해서 폭주한 건가?"

"메어에게 악영향을 끼친다니, 트집을 잡는 거라 해도 너무 심한 것 같아. 만난 지 얼마 안 되었으니 믿어주지 못하는 건 이해가 되지만, 왜 그런 식으로 생각해버리는 걸까."

"어찌 됐든 성으로 데리고 가서 그쪽의 반응을 봐야겠지. 하지만 성으로 가기 전에 조사해보고 싶은 게 좀 있어."

이제 그레테가 깨어나는 걸 기다리기만 하면 된다. 나는 테이블에 놓여 있었던 팔찌를 들었다.

"그건 그레테 씨가 차고 있던 팔찌죠?"

"그래, 절단된 팔에 차고 있던 거야. 만져보니 왠지 신경 쓰여서."

"음……, 장식품치고는 좀 이상하네. 혹시 그 팔찌 때문에 그레테 씨가 이런 짓을 한 건가?"

"그럴 가능성이 크지만 확실하다고 할 수는 없어. 하지만…… 뭔가가 마음에 걸려. 적어도 이것이 마력을 뿜어내고 있진 않고, 외부에서 뭔가 수신하는 것도 아닌 것 같은데……. 응?"

팔지를 들고 조사해보니 뒷면에 복잡하고 자잘한 마법진이 새겨져 있었다.

처음 보는 마법진이지만, 그것보다 더 신경 쓰이는 것은 마법진이 아니라 다른 것이었다.

오늘은…… 긴 밤을 보내게 될 것 같다. 이 사건이 끝나면 감각이 날카로운 호쿠토 옆에서 아침까지 푹 자야겠다.

"이런 곳에서 보게 될 줄이야."

"그 팔찌가 왜? 뭔가 알고 있는 것 같은 느낌인데."

"그래. 효과까지는 모르겠지만, 이건 스승님과 관련이 있는 마도구라는 걸 알아냈어."

팔찌의 뒷면에 새겨져 있던 마법진 구석에 스승님이 만들었다는 증거인 각인이 있었다.

스승님이 성수가 아니라 엘프로서 세계를 돌아다니던 무렵, 반쯤 장난삼아 여러 가지 마도구를 만들었다고 했으니 이건 그런 것 중 하나일 것이다.

그런데 스승님의 마법진은 너무 독특해서 효과를 알 수 없으니 이것 때문에 조종당했다고 딱 잘라 말할 수가 없다. 지금까지 스승님의 마도구를 여러 가지 봐왔지만 정말 별것 아닌 것도 많았기 때문이다.

　그래서…….


『흐음, 그건 확실히 내가 만든 거야.』

　별관 바깥으로 나온 우리는 스승님의 나이프를 지면에 꽂아서 본인에게 물어보기로 했다. 참고로 호쿠토는 그레테를 감시하기 위해 저택 안에 남았다.

　『하지만 그거 효과가 잘 생각나지 않아. 팔찌 타입은 넘칠 정도로 많이 만들었으니까.』

　"기억이 나지 않으면 우리가 곤란한데?"

　안 그래도 지금은 돈이 부족한데, 당신하고 이야기하기 위해서 마석을 하나 썼으니 더더욱 그렇다. 사실 우리의 돈이 부족해진 원인 중 하나이기도 하다.

　그리고 지면에 꽂은 목제 나이프를 노려보고 있는 매우 수상쩍은 집단으로 보이니까 최대한 빨리 끝내고 싶다.

　『음……, 목이 말라서 생각이 안 나는데.』

　"……에밀리아."

　"네. 이번에는 이 지방에서 자란 찻잎을 써봤으니 맛을 봐주세요."

　『그거 흥미롭네. 음…… 좀 떫은맛이 나긴 하지만 나쁘지 않아. 다른 찻잎하고 조합해보는 것도 괜찮을 것 같은데.』

　그리고 에밀리아가 끓인 홍차를 나이프에 붓자 기분이 좋은 듯한 스승님의 목소리가 머릿속에 울렸다.

몇 번을 봐도 신기하고 기분 나쁜 광경이다.

『한 잔 더!』

"마시고 싶으면 얼른 생각해봐."

『어쩔 수 없지. 팔찌를 잘 보여줘.』

나이프를 부러뜨리고 싶은 충동을 견뎌내며 나는 그레테의 팔찌를 스승님에게 가져다 댔다.

『흐음……, 이 마도구는 장착한 자를 최면 상태……, 암시가 걸리기 쉬운 상태로 만드는 마도구야.』

"다시 말해 증폭 장치 같은 건가? 그렇다면 그레테에게 암시를 건 사람이 있다는 뜻인데."

"시리우스를 죽이면 메어에게 도움이 된다. 암시 내용은 이런 걸까?"

『그래, 더 생각났어. 그걸 만든 이유는 홍차를 마실 수 없다는 어리석은 자가 있어서 암시를 걸어 억지로 마시게 하기 위해서였지. 아, 정말 그런 일에 사용하다니……. 하하하!』

아니, 이유까지 포함해서 웃을 일이 아니잖아.

하지만 스승님이 그레테에게 사용한 것처럼 써먹기 위해 만든 게 아니라는 점은 기쁘다. 마도구든 무기든, 결국 사용하는 사람에게 달렸다는 뜻이지.

"그러고 보니…… 목소리가 작아서 잘 알아듣지 못했는데요. 그녀가 메리 님이 아닌 사람의 이름을 말했던 것 같아요."

"아마도 그 사람이 암시를 건 사람이겠지. 그레테 씨는 용서

받지 못할 짓을 하긴 했지만, 더욱 용서할 수 없는 사람은 암시를 건 사람이야."

"누군지는 모르겠지만, 그 녀석을 찾아내서 두 동강 내주겠어!"

"자자, 화가 나는 건 알겠지만 진정해. 특히 레우스, 범인이라고 생각하면 대충 짐작이 가지?"

내가 메어의 교육 담당이 된 것을 불쾌하게 여길 녀석들은 잔뜩 있을 것 같지만, 그레테와 밀접한 관련이 있는 사람은 몇 명밖에 되지 않는다.

상황으로 보아 그 사람이 가장 수상한데, 아직 제대로 이야기도 해보지 않았으니 확신을 하기에는 아직 이르다.

아무튼 직접 만나서 알아봐야 할 것 같다.

그렇게 스승님과의 대화를 마치고 저택으로 돌아온 우리는 아직 잠들어 있던 그레테에게 팔찌를 채웠다.

그리고 그녀가 깨어난 것과 동시에 스승님에게 들었던 기동키를 사용해 마도구를 발동시켜서 그레테에게 걸려 있던 암시를 풀었다.

암시가 풀리자 정신을 차린 그레테는 자신이 저지른 짓이 얼마나 심한 짓인지 깨닫고는 곧바로 엎드려 빌었다. 게다가 몸으로 갚겠다고 하면서 옷까지 벗기 시작했다.

여자 일행들의 힘으로 그 자리는 겨우 해결되었고, 진정이 되자 나는 다시 그레테와 이야기를 나누었다.

"네 처벌은 나중에 정하려고 해. 하지만 죗값을 치르겠다는 생각이 조금이라도 있다면 우리에게 협력해줬으면 좋겠어."

"……알았어. 내가 할 수 있는 일은 뭐든 할게. 만약 사형을 선고받아도 조금이나마 메리 님을 위해서 살아가고 싶으니까."

그런 다음 우리는 범인의 본성을 잘 이끌어낼 수 있게끔 회의를 하고 몇 가지 준비를 한 뒤 성으로 온 것이다.

"……그래서 그녀는 마도구 때문에 의식이 흐려졌고, 그가 거짓말을 새겨넣은 겁니다. 저는 암시라고 부르는 수단이죠."

다시 말해 그레테는 도마뱀 꼬리를 자르는 듯이 이용당한 것이다.

그레테가 암살에 성공하면 눈엣가시인 내가 사라지게 되고, 만약 실패한다 해도 그녀에게 자해하라고 명령하면 증거를 인멸할 수도 있다.

스승님 이야기는 하지 않았지만, 내가 한 설명을 듣고 수왕은 이해했다는 듯이 고개를 끄덕였다.

"그렇군, 생각해보니 수상한 점이 있긴 했어."

"그때, 그는 그레테 씨의 이름을 여러 번 불렀죠? 성씨 같은 단어와 함께."

"다시 말해 그 성씨가 신호 같은 거로군?"

그레테의 이름을 부를 때 말한 '리코엘'은 성씨가 아니라 암시를 받아들이는 상태로 만들기 위한 마법진의 기동 문구였던 것이다.

참고로 지금은 팔찌의 마법진을 파괴했기 때문에 몇 번을 부르더라도 발동되진 않는다.

내 설명을 듣고 완전히 침묵한 범인…… 맥더트에게 눈길이 쏠렸지만, 그는 무표정하게 서 있을 뿐이었다.

"맥더트, 그들의 설명이 매우 그럴듯한 것 같다만, 너는 부정할 수 있느냐?"

"……아니요. 드릴 말씀은 없습니다. 이렇게까지 훌륭하게 제 책략을 간파할 줄은 몰랐으니 오히려 그들을 칭찬하고 싶군요. 정말 흥미롭습니다."

궁지에 몰리자 체념할 줄 알았는데, 맥더트는 오히려 즐겁다는 듯이 미소를 짓고 있었다.

이 기척…… 아무래도 내 예상은 빗나가지 않았던 모양이다.

"죄송합니다, 수왕님. 그들이 설명한 게 전부 맞습니다. 저는 메리 님의 교육 담당을 빼앗기는 게 분했고, 그를 질투해서……."

"어설픈 연기는 그만두시지."

맥더트는 죄를 인정하고 자백하기 시작했지만, 내가 가로막으려는 듯이 끼어들었다.

갑작스럽게 가로막은 나를 보고 동료들과 수왕이 고개를 갸웃거리고 있었지만, 나는 아랑곳하지 않고 맥더트를 날카로운 눈초리로 바라보며 계속 말했다.

"……시리우스 님?"

"왜 그래? 형님."

"질투나 그런 게 아니잖아? 육체뿐만이 아니라 마력을 바꿀 수 있는 방법이 뭔지는 모르겠지만, 사냥감을 볼 때 풍기는 독특한 기척은 바꿀 수가 없었던 모양이군."

"대체 무슨 소리죠?"

그는 어디에나 있을 법한 인간족 남자인 것 같지만, 한순간 보여준 그 미소만으로 확신했다.

1년 전……, 그 싸움에서 놓친 유일한 존재이니 잊어버릴 수도 없다.

"내게 맞아서 생긴 상처가 가볍지는 않았던 모양이지?"

그 말을 듣고 맥더트……, 아니, 알 수 없는 존재는 추악한 미소를 지었다.


1년 정도 전……, 레우스의 애인과 친구가 있던 파라드라는 마을에 마물이 대규모로 침공하는 사건이 벌어졌다. 우리도 그곳에 있었고, 레우스와 마을 사람들이 활약한 덕분에 마물들을 물리치긴 했지만, 그 마물들은 척 보기에도 이상했다.

다양한 마물이 한데 섞인 상황이 일반적으로는 있을 수 없는 일이었고, 마물들을 억지로 가져다 붙인 것 같은 키메라(합성마수)도 자연계에서는 생겨날 리가 없었기 때문이다.

보아하니 키메라가 마물들을 모은 것 같았고, 마물 침공 사건은 누군가가 일부러 일으킨 것이라는 사실을 알아냈다.

그런 생각에 결정적인 힌트를 준 것이…… 중간에 발견했던 알 수 없는 여자였다.

멀리서 키메라의 결과를 관찰하고 있는 것처럼 보였기에 나는 재빨리 '매그넘'을 날렸지만…… 치명상을 입히지는 못해서 놓쳐버렸다.

그때 놓친 사냥감이 눈앞에서 맥더트라고 자칭하는 남자인 것이다.

하지만 그것은 이미 1년이나 지난 이야기이고, 맥더트는 마력 반응은커녕 성별조차 전혀 다르다.

하지만…… 진심으로 즐겁다는 듯이 실험동물을 보는 듯한 저 시선은 틀림없이 그자였다.


"이제 와서 둘러댈 수 있을 거라 생각하진 말라고. 이것저것 이야기를 나눠보는 게 어때?"

맥더트의 분위기가 완전히 달라지자 적이라고 판단했는지 다들 전투 태세를 갖추며 경계하고 있었다.

그리고 그와 밀접한 관련이 있던 수왕과 그레테는 갑작스러운 상황에 당황하면서도 천천히 맥더트와 거리를 두기 시작하고 있었다.

"당신은…… 누구지? 맥더트 님이 아니야."

"무슨 소릴 하는 거냐, 그레테. 나는 맥더트다."

"뻔뻔하긴, 맥더트는 그렇게 웃는 녀석이 아니다! 진짜 맥더트는 어떻게 했지?"

"그러니까 내가 맥더트라고 하잖아? 뭐, 너희가 찾고 있는 맥더트라는 녀석은 자고 있지만 말이야."

두 사람이 뿜어내는 살기를 가볍게 흘리고 있는 맥더트의 말투가 완전히 변한 걸 보니 본성을 숨길 생각이 없는 모양이었다.

왜 저렇게 여유로운지는 모르겠지만, 도망치려 해도 이 방에 하나밖에 없는 문은 수왕이 가로막고 있으니 간단히 돌파할 수는 없을 것이다. 만약 창문을 깨고 도망치려 하면 이번에야말로 확실하게 '매그넘'으로 꿰뚫어버릴 생각이다.

하지만 정체를 알 수가 없으니 함부로 공격하는 것도 위험하다.

조금이라도 정보를 모으기 위해 상황을 살펴보고 있자니 그가 근처에 있던 의자를 창문 앞에 가져다 놓고 앉았다.

"알아들을 수 없는 말로 둘러대지 마라. 어서 말하지 않으면 억지로라도 실토하게 해주마."

"기다려주십시오, 수왕님. 저 사람이 진짜 맥더트일지도 모르니까요."

"……무슨 소리지?"

"육체는 분명히 맥더트 씨지만 뭔가 다른 존재가 그를 조종하고 있을 가능성이 있습니다."

척 보기에는 평범한 남자고, '서치'로 느낀 마력 반응은 예전에 보았던 여자와 전혀 달랐다. 하지만 이 나라에서 그와 처음 만난 이후로 자연스러운 범위 안이라 봐도 이상하지 않을 정도로 마력이 흐트러지는 느낌을 여러 번 느꼈다.

이중인격일 가능성도 있지만, 만약 그렇다면 마력이 파장이 달라지는 것을 설명할 수가 없다.

직접 손을 대고 '스캔'을 사용하면 자세히 알아낼 수 있을지도 모르지만 저 본성과 이질적인 미소를 보니 틀림없을 것이다.

내가 확신하며 지적한 것을 들은 맥더트는 미소를 거두기는커녕 소리를 내며 웃기 시작했다.

"후후…… 아하하하하! 이거 정말 대단하다고 할 수밖에 없네. 네가 말한 대로 내 정체는 거기 있는 수왕 같은 사람들이 알고 있는 맥더트에게 달라붙은 존재야."

"꽤 쉽사리 인정하는군."

"들켜봤자 별문제가 안 되니까. 그런데 너는 참 놀랍군. 제대로 조사해보지도 않았는데 용케도 그런 대답을 이끌어냈어."

진심으로 감탄했다는 듯이 바라보는데, 딱히 기쁘진 않다.

전생의 경험과 스승님 같은 성수, 말하는 나이프…… 꽤 치우친 것 같긴 하지만 아무튼 나는 비상식에 관련된 경험이 풍부하니까. 유령처럼 상대방에게 달라붙는 존재가 있다 해도 이상하진 않을 것 같다.

"나는 딱히 상관없잖아? 이야기가 나온 김에 묻겠는데, 맥더트 씨의 의식은 무사한 거겠지?"

"걱정하지 않더라도 내가 겉으로 드러난 동안에는 잠들어 있을 뿐이니 안심하시지. 사실 원래 주인의 의식 같은 건 걸리적거리기만 하지만, 주위 사람들을 속이려면 필요하니까."

"네놈……."

마치 사람을 도구처럼 취급하는 존재에게 수왕이 살기를 뿜어내기 시작했다.

나중에 들은 이야기인데, 맥더트는 이 성에서 오래 일한 사람이라고 한다. 수왕에게는 친구 겸, 조언자 같은 사람이었기에 그가 화를 내는 것도 당연할 것이다.

관계가 없는 우리까지 몸이 움츠러들 정도로 강한 살기를 받아내고 있는데도 눈앞에 있는 존재는 아무렇지도 않다는 듯이 의자에 앉아 있었다.

"확인하겠는데, 네가 그때 놓친 녀석이야?"

"그래, 네게 당한 상처는 참 지독했지. 덕분에 몸도 제대로 움직일 수 없어서 곤란했지만, 이 남자에게 다가갈 수 있었으니 오히려 고맙다고 해야 할까?"

"그렇다면 두 마을을 습격하고 마물을 모았던 하찮은 괴물을 만든 것도 너라는 거겠지?"

"흥! 그렇긴 하지만, 한 가지만 정정하지. 그건 하찮은 괴물이 아니라 내가 만든 위대한 작품 중 하나야!"

나름대로 집착이 있는지 자신의 작품이 하찮다는 말을 듣고 발끈하는 반응을 보였다.

자칫하다간 마을이 멸망할 수도 있는 것을 만들었는데도 그게 어쨌냐는 듯한 태도를 보이며 전혀 반성의 기색을 보여주지 않았다.

악질 연구자(매드 사이언티스트)라 불리는 사람들이 흔히 그렇듯이 자신의 작품만 생각하는 골치 아픈 존재일 것이다.

"정체를 눈치챈 상으로 내 이름을 가르쳐줄까? 내 이름은 벨포드. 위대한 연구자이자 죽음을 초월한 존재다."

그리고 벨포드는 의자 위에 서나 싶더니 마치 스포트라이트를 받고 있는 것처럼 두 팔을 벌렸다.

정체뿐만이 아니라 이름까지 쉽사리 가르쳐주었는데, 딱히 짐작 가는 구석이 없었다. 그리고 마지막으로 말한 죽음을 초월한 존재라는 게 무슨 뜻이지?

"형님, 저 녀석이 무슨 소릴 하는 거야? 죽으면 끝이잖아?"

"그렇죠. 그렇기 때문에 우리는 온 힘을 다해 살아가는 거니까요."

남매가 말한 대로 누구라 해도 죽음은 반드시 맞이하게 되는 법이다.

원리가 해명되지 않은 마법이 존재하는 세계라 해도 죽음으로부터 벗어날 방법 따윈 존재하지 않는다.

그렇기에 바보 같은 소릴 하지 말라고 하고 싶지만, 사람에게 달라붙어 있는 존재에게는 무슨 말을 해봤자 소용이 없을지도 모르겠다.

한 가지 더 신경 쓰이는 것은 어째서 그런 녀석이 이 나라, 그리고 중진 안에 숨어 있는가라는 점이다.

"그래서, 죽음을 초월한 벨포드 씨가 사람의 육체를 조종하면서 뭐하는 거지?"

"어라, 반응이 약한데. 죽지 않는 것에 흥미가 없나?"

"네놈…… 지금 상황을 이해하고는 있는 거냐! 우리 나라에서 무슨 짓을 하고 있었던 건지 어서 대답하거라!"

"오오, 무섭네, 무서워. 어쩔 수 없지. 대 서비스로 그것까지 가르쳐주도록 할까."

이곳에는 우리뿐만이 아니라 호쿠토와 그레테까지 있는데도 벨포드의 여유는 무너지지 않았다.

오히려 기쁜 듯이, 마치 발표회를 하는 것 같은 분위기로 이야기하기 시작했다.

"내가 여기에 있는 이유는 실험하기 위해서야. 예전에 쓰던 곳을 쓰지 못하게 되어서 새롭게 실험할 곳을 찾다 보니 이곳에 흘러들어오게 되었거든. 그리고 재미있는 실험체를 발견했지."

"실험체…… 설마?!"

"그래. 너희가 귀여워하는 메리 말이야."

"메리 님은 실험체가 아니야! 어째서…… 노리는 거지?"

"계속 함께 있던 너희들은 모르겠지. 하지만 모험자인 너희들이라면 이해가 되지 않나?"

"……그래."

예전에 독살당할 뻔하긴 했지만, 마력 고갈 상태만으로도 수인들이 큰 소동을 벌일 정도로 인기가 많은 메어.

그리고 이 녀석이 파라드에서 만들어냈던 것은 주위의 마물들을 흥분시키는 것뿐만이 아니라 마물들을 모으는 키메라.

두 가지에 공통점이 있다면…….

"그 아이가 수인들을 매료시키는 무언가를 가지고 있다는 건가?"

"정답! 그 실험체는 말이지, 수인을 끌어당기는 재미난 구조를 가지고 있거든!"

역시 그 인기는 메어가 가지고 있는 특수능력이었던 모양이다.

계속 떠들어대는 벨포드의 이야기에 따르면 암컷 곤충이 수컷을 끌어들이는 페로몬을 내뿜는 것처럼 메어는 수인을 끌어들이는 마력을 자연스럽게 뿜어낸다고 한다.

만약 나이를 먹고 성장해서 자유자재로 다룰 수 있게 된다면 모든 수인이 무릎을 꿇는 절대적인 여왕이 되는 것도 꿈이 아니다, 벨포드는 그렇게 열변을 토했다.

그 이야기를 들은 수왕과 그레테는 충격을 받았는지 눈을 크게 떴지만, 벨포드는 웃으면서 손을 저었다.

"어라, 혹시 충격을 받은 건가? 하지만 안심하라고. 당신들의 기분 나쁠 정도로 강한 애정은 그것과는 상관이 없으니까. 좋은 말로 하자면 가족의 사랑이라는 거지."

"네놈! 까부는 것도 적당히 해라!"

"예전의 몸이 한계를 맞이해서 어쩔 수 없이 구해준 남자에게 들어와 보니 설마 이렇게 재미있을 것 같은 실험체를 찾아낼 줄은 몰랐지. 그러니 네게는 오히려 고마울 정도야."

"……그때, 너를 해치우지 못했던 걸 진심으로 후회한다."

혀를 차면서 과거를 반성하고 있자니 옆에서 고개를 숙이고 있었던 그레테가 무언가를 눈치챈 듯이 고개를 들었다.

"잠깐…… 구해줬다고? 설마, 예전에 맥더트 님을 습격했던 그 여자?"

"그래, 정답. 이 남자가 그 실험체의 교육 담당이라 정말 편했어. 우연이라고는 해도 나는 정말 운이 좋았지. 아하하하하하!"

1년 정도 전…… 벨포드가 내 '매그넘'에 치명상을 입은 뒤, 대륙을 건너 도착했던 곳이 아비트레이였던 모양이다.

하지만 '매그넘'에 맞은 육체는 이미 한계를 넘어선 상태였고, 마을에 쓰러져 있었을 때 구해준 사람이 맥더트였다고 한다.

그리고 방심하게 만든 다음 습격해서 예전의 육체를 버리고 맥더트에게 달라붙은 것이다. 참고로 예전의 육체는 맥더트의 가슴팍을 깨문 다음에 숨이 끊겼다는 모양이다.

그 이후로도 자신의 빛나는 공적을 뽐내는 듯이 벨포드의 정신 나간 발표회가 이어졌다.

"나 정도는 아니었지만, 그 실험체도 호기심이 강해서 말이지. 이리저리 돌아다니면서 이 남자를 곤란하게 하는 모양이니 내가 얌전하게 만들어줬다."

"메리에게 독을 먹인 게 네놈이었던 거냐?!"

"이봐, 이봐. 그건 오해야. 내가 요리 담당에게 식재료를 건넸는데 그 녀석이 멋대로 써버렸을 뿐이라고. 그러니까 나 때문에 그런 게 아니야. 그 녀석은 나와 이야기했다는 사실을 완전히 잊어버린 모양이지만."

요리사에게 암시를 걸어 자신의 정체와 식재료에 독이 들어있다는 것을 잊게 했을 것이다.

암시는 그레테에게 사용했던 마도구가 없다 해도 거는 방법만 알면 가능할 테니까. 의식을 흐리게 만드는 약을 쓰거나 잠들었을 때를 노리면 더욱 확실할 테고.

"그렇게 완전히 눈을 못 쓰게 할 예정이었는데, 수인들이 빠르게 조치를 취한 것과 앞을 거의 보지 못하는데도 바깥으로 나가는 실험체의 행동력만큼은 뜻밖이었지."

예상하고 있긴 했지만 정말 맛이 간 것 같다.

이제 우리가 물어보지 않아도 계속 떠들어대며 필요 없는 것들이나 듣기만 해도 구역질이 나는 이야기만 해댔다.

수왕도 그렇고 그레테도 용케 참는 것 같은데……, 아니, 왜 지 힘든 표정을 짓고 있는데.

혹시 자신의 애정이 메어의 능력 때문이라는 걸 신경 쓰고 있는 건가?

이상한 능력 같긴 하지만, 남매의 반응을 보면 메어의 능력은 조금 호의를 품게 만드는 정도일 것이다. 피가 이어지지도 않았는데 손녀라고 여기면서 이상할 정도로 귀여워하는 영감님도 있으니까.

별로 도움이 안 되겠지만, 메어에게 품고 있는 감정은 순수한 애정이라는 말을 하려다가…… 나는 위화감이 들었다.

어째서 이 녀석은 비밀을 숨기려 하지 않고 계속 떠들어대고 있는 거지?

자신의 연구를 자랑하고 싶어서?

도망칠 수 없다고 포기했기 때문에?

양쪽 다 그럴싸하지만, 이야기를 하면서 신경 쓰이는 내용을 말하며 우리가 나서는 걸 막고 있는 것 같다는 생각이 들었다.

나서는 걸 막는다…… 우리가 움직이면 곤란하다.

다시 말해 목적은…… 시간 벌기?

"저 녀석을 확보해라!"

"알았어!"

"멍!"

"어라라, 수다는 여기까진가? 하지만 아쉽네…… 이미 늦었어."

무슨 의도인지는 모르겠지만, 기분 나쁜 예감이 들었기에 우리는 여전히 떠들어대던 벨포드를 확보하려고 움직였다.

그렇게 우리가 나서는 모습을 본 수왕도 같은 생각을 한 모양이었다. 수왕이 포위망의 틈새를 메꾸려는 듯이 움직였을 때, 갑작스럽게 방문이 열렸다.

"음?! 오오, 마침 잘 왔다. 이 녀석을 붙잡는 걸……, 너희들, 왜 그러는 게냐?"

방으로 들어온 사람은 수왕의 가족인 이자벨라와 키스였는데, 척 보기에도 상태가 이상한 것 같았다.

이자벨라는 잠든 메어를 안고 있었고, 키스는 그가 애용하는 멋진 핼버드를 들고 있었기 때문이다.

그리고 두 사람은 고개를 갸웃거리는 수왕을 바라보기는커녕, 망설임없이 벨포드 옆으로 다가가 메어를 건넸다.

"이런?! 무슨 짓을 하는 거냐! 이자벨라!"

"그야…… 메리를 위해서니까."

"데리고 와주셔서 감사합니다. 이제 전부 제게 맡겨주십시오."

"반드시 구해내라. 만약 여동생에게 무슨 일이 생기면 맥더트 너라 해도 용서하지 않을 테니까!"

"물론 온 힘을 다하겠습니다. 하지만 수왕님과 그들이 이해할 수가 없다면서 저를 잡으려 하는군요. 막아주실 수 있을까요?"

우리가 당황하고 있자니 두 사람이 벨포드를 감싸려는 듯이 우리 앞을 막아섰다.

살기를 뿜어내고 있진 않지만, 당장에라도 전투가 벌어질 것 같은 긴장감이 감돌기 시작했다.

"너희들, 대체 왜 그러는 게냐?! 그 남자는 맥더트가 아니라 메리를 노리는 적이다!"

"적은…… 당신이야."

"아무리 아버지라 해도 방해하게 두진 않겠어. 내가 메리를 구할 거야!"

엇나가는 대화와 벨포드의 미소…… 혹시 이 두 사람도 암시에 걸린 건가?

하지만 그렇게 뛰어난 실력자인 두 사람이 쉽사리 암시에 걸릴 것 같진 않다. 특히 이자벨라는 수상한 움직임을 보이거나 약을 먹게 되면 감으로 피할 것 같은데.

그래서 원인을 알아내기 위해 두 사람을 관찰해보니 곧바로 답을 발견할 수 있었다.

"수왕님. 저 두 사람은 그레테 씨와 같은 상황인 것 같습니다. 아마 우리를 적이라고 생각하게 된 거겠죠."

"큭…… 역시 그런 거냐. 암시라는 건 그렇게 간단히 걸 수 있는 건가?"

"아뇨, 감이 날카로운 저 두 사람에게는 힘들 겁니다. 그러니까 잘 보세요. 저 두 사람이 팔에 차고 있는 걸 본 적이 없으신가요?"

좀 전까지 각도 때문에 보이지 않았지만, 우리와 마주보고 서 있는 지금은 확실하게 보인다.

두 사람의 손목에 그레테가 차고 있던 것과 같은 팔찌…… 마도구가 있다는 것이.

"어, 어째서 너희가 그렇게 수상쩍은 걸 차고 있는 게냐!"

"지쳐서 마음이 풀어졌겠지. 치료를 촉진시켜 준다, 실험체와 한 쌍이다, 이렇게 말하니 쉽사리 차주더군."

아무것도 모르는 상황에서는 신뢰받는 중진인 맥더트에게 속아도 이상하지 않겠지…….

"마도구는 하나밖에 없을 줄 알았는데, 설마 복제한 거냐?"

"편리한 물건이니 말이지. 오리지널을 참고해서 복제해보았다."

"……너는 여기서 확실하게 해치울 필요가 있을 것 같군. 그렇게 대단한 기술과 지식을 가지고 있으면서도 쓸데없는 짓에 빠져 있으니 더더욱 그렇고."

"할 수 있다면 해보시지. 미리 말해두지만 이 두 사람은 내가 하는 말이 항상 맞는 말이고, 실험체가 심한 병에 걸려서 내가 바깥으로 데리고 가지 않으면 목숨을 건질 수 없다고 생각하게 만들었다. 그렇게 필사적인 두 사람을 간단히 돌파할 수 있을까?"

분하지만 벨포드가 하는 말이 맞다.

메어를 매우 사랑하는 두 사람이 필사적으로 막는다면 죽일 생각으로 공격해야 돌파할 수 있을 것 같기 때문이다.

그리고 인내심에 한계까지 왔는지 수왕이 주먹을 지르며 소리쳤다.

"딸뿐만이 아니라 내 부인과 아들에게까지 손을 대다니. 네놈은 절대로 용서 못 한다!"

"그래도 말이지, 이래 봬도 이 두 사람은 행복하거든? 사랑하는 사람을 위해 목숨을 건다…… 너희 같은 존재들에게는 아름다운 광경 아닌가?"

"까불지 마! 네가 무슨 말을 하든 그런 건 안 되지!"

"레우스, 메리를 죽게 내버려둘 셈이냐!"

"아, 정말. 적당히 좀 하라고! 암시 같은 것에 져버리지 말란 말이야!"

한 번 싸워본 상대이기에 키스를 용서할 수 없는 모양이다.

나는 레우스가 소리치는 동안 수왕에게 귓속말로 정보를 전달했다. 분노가 가득 찬 상태인데도 수왕은 아직 냉정함을 잃지 않았기 때문이다.

"수왕님. 저 두 사람 말인데요……."

이야기를 들어보니 저 두 사람이 암시에 걸린 건 이번이 처음일 것이다.

내 예상이지만, 처음이라면 암시의 효과가 약할 가능성도 있기에 강한 충격을 주면 정신을 차릴지도 모른다. 벨포드가 더 이상 간섭하지 않는다면 말이지만.

그 사실과 내 작전을 간단히 전달하자 수왕은 알겠다는 듯이 고개를 끄덕였다.

"그렇다면 부인은 내가 막으마. 그레테는 저 녀석의 빈틈을 노려서 어떻게든 메리를 되찾아라."

"반드시!"

"시리우스, 뒷일을 부탁한다. 휘말리게 해버린 너희에게 맡기게 되어 진심으로 미안하게 생각한다."

"사과하실 필요는 없습니다. 제가 저 녀석을 해치우지 못했기 때문이기도 하니까요."

"그럼 서로 마찬가지인 것 같군. 아들은 있는 힘껏 때려도 상관없지만, 적어도 죽지 않을 정도로만 부탁한다. 그리고 맥더트 말인데, 저 수상쩍은 존재의 정체를 알아내지 못한 이상…… 각오는 하고 있다. 결과가 어떻게 되더라도 너희에게 죄를 묻지 않겠다고 맹세하마."

"최선을 다하겠습니다. 그럼 미리 정한 대로 부탁합니다. 레우스, 너도 알았지?"

"그래! 내가 두들겨 패서 키스가 정신을 차리게 하겠어!"

그리고 나머지 우리 일행이 벨포드를 확보하는 역할을 맡게 되었는데, 이쪽은 그리 어렵지 않을 것이다.

나는 지쳐서 움직임이 둔해지긴 했지만, 믿음직한 여자 일행들과 호쿠토가 있으니 지진 않을 테니까.

벨포드가 상대방에게 달라붙는 조건은 잘 모르겠지만, 물어뜯는다는 정보를 감안하면 상대방과 접촉만 하지 않으면 괜찮을 것 같다. 아무튼 신중하게 공격해야겠지.

그런데…… 저 녀석의 패가 다 드러난 건가?

저 두 사람은 원군으로서 충분하긴 하지만, 수적 열세를 완전히 메꿀 수는 없다. 그리고 예전에 실험하던 로마니오 마을에 자신의 흔적을 남기지 않을 정도로 용의주도한 녀석이 이런 상태에서 미소를 지을 수 있을까?

다시 말해 아직 뭔가 숨기고 있을 가능성이 크다.

그렇게 생각한 내가 '서치'를 발동시킨 것과 동시에 호쿠토가 경계하라는 듯이 짖었다.

"멍!"

"온다! 모두 창문에서 떨어져!"

그 순간, 벨포드 뒤쪽의 창문이……, 아니, 벽 자체가 무너지고 거대한 물체가 방 안으로 날아들었다.

그것이 무엇인지 알아채기도 전에 부서진 벽의 파편이 이쪽으로 날아왔기에 나와 레우스는 무기로 막았고, 여자 일행들 쪽은 호쿠토가 앞다리와 꼬리로 쳐내주었기에 다친 곳은 전혀 없었던 모양이다.

보아하니 수왕 일행도 무사한 모양이었고, 그곳에 있던 모두의 시선이 무너진 벽 밖으로 쏠려 있었다.

"큭…… 저게 뭐야?!"

"크다…….."

그곳에 있던 것은 호쿠토보다 몇 배나 클 정도로 거대한 용…… 같은 존재였다.

확실하게 표현하지 않은 이유는 그것을 용이라 불러도 될지 망설여지는 모습 때문이었다.

우선 빛을 반사하는 비늘이 흐릿해서 전체적으로 얼룩져 보여서 용 특유의 아름다움이 전혀 느껴지지 않았다. 예를 들자면 좀비처럼 피부가 벗겨져 나가고 피부가 매우 거칠어진 상태라 할 수 있을 것이다.

달빛을 받아 드러난 몸은 검은색이었고, 머리는 세 개나 달려 있었다. 그리고 그 머리의 색도 각각 달라서 예전에 보았던 키메라와 똑같았다.

파라드에서 보았던 키메라는 그 지역에서 사는 여러 마물로만 만들었는데, 이번에는 용으로만 만들었으니 합성 마룡이라고 해야 하나?

그 합성 마룡을 등진 채 메어를 안고 있던 벨포드는 입가를 일그러뜨리며 웃고 있었다.

"그것도 네 작품이냐?"

"그래, 내 최고 걸작…… 드래그로스다!"

벨포드가 이름을 말하는 것과 동시에 손을 들자 드래그로스라 불린 합성 마룡이 성 전체를 뒤흔들 정도로 크게 포효했다.

저 무시무시한 포효는 들어본 적이 있다. 마물을 흉폭하게 만들던 키메라가 울부짖는 소리와 비슷하다는 사실을 눈치챈 나는 곧바로 '서치'를 사용하여 넓은 범위 안을 조사했다.

예상했던 대로 숲이 펼쳐져 있는 산쪽에서 이쪽으로 다가오는 수많은 반응을 느끼고 호쿠토가 으르렁거리며 경계하고 있었다. 벨포드는 그 틈을 타 창문 밖으로 뛰어내린 다음 드래그로스 등에 올라탄 채 우리를 내려다보고 있었다.

"잠깐! 내 딸을 어떻게 할 셈이냐!"

"어떻게 하냐니, 당연히 실험에 써먹어야지? 이제부터는 더 확실하게 손댈 수 있을 것 같아서 기대가 되는데."

"절대로 그렇게 두진 않겠다! 딸을 돌려줘야겠어!"

"……안 돼."

"방해하지 마! 아버지! 메리를 위해서라고!"

수왕이 앞으로 뛰쳐나가려 했지만, 이자벨라와 키스가 막아섰다.

메어를 실험체라고 부르며 집착하는 걸 보니 손을 대지는 않겠지만, 저 녀석 성격으로는 무슨 짓을 할지 모른다. 우선 인질을 구출하는 것을 가장 우선시해야만 한다.

빈틈이 생기면 저격하려는 생각이었지만, 예전에 '매그넘'을 맞은 적이 있어서 그런지 항상 나를 경계하고 있었기에 나설 수가 없었다.

그러던 와중에 드래그로스 주위로 대형 익룡들이 모여들었다. 50마리가 넘었고, 몸집은 호쿠토의 두 배 정도 되었다.

"드래그로스도 그렇지만, 저것도 처음 보는 용이네."

"저건 링크도름이라는 산속 깊은 곳에 사는 흉폭한 용이다. 하지만 사람이 사는 곳까지 내려오는 경우는 거의 없는데……, 대체 어째서 저렇게 많이 모여든 게지?"

"저 녀석이 타고 있는 거대한 괴물때문이겠죠. 예전에도 비슷한 존재와 싸운 적이 있어요."

"후후후, 그냥 부르기만 한 게 아니야. 예전에 했던 실험을 토대로 개량해서 말이지. 모으기만 하는 것이 아니라 간단한 명령도 내릴 수 있게 되었다고."

그 말대로 링크도름이라 불린 익룡들은 우리를 습격하지 않고 드래그로스 주위를 날아다닐 뿐이었다.

하지만 습격하지 않더라도 50마리가 넘는 익룡이 날아다니는 상황이라 소동이 벌어질 수밖에 없었다.

상황을 눈치챈 성안이 시끄러워졌고, 큰 발소리와 함께 방문으로 무장한 병사 몇 명이 뛰어들어왔다.

"무사하십니까! 수왕님!"

"수왕님께서는 여기 계신다! 궁수 부대와 마법 부대를 불러라!"

"현재 성의 일부가 부서진 것 말고는 피해가 없습니다! 이제 저희에게 맡겨주시길!"

"나는 무사하다. 너희는 물러나 있거라."

"하지만 수왕님. 저렇게 많은 숫자를……."

"저건…… 우리가 해치우겠다. 너희는 피해가 더 발생하지 않게끔 철저하게 수비하거라!"

"""네, 넷!"""

수왕이 뿜어내는 분노를 느꼈는지, 수인들은 꼬리를 곤두세우고 도망치듯이 방에서 나갔다.

그리고 주먹을 아플 정도로 꽉 쥐고 있던 수왕이 미안하다는 듯이 이쪽을 바라보았지만, 나는 고개를 저으며 살짝 미소를 지었다.

"지금은 서로 온 힘을 다해야 합니다. 좀 전에 말씀드렸던 대로 가시죠."

"……으음."

"호오……, 해보겠다는 건가?"

"당연하지! 그런 용을 아무리 많이 모아봤자 우리를 이길 수 있을 거라 생각하지 말라고!"

"의욕을 보이는 건 좋지만, 나는 싸우겠다는 말을 한 번도 한 적이 없는데? 내게 중요한 건 이 실험체뿐이야."

큰일인데.

벨포드는 이야기를 하기 위해 머물러 있을 뿐, 그게 끝나면 망설임없이 도망칠 생각이다.

나를 원망하고 있다면 잡아둘 수도 있겠지만 보아하니 도발이 통할지조차 의심스럽다.

그리고 상대방이 공격하지 않는다면 필연적으로 공중전을 벌이게 된다. 전력이 미지수인 드래그로스를 도망치지 못하게 막으면서 메어를 구해야 한다는 매우 골치 아픈 상황인 것이다.

아무리 힘들다 해도 저 녀석을 내버려둘 수는 없고, 무엇보다 메어를 실험도구로 쓰기 위해 납치하는 것을 내버려둘 수가 없다.

아무튼 지금은 할 수 있는 일을 할 수밖에 없다.

나는 모두에게 작전을 전달하기 위해 '콜'을 발동시키고 의식을 전투용으로 전환했다.

# 《공중의 사투》

이 전투에서 가장 우선시해야 할 것은 메어를 구출하는 것이다.

그리고 그 다음으로는 벨포드를 놓치지 않는 거겠지. 저렇게 정신이 나간 녀석을 내버려두는 건 너무 위험하다.

많은 익룡뿐만이 아니라 이자벨라와 키스가 적이 되었지만, 저 두 사람은 수왕과 레우스에게 맡겨두면 괜찮을 것이다.

그레테는 아직 에밀리아와 싸워서 지친 상태였기에 허를 찔러서 메어를 확보하는 것에만 전념하라고 지시했다.

"놓칠 것 같냐!"

"그래. 나는 너희 같은 전투광에겐 흥미가 없다고."

레우스와 이야기하고 있던 동안 작전을 정리해서 모두에게 전하고 장비를 확인했다.

그리고 레우스와 벨포드의 대화가 끝나는 타이밍을 노려서…….

"그럼 수인의 왕이여, 당신의 딸은 내가 잘 활용하도록…….."

"산개!"

나는 '매그넘'을 날리며 뛰쳐나갔다.

하지만 견제하는 것뿐만이 아니라 벨포드를 해치울 생각으로 날린 마력탄은 드래그로스의 팔에 쉽사리 막혀버렸다. 상대방도 경계하고 있었으니 당연한 결과라고 할 수도 있겠지만, 그렇게까지 쉽사리 막아낼 줄은 몰랐는데.

'안티 마테리얼'이라면 팔을 관통해서 벨포드를 꿰뚫을 수도 있겠지만, 너무 강력한 공격을 날리면 메어가 위험하니 그건 마지막 수단으로 남겨둬야 한다.

우선 벨포드에게 접근하기 위해 파괴된 벽을 향해 달려갔지만, 예상했던 대로 이자벨라와 키스가 막아섰다.

"네 상대는 나다! 키스! 덤비라고!"

"이자벨라, 너를 위해서도 내가 온 힘을 다해 막으마!"

미리 정했던 대로 레우스가 애용하는 대검을 휘둘러서 키스를, 수왕은 몸을 날려 이자벨라를 막아주었다.

나는 두 사람 옆을 지나 파괴된 벽을 넘어서 공중에 있던 벨포드에게 다가가려 했지만, 주위에 있던 익룡들이 막아서려는 듯이 날아들었다.

"아우우우우우우우——!"

하지만 나를 쉽사리 추월한 호쿠토가 크게 울부짖자 날아들던 익룡들이 포효의 충격파를 맞고 날아가버렸다.

"호쿠토, 꼬리!"

"멍!"

길이 생겨난 것과 동시에 호쿠토가 꼬리를 뻗어주었기에 나는 그것을 발판 삼아 더욱 높게 뛰어올랐다.

호쿠토가 꼬리를 휘두른 기세까지 합쳐서 뛰었기에 나는 그야말로 바람을 가르는 화살과도 같이 벨포드에게 접근했다.

"비켜라! 레우스! 맥더트를 방해하는 건 용서 못 해!"

"그럴 순 없지! 저런 녀석에게 여동생을 맡기는 게 말이나 되냐고!"

한편, 레우스는 조금 고전하는 것 같았다.

낮에 시합을 벌일 때와는 달리 양쪽 다 애용하는 무기를 사용하고 있기에 무기가 망가질 걱정 없이 맞붙을 수 있기 때문이다. 두 사람의 실력이 팽팽했기에 깨어날 정도로만 힘을 조절해서 일격을 날리는 것이 힘든 모양이다.

"저 아이를 위해서야……, 비켜!"

"그럴 순 없다! 지금 너를 내버려두면 반드시 후회할 테니까! 어서 정신을 차려라!"

수왕은 자신에게 맡겨두라고 했지만, 이자벨라의 속도를 고려하면 정말 제압할 수 있을지 조금 불안하기도 했는데 부인이라서 그런지 버릇도 잘 아는 것 같아서 이자벨라를 껴안으며 움직임을 막고 있었다.

이자벨라는 그런 상태에서도 주먹과 발차기를 날려대고 있었지만, 수왕은 전부 받아내면서 계속 설득하고 있었다. 달라붙은 상태라 힘을 제대로 주지 못하기도 하고, 나와 마찬가지로 낮에 전투를 벌여서 피로가 남아있기 때문일 것이다.

가끔 수왕이 박치기를 하고, 이자벨라가 피하고 있는데 보아하니 내버려두어도 문제는 없을 것 같다. 나는 벨포드에게 집중해야겠다.

"후, 제정신인가? 용들을 상대로 공중전을 벌이려 하다니."

"다른 사람들과 좀 다르다는 건 이해하고 있지만 너 정도는 아니야. 승산도 없이 나설 거라 생각하지 말라고."

다가가는 도중에 익룡 한 마리가 옆에서 날아들었지만, 조금 늦게 따라온 에밀리아가 '에어 샷'을 익룡의 머리에 날려서 쫓아내 주었다.

에밀리아는 나와 피아처럼 하늘을 날 수는 없지만 바람을 조종함으로써 공중에서도 어느 정도는 움직일 수 있기에 충분히 싸울 수가 있다. 그뿐만이 아니라 날아드는 익룡을 오히려 발판으로 이용하면서 공중을 자유자재로 뛰어다니며 익룡의 숫자를 차례차례 줄이고 있었다.

그리고 내게 등을 돌리는 게 위험하다는 것을 알고 있는지 드래그로스가 정면을 보이며 성에서 물러나려 했지만, 나는 그보다 더 빠르게 거리를 좁혔다.

충분히 접근하자 드래그로스의 전체적인 모습을 확실하게 확인할 수 있었는데, 예상했던 것보다 더 이상한 형태였다.

붉은색과 푸른색, 녹색 머리가 하나씩, 다리가 여섯 개. 그리고 세 가지 색의 날개가 여섯 장이나 돋아나…… 아니, 억지로 꿰맨 것처럼 붙어 있었다. 검은색 몸통 부분만 특히 커다란 걸 보니 저것도 별개의 용인 것 같다.

간단히 말하자면 네 가지 색의 용을 억지로 이어붙인 것 같은 모습이다.

몸 이곳저곳에 마석이 박혀 있고 복잡한 마법진이 수없이 그려져 있는 것을 보니 아마 드래그로스는 저 마법진을 통해 움직이며 주위에 있는 익룡을 제어하고 있는 것 같다.

"쳇…… 예상했던 것보다 빠른데. 드래그로스! 떨어뜨려라!"

다시 '매그넘'을 날리려 했지만, 그보다 먼저 드래그로스의 세 머리가 각각 다른 종류의 속성 브레스를 날렸다.

불꽃, 물, 그리고 바람의 브레스의 범위가 넓었기에 나는 '에어 스텝'을 이용해 빠르게 내려가면서 피했고, 그 세 가지 색의 브레스는 사선상에 있던 여러 링크도름을 휩쓸었다.

"스스로 전력을 줄이다니. 좀 생각해서 공격하는 게 어때?"

"그런 건 피하지 못한 쪽이 잘못한 거지. 썩어도 용종인데, 참 한심하군."

하지만 벨포드는 전혀 아랑곳하지 않고 날개를 떨며 수많은 비늘을 마치 탄환처럼 날렸다.

내 몸을 쉽사리 헤집을 만큼 위력이 강하겠지만, 속도가 그렇게까지 빠르진 않았기에 어렵지 않게 피할 수 있었다. 하지만 비늘 탄환의 사정거리가 예상했던 것보다 길어서 그대로 두면 성에 박혀서 큰 피해가 발생할 것 같다.

"그렇게 둘 순 없어! 나이아! 전부 막아내자!"

성에 남아 있던 리스가 마법을 발동시키자 성의 분수에서 물이 거세게 솟구친 뒤 물의 거인으로 변해 비늘을 전부 막아냈다.

예전에 미라교의 총본산…… 포니아 마을을 구해냈던 물의 거인보다는 조금 작지만, 그래도 아비트레이 성과 맞먹을 정도로 컸다.

그 거인을 단숨에 만들어낸 리스는 창작물에 나오는 거대 로봇에 탑승하는 듯이 몸을 물의 거인 쪽으로 날렸다.

"다음은 이쪽. 전부 잡아버릴 거니까!"

물의 거인과 한 몸이 된 리스는 공중에 있던 익룡을 잡으려고

거대한 팔을 휘둘렀지만 크기가 너무 커서 움직임이 느린 탓에 빗나가 버렸다.

한참 걸릴 것 같았지만, 휘두르는 팔의 면적을 갑자기 넓히거나 물의 촉수를 여러 개 뻗어서 익룡을 잡은 뒤 몸속에 가두어서 무력화시키기 시작했다.

거인을 저렇게 섬세하면서도 대담하게 조종할 수 있는 사람은 물의 정령과 강한 유대감을 쌓아 올린 리스밖에 없겠지.

"어라, 저렇게 대단한 마법을 사용하는 사람은 처음 보는데. 저걸 실험하는 것도 재미있을 것 같군."

"다른 데 신경 쓸 여유가 있나?"

드래그로스 아래쪽으로 파고든 나는 단숨에 솟구쳐서 벨포드의 퇴로를 차단하기 위해 공중에서 막아서고 있었다.

발치에 발동시킨 마력 발판을 밟고 공중에 서 있는 나를 보고 벨포드도 깜짝 놀란 모양이었다.

"오오?! 그런 걸 어떻게 한 거지?"

"글쎄다. 메어를 돌려주면 가르쳐줄 수도 있다만."

"그럼 포기할 수밖에 없겠군. 흐음, 그것도 마법으로 한 건가? 아……, 너희는 짜증 나긴 하지만 정말 흥미로워! 결심했다. 이 실험체 다음에는 너희를 쓰겠어!"

"네가 지금 무슨 상황인지 모르는 거냐? 주위를 좀 살펴보지 그래."

주위에서는 하늘을 자유자재로 뛰어다니는 에밀리아가 익룡의 목덜미를 마법과 나이프로 정확하게 가르고 있었고, 호쿠토는 공중인데도 불구하고 익룡의 꼬리를 물고 휘둘러 다른 익룡에게 부딪히는 식으로 시원스럽게 싸우고 있었다.

그리고 리스가 조종하는 물의 거인도 계속 날뛰고 있었기에 이제 익룡은 몇 마리밖에 남지 않았는데도 벨포드는 여전히 여유롭게 미소를 짓고 있었다.

"1회용 날벌레가 줄어든다 해서 무슨 문제가 있지? 내 최고 걸작인 드래그로스만 있으면 상관없다고."

"그렇다면 시험해보지."

"에휴……, 그렇게까지 싸우고 싶다면 어쩔 수 없지. 어울려주겠어."

이렇게 가까이 접근하니 나를 무시하고 도망칠 수 없다는 걸 깨달은 모양이었다.

겨우 싸울 의욕을 보여준 드래그로스의 날개를 향해 '매그넘'을 연달아 날려서 꿰뚫으려 했지만, 좀 전과 마찬가지로 다리와 꼬리를 방패 삼아 막아냈고, 맞아서 뚫린 구멍도 곧바로 재생되어 막혀버렸다.

그 재생 속도도 위협적이지만, 이 거리에서도 늦지 않게 막아내는 반응 속도도 꽤 골치가 아프다. 저 녀석이 자신만만한 것도 이해가 된다.

하지만 그보다 더 신경 쓰이는 것이…….

"효과가 약해?"

용의 육체가 튼튼하기 때문일지도 모르겠지만, 위력이 반감된 것 같은 느낌이 든다.

그리고 명중한 것과 동시에 충격파를 뿜어내는 탄환임에도 불구하고 왠지 모르겠지만 충격파가 발생하지 않았다.

내가 의문을 품은 것을 눈치챈 모양인지 벨포드는 즐겁게 웃으며 드래그로스를 쓰다듬었다.

"고생 많았어. 이 아이는 마력을 정말 좋아하거든."

"설마…… 흡수한 건가?"

"마력을 응축시켰다 해도 네 일격은 골치 아프니까. 실험삼아 대책을 생각해 봤는데, 멋지게 완성되었지?"

드래그로스는 마력을 흡수하는 특성이 있기에 마력의 탄환이 흡수되어 중간에 사라져버리는 거구나. 그야말로 내게 맞는 대책인 것 같다.

이상하긴 하지만, 암시와 저렇게 강한 괴물을 이용해 한 나라를 뒤엎을 수 있는 상대가 저렇게까지 나를 경계하니 영광이라고 생각해야 하나?

아무튼 나와 상성이 안 좋다는 사실을 알게 되었지만, 목적은 메어를 되찾는 것이니 겁내지 말고 공격해야…….

"물론 방어뿐만이 아니야. 용의 힘을 마음껏 맛보라고!"

"칫……, 겉으로 보기에는 좀 그렇지만, 역시 용종인가."

드래그로스의 세 머리가 끊임없이 브레스를 내뿜었기에 회피에 전념할 수밖에 없었다.

브레스와 비늘이 엄청나게 날아드는 와중에 주위를 날아다니며 '매그넘'을 날렸지만, 드래그로스가 막아내 버려서 결정타가 되지는 않았다. 적어도 몸 상태가 완벽했다면 벨포드에게 접근할 수 있었을지도 모르겠지만, 지금은 그런 걸 따질 여유가 없다.

하지만 묶어두는 것은 성공했으니 에밀리아와 호쿠토가 익룡을 정리하고 따라올 때까지 기다려야겠다.

"왜 그러지? 아까부터 피하기만 하는데, 혹시 동료가 올 거라 생각하는 거야?"

하지만 드래그로스가 다시 포효하자 산 건너편에서 새로운 링크도름들이 날아왔다.

익룡의 숫자가 늘어난다 해도 다른 일행은 문제가 없겠지만, 이대로 가다간 위험하다. 내가 적을 잡아두고 있다 해도 동료들도 발이 묶인 상황이니까.

계속 생각하면서 크게 움직여 브레스를 피하고 있자니 혼자 여유로운 모습을 보여주고 있던 벨포드가 귀찮다는 듯이 한숨을 쉬고 있었다.

"에휴……, 너도 참 끈질기구나. 좀 전에도 말했지만 지금 나는 너희에게 볼일이 없어. 이제 슬슬 비켜주면 안 될까?"

"거절한다. 너를 놓칠 생각은 없고, 그 아이도 돌려받아야 하니까."

"왜 그렇게 오기를 부리는 건지 모르겠네. 너를 죽이려한 건 미안하지만, 이 나라와 아무런 상관도 없는 모험자가 그렇게까지 할 필요는 없잖아?"

"아무런 상관도 없긴 하지만, 메어는 내 제자가 될 아이거든. 무엇보다 너를 놓치면 꿈자리가 사나울 것 같아."

"어쩔 수 없군. 뭐, 죽는다면 나중에 시체를 조사해보도록 할까."

영하의 온도로 보이는 얼음 브레스가 넓게 퍼졌기에 나는 거리를 크게 벌리며 피할 수밖에 없었다.

다시 거리가 벌어지자 혀를 찬 나를 보고 기분이 좋아졌는지 벨포드가 도발하려는 듯이 자신의 가슴을 살짝 두들겼다.

"자자, 내 약점은 여기거든? 장기인 원거리 공격이 통하지 않으니 기분이 어때?"

"당한 걸 복수하려는 건가? 뭐, 적이긴 하지만 대단하군. 공격 한번 만에 그렇게까지 대책을 잘 세우다니 말이야."

그 부분에 대해서는 솔직히 칭찬할 만도 하다. 나와 두 번 다시 만나지 않을 가능성도 있었을 테니까.

하지만…… 아직 생각이 부족하다.

그로부터 1년이나 지났으니 다른 곳에도 눈을 돌렸어야만 했다.

공중에서 다시 멈춰선 나는 성을 등진 상태로 마주 보고 있던 벨포드에게 조용히 말했다.

"저격을 할 수 있는 건 나뿐만이 아니거든."

그렇게 말한 것과 동시에 드래그로스의 거대한 몸집이 크게 흔들렸다.

어떻게 된거냐며 돌아본 벨포드의 시선 끝에는 날개와 몸통이 이어진 부분에 화살 한 발이 박혀 있는 드래그로스가 있었다.

그렇다…… 내 역할은 적을 묶어두는 것뿐만이 아니라 미끼이기도 했다.

그리고 화살을 날린 사람은…….

『노린 대로 맞았네. 더 필요해?』

"그래, 두세 발 더 쏴줘. 만에 하나를 대비해서."

『라져. 간다!』

성의 꼭대기에 서서 성수의 활…… 아르셰리온을 겨누고 있는 피아였다.

이미 드래그로스는 성에서 꽤 멀어져 있어서 화살로 노릴 만한 거리가 아니었고, 전생에 존재했던 저격총을 사용한다 해도 힘들 정도였다.

하지만 피아가 날린 화살은 내가 지정한 곳에 정확히 박혔고, 드래그로스의 거대한 몸집을 뒤흔들 정도로 큰 충격을 주었다.

"뭐?! 뭔가 박혔는데…… 그리고 이 위력은 대체 뭐지?"

"형태는 좀 다르지만, 그건 화살이야. 물론 평범한 화살은 아니지."

화살 깃은커녕 화살촉도 없어서 그냥 보기에는 커다란 목제 꼬챙이 같지만 그 정체는 아르셰리온이 스스로 만들어낸 가지다.

그리고 가지를…… 성수의 화살을 날린 것과 동시에 피아의 바람으로 회전시켜 위력과 비거리를 대폭 늘린 것이다.

그렇게 엄청난 기세로 날아오른 화살은 용의 비늘을 쉽사리 뚫고 충격과 함께 살을 가르며 깊게 박히게 되었다.

말도 안 되는 위치에서 날아든 저격으로 인해 벨포드는 한순간 동요했지만, 곧바로 냉정을 되찾고 드래그로스에게 지시를 내렸다.

"흥, 정말 놀라운 녀석들이로군. 하지만 이런 건 날아온다는 걸 알고 있으면……, 으윽?!"

벨포드는 곧바로 드래그로스를 옆으로 크게 이동시켰지만, 다시 날아든 화살은 첫 번째 화살이 박힌 반대쪽 날개 이음매에 명중했다.

아무리 거칠게 움직인다 해도 바람의 정령의 힘으로 궤도를 바꿀 수 있는 피아의 화살로부터는 간단히 벗어날 수가 없다.

아르셰리온 자체도 강력한 무기지만, 그보다 더 뛰어난 것은 섬세하면서도 강력한 바람을 자유자재로 다룰 수 있는 피아일 것이다. 내 마법보다 발사속도나 연사 성능이 뒤처지긴 해도 유도시킬 수 있는 공격이기에 다양한 용도로 써먹을 수 있다.

"나와 피아……, 두 스나이퍼 사이에 낀 상황에서 쉽사리 도망칠 수 있을 거라 생각하지 말라고."

내 '매그넘'은 여전히 막히고 있었지만, 피아의 화살은 차례차례 뒤쪽에 제대로 맞고 있었기에 드래그로스는 견디지 못하고 고도를 낮추고 있었다.

"쳇……, 꽤 하는군. 하지만 이 정도로 드래그로스가 떨어질 것 같아? 날개를 중점적으로 노리는 모양인데, 망가지면 바로 재생시킬 수 있단 말이지."

"딱히 파괴할 필요는 없어. 지상으로 떨어뜨리기만 하면 되니까."

"무슨 소릴…… 드래그로스?!"

갑자기 드래그로스가 고도를 유지하지 못하게 되었고, 등에 타고 있던 벨포드를 거세게 흔들어댔다.

왜냐하면 꽂힌 화살에서 수많은 가지가 뻗어나가 드래그로스의 날개를 빠르게 얽어매기 시작했기 때문이다.

"말했지? 평범한 화살이 아니라고."

"설마 이렇게 빠르게 성장하는 식물이 있을 줄이야. 얼른 뜯어버려!"

"쉽게 뜯어낼 수 있을 거라 생각하지 말라고. 그건 스승님하고 비슷할 정도로 끈질기니까."

저건 마력을 양분 삼아 자라나는 가지이기 때문에 드래그로스가 움직이는 한, 계속 성장한다.

드래그로스도 마력을 흡수할 수 있긴 하지만, 성수의 터무니없는 힘과는 비교가 안 되는 것 같다.

만약 사람에게 쏜다면 한 발만 맞아도 마력뿐만이 아니라 몸까지 침식해버릴 우려가 있는 화살이다. 그 위력으로 인해 만드는데 시간이 오래 걸려서 피아가 곧바로 공격할 수 없었던 거다.

그럼에도 불구하고 드래그로스는 어떻게든 떼어내려 하고 있었지만, 마치 지면에 뿌리를 내린 거목처럼 가지가 살에 깊게 파고들었기에 살까지 함께 뜯어내는 것조차 힘든 것 같았다. 가지를 노리려 해도 성수의 파편은 간단히 끊어지지 않는다.

그렇게 상대방의 움직임을 거의 제압하자…… 그림자가 움직였다.

"……메리 님을 돌려줘야겠어."

제자들의 움직임에 숨어서 기척을 지우고 기회를 노리던 그레테가 드디어 벨포드의 뒤를 잡은 것이다.

주위를 날아다니던 익룡을 발판 삼아 접근한 그레테는 벨포드의 목덜미에 나이프를 들이댔다.

"아, 너를 깜빡하고 있었지. 용케 여기까지 왔어."

"나를 너무 얕봤어. 그런 건 됐고 어서 메리 님을 놔줘. 그러지 않는다면…….."

"그러지 않는다면…… 어떻게 되는 거지? 설마 그 나이프로 나를 찌르려는 건 아니겠지? 네 아버지 같은 존재인 이 맥더트를?"

"아니야. 당신은…… 맥더트 님이 아니야. 메리 님을 납치하는 녀석은…… 나의 적이야!"

"사, 살려다오! 그레테! 나는…… 조종당하고 있을 뿐이다. 내가 원해서 이러는 게 아니야!"

"……진짜 맥더트님이라면 그런 말을 하지 않을 거야. 그 사람이라면 자기와 함께 해치우라고…… 할 거야."

"말재주는 좋지만, 아직 나를 죽이지 않은 걸 보니 글러 먹었군. 그러니까…… 넌 글러 먹은 거야!"

"윽?!"

그 순간, 그레테의 발치…… 드래그로스의 몸에서 수많은 촉수가 튀어나와 그녀를 덮쳤다.

동요해서 생겨난 약간의 빈틈이 치명적으로 작용했고, 그레테는 촉수를 전부 다 피하지 못하고 옆구리 일부가 뜯겨나갔다. 촉수에 잡히는 최악의 사태는 피했지만, 그레테는 높이와는 상관없이 그곳에서 몸을 날려 피하는 것이 한계였던 모양이다.

그리고 그레테가 붉은 피를 흩뿌리며 떨어진 것과 동시에 소녀가 소리치는 목소리가 울려 퍼졌다.

"아…… 아아앗?! 그레테에에에——?!"

약 같은 것 때문에 잠들어 있던 메어가 최악의 상황에서 깨어나 버린 모양이었다.

시력을 강화한 것과 동시에 참상을 보게 되자 메어는 소리를 지르며 날뛰기 시작했지만, 벨포드가 메어의 입가에 가루를 뿌리자 다시 잠에 빠졌다.

"아……, 으으……."

"아, 정말. 시끄럽기 짝이 없군. 그런데 저걸 내버려두어도 되는 거야?"

"……에밀리아, 부탁한다."

『네! 그레테 씨는 제게 맡겨주세요!』

"쳇…… 돌아보지도 않다니."

에밀리아가 '콜'로 대답한 걸 보니 떨어지고 있는 그레테는 맡겨도 괜찮을 것 같다.

이번 사건 때문에 죄책감을 느끼고 있었고, 무엇보다 맥더트와 친밀한 그레테가 스스로 마무리를 지었으면 했는데…… 역시 쉽게 풀리진 않는구나. 상대방은 아버지 같은 은인이니 결의가 둔해지는 것도 당연할지 모르겠다.

그렇게 아쉬워하는 표정을 짓는 나를 보고 으스댈 거라 생각했던 벨포드는 크게 한숨을 쉬며 나를 보고 있었다.

"어쩔 수 없지. 더 이상 방해를 하면 귀찮으니까. 억지로라도 돌파하도록 할까?"

보아하니 드래그로스가 어떻게 되더라도 상관없다는 각오를 한 모양이다. 그렇게까지 자랑하던 것을 저버리려는 것을 보니 그만큼 우리에게 위협을 느끼고 있는 것 같다.

피아는 아직 다음 화살 준비를 마치지 못했기에 내가 조금이라도 막기 위해 마력 탄환을 계속 날려댔다.

그렇게 힘든 상황에서 억지로 날린 공격을 보고 벨포드는 짜증을 내면서도 드래그로스에게 목숨을 걸고 돌파하라는 명령을 내렸다.

"쓸데없는 발버둥이군. 드래그로스, 날 수 있는 동안 거리를 벌린……."

""으아아아아아아아앗——?!""

하지만…… 내게 정신이 팔려 있던 사이에 다음 자객…… 레우스와 키스가 하늘 위에서 내려왔다. 온몸이 흠뻑 젖은 걸 보니 물의 거인이 내던진 모양이다.

보아하니 맞은 흔적은 보이지 않지만 두 사람을 살펴보니 키스도 정신을 차린 모양이었다. 메리가 외친 목소리가 각성제 역할을 해준 것 같은데.

"쳇! 산 넘어 산이군. 골치 아픈 녀석들이야!"

드래그로스가 브레스로 요격하려고 하늘 위를 바라보고 있었지만, 피아가 날린 화살이 입가에 파고들어 그 공격을 막았다.

나도 마찬가지로 '임팩트'를 날린 다음, 마법이 맞기 직전에 파열시켜서 충격파만으로 방해하자 브레스가 엉뚱한 방향으로 날아갔다.

정말…… 둘 다 너무 무리했다. 두 사람이 브레스에 당할 것 같지는 않았지만, 쓸데없이 다치지는 않았으면 좋겠는데.

"으랴아아아아아아앗――!"

"우랴아아아아아아앗――!"

두 사람이 낙하의 기세를 살려 무기를 휘두르자 드래그로스의 날개가 양쪽…… 두 장이 잘려나가 하늘에 떠올랐다.

피아의 화살에 세 장이 묶인 상태에서 날개를 두 개나 더 잃은 드래그로스는 계속 날아다닐 수 없었기에 결국 지상으로 낙하하기 시작했다.

"크윽?! 어서 날개를 재생시키라고!"

"방심했군!"

그리고 나는 벨포드의 의식이 내게서 완전히 떠나간 이 순간을 기다리고 있었다.

위력을 억누른 고무탄을 상상하며 '매그넘'을 날리자 탄환이 메어를 안고 있던 벨포드의 어깨에 맞아 자세를 크게 무너뜨렸다.

그 충격과 낙하하고 있는 상황이 겹쳐지자 드디어 벨포드가 메어를 놓친 것이다.

나는 곧바로 힘을 조절한 '임팩트'를 날리고 중간에 파열시킨 충격파를 이용해 메어를 날려서 드래그로스가 있는 곳에서 크게 거리를 벌렸다. 꽤 거칠긴 하지만 나중에 사과해야겠다.

이제 '스트링'을 뻗어서 메어를 잡기만 하면 되는데…… 보아

하니 그럴 필요는 없을 것 같다.

"메리!"

딸의 이름을 부르며 성에서 마치 유성과도 같이 날아온 이자벨라가 떨어지고 있던 메어를 구출한 것이다. 키스가 정신을 차렸으니 이자벨라도 당연히 돌아왔겠지.

저렇게 가속한 상태로는 메어를 잡아챈다 해도 부담이 걸릴 것이다. 하지만 이자벨라는 중간에 있던 익룡을 발판 삼아 속도를 조절한 뒤 최소한의 속도로 메어를 가슴에 끌어안았다.

그럼에도 불구하고 기세가 너무 강해서 숲에 격돌할 뻔했지만, 나무를 박차고 기세를 죽인 뒤 무사히 착지한 모양이었다. 자기 몸이 나뭇가지 때문에 상처를 입는 상황에서도 딸을 있는 힘껏 지켜내는 모습은 누가 보더라도 훌륭한 어머니의 모습이었다.

그리고 낙하하던 드래그로스는 날개가 늦지 않게 재생되어 지면에 부딪히는 것은 피한 모양이었다. 식은땀을 흘리던 벨포드도 안도의 한숨을 쉬었지만, 바로 그때 그림자가 드리워졌다.

"맥더트——!"

그림자의 정체는 수왕이었고, 그는 주먹을 들어 올리며 하늘 위에서 내려왔다. 그도 마찬가지로 온몸이 흠뻑 젖은 걸 보니 리스가 던진 모양이었다.

성보다 훨씬 높은 곳에서 낙하했지만, 수왕의 얼굴에는 전혀 두려워하는 기색이 없었다. 아들과 마찬가지로 용감하고 듬직한 사람들이다.

벨포드는 드래그로스의 상태에 정신이 팔려서 공중에 수왕이 있다는 사실을 눈치챘을 때는 이미 모든 것이 늦은 상황이었다.

"나를 죽이면 맥더트는……."

"하아아아아아아아앗——!"

그레테를 상대했을 때와 마찬가지로 정에 호소하려 했지만, 수왕은 전혀 망설이지 않았다.

수왕은 자신의 힘과 마력을 담은 주먹을 망설임 없이 내려쳤지만…… 그가 노린 것은 드래그로스였다.

낙하하는 기세를 실어서 날린 혼신의 일격은 마치 운석이 떨어진 것 같은 파괴력을 만들어냈고, 꽝음과 충격파가 사그라든 뒤에는 숲에 거대한 크레이터가 생겨나 있었다. 수왕이라는 이름에 걸맞을 정도로 엄청난 위력이었다.

"오오…… 대단한데. 라이오르 영감님 같다."

"아버지, 아무리 그래도 너무 심하잖아."

그 크레이터 중심에는 수왕이 조용히 서 있을뿐, 드래그로스는 온데간데없이 사라졌다.

'서치'의 반응도 느낄 수 없는 걸 보니 수왕의 일격에 의해 흔적도 남지 않고 소멸한 모양이다. 이자벨라도 강했지만, 수왕도 이자벨라와 비슷할 정도로 강했다. 그야말로 이 나라가 자랑하는 최강의 부부다.

참고로 수왕보다 먼저 낙하했던 레우스와 키스는 무사히 착지했다. 아마 '에어 스텝'을 사용할 수 있는 레우스가 키스를 잡고 구해낸 것 같다.

소리 내어 감탄하며 크레이터 위를 걸어가는 레우스와는 달리 키스는 우울한 표정을 지으며 수왕에게 다가가고 있었다.

"상황은 잘 모르겠지만 말이야, 맥더트도 아버지에게 쓰러졌으니 불만은 없겠지. 편히……."

"뭘 착각하고 있는 게냐, 키스. 저쪽을 보거라."

"어?"

감상에 젖어있는 키스에게는 미안하지만 벨포드는 수왕이 공격을 가하기 전에 내가 '스트링'으로 끌어당겨 회수했다.

"무, 무사했냐고! 잘된 것 같기도 하고, 아닌 것 같기도 하고……."

"왜 쑥스러워하는 거야? 살아 있으니 기뻐하면 되잖아."

"시, 시끄러워! 여러모로 복잡하니까 조용히 하라고!"

"뭐야, 붙어볼래?"

싸우기 시작한 두 사람은 내버려두고……. 이번에는 상황이 정신없게 변해가는 와중에도 다들 잘 움직여준 것 같다.

특히 수왕은 이 나라의 왕인데도 내 지시에 따라 움직여줘서 정말 도움이 많이 되었다.

마지막으로 수왕이 드래그로스를 해치워주지 않았다면 내가 '안티 마테리얼'을 날리게 되었을 테고, 벨포드를 확보하지 못했을지도 모르니까.

나는 회수하는 도중에 충격파의 여파를 맞고 '스트링'에 묶인 채 기절한 벨포드를 내려다보며 중얼거렸다.

"자, 이제 남은 건 너뿐……이지."

부상자 몇 명과 성의 일부에 피해가 발생하긴 했지만, 죽은 사람은 한 명도 없는 결과를 남기고 싸움이 끝났다.

하지만 거대한 괴물과 익룡 무리의 습격, 그야말로 나라가 무너질 정도로 큰 사건이 벌어진 건 사실이다.

늦은 밤인데도 불구하고 성안이 소란스러웠고, 싸움이 끝난 것과 동시에 성의 병사와 하인들이 바쁘게 움직이며 피해를 확인하고 익룡의 시체를 정리하기 시작했다.

그런 와중에 우리는 수왕 일가와 함께 낮에 싸웠던 시합장에 모여서 이자벨라와 키스에게 무슨 일이 일어났는지 설명하고 있었다.

"……대충 사정은 알았어. 아무튼 맥더트를 만지지 않는 게 낫단 말이지?"

"그래. 이 녀석의 정체가 드러나지 않은 이상 함부로 만져선 안 된다."

수왕과 키스가 골치 아파하며 내려다보고 있던 사람은 맥더트에게 달라붙은 벨포드였다.

그는 지금 '스트링'에 묶인 채 땅바닥에 누워 우리에게 포위된 상태다.

뭔가 물어보려 해도 아직 기절한 상태고, 함부로 만지면 맥더트처럼 의식을 빼앗길 수도 있기에 모두에게 다가가지 말라고 말해두었다.

"그런데 말이야, 어떻게 할 거야? 형님."

"우리뿐만이 아니라 수왕님께도 죽이지 말라고 지시하시던데, 시리우스 님께서는 따로 생각이 있으신가요?"

"그래. 시험해보고 싶은 게 좀 있어서. 이대로 내버려둘 수도 없으니 할 수 있는데 까지는 해보고 싶어."

정보를 좀 정리해보자.

전투를 벌이기 전에 나누었던 이야기의 내용을 생각해보면 맥더트는 육체를 빼앗겼을 뿐, 아직 살아있는 것 같다. 주위 사람들에게 의심을 사지 않게끔 필요할 때 말고는 원래 맥더트가 행동하게 했다고도 말했으니까.

아마 벨포드가 겉으로 드러나 있을 때는 맥더트의 의식이 완전히 잠들어 있거나 자기 암시 같은 것으로 기억을 없앤 것 같다.

"다시 말해 벨포드를 몸에서 쫓아내면 맥더트 씨는 무사할 가능성이 크다는 거지."

아직 이름 말고는 아무것도 모르는 존재이긴 하지만, 몸에 접촉해서 '스캔'을 사용하면 뭔가 알아낼 수 있을 것이다.

모두에게 그렇게 말하자 가장 빠르게 반응을 보인 사람은 수왕이었다.

"구할 수 있다면 구하고 싶다. 방법이 있다면…… 부탁하마."

"이대로 내버려두면 당하기만 하는 거니까요. 최대한 해보겠습니다."

마력의 실을 통해 이 녀석과 접촉한 상태지만 내 의식을 빼앗기는 듯한 느낌은 들지 않는 걸 보니 마력으로 접촉하면 달라붙을 염려가 없는 것 같다.

벨포드가 기절했기 때문일지도 모르겠지만, 어찌 됐든 이대로 내버려두면 아무것도 알아낼 수가 없다. '스캔'으로 몸속을 자세히 조사해봐야 하니 위험을 무릅쓰고 직접 접촉해볼 수밖에 없다.

그렇게 결심했을 때 기절했던 벨포드가 눈을 뜨고 우리를 멍하게 바라보고 있었다.

"으……, 수왕……님?"

"맥더트인가?"

"네……, 접니다. 몸을 빼앗겼다고는 해도 저는…… 돌이킬 수 없는 짓을 해버린 모양이군요."

정체를 들켜서 맥더트의 의식을 신경 쓸 필요가 없다고 판단했는지 오늘 있었던 일을 확실하게 기억하고 있는 모양이었다.

이야기를 들어보니 병문안을 가는 메어를 따라 이자벨라와 키스에게 접촉한 다음 치료라는 명목으로 팔찌 마도구를 채운 것 같았다. 그렇게 두 사람에게 암시를 건 뒤 우리가 성으로 왔다는 사실을 알고 만에 하나를 대비해 드래그로스를 불렀다……, 그렇게 벨포드가 몰래 움직인 내용들을 가르쳐주었다.

"너만의 잘못이 아니다. 그건 그렇고 네게 달라붙어 있던 녀석은 어떻게 되었지?"

"그 기분 나쁜 감촉이 느껴지지 않는 걸 보니 아마 제 안에서 사라진 모양입니다."

"뭐라고?! 그럼 대체 어디로 간 거냐!"

"희미하게나마…… 기억이 납니다. 수왕님께서 위에서 뛰어내리셨을 때 말입니다만. 그 녀석은 저를 노리고 있다고 생각했던 모양입니다. 공격이 맞기 직전에 발치에 있던 마물 쪽으로 도망친 것 같습니다."

만약 그게 사실이라면 발치에 있던 마물인 드래그로스는 이미 흔적도 없이 사라졌으니 벨포드는 이미 소멸되었다는 뜻이다.

여동생을 노린 원수가 너무나도 어이없게 최후를 맞았다는 이야기를 듣자 키스는 당황한 기색을 숨길 수가 없었던 모양이었다. 그리고 이쪽으로 다가오는 기척을 느끼고 눈을 돌려보니 딸을 구하기 위해 숲으로 뛰어들었던 이자벨라가 메어를 안고 돌아왔다.

걸어서 돌아오긴 했지만 그래도 시간이 꽤 걸린 걸 보니 상당히 멀리 날아가 버린 모양이었다. 그만큼 딸을 구하려고 필사적이었던 거겠지.

"……다녀왔어."

"으음, 둘 다 무사해서 다행이다."

"……응. 이 아이는 생채기 하나도 나지 않았어."

여전히 감정이 거의 느껴지지 않는 목소리였지만, 표정은 확실하게 달라졌다.

이자벨라는 안고 있던 메어의 머리에 얼굴을 가져다 대고 황홀한 표정을 지으며 볼을 비벼대고 있었다. 옆에서 보기에는 매우 수상쩍은 사람 같았고, 왠지 잠든 메어가 가위에 눌린 것 같기도 했다.

"어머님, 너무 부럽……, 어흠! 이제 내가 데리고 갈 테니 메리를 내게 줘."

"……안 돼."

키스가 매우 부럽다는 듯이 달려갔지만, 이자벨라는 거절한다며 거리를 벌렸다. 꽤 거칠게 움직이면서도 메어가 깨지 않게끔 주의를 기울이고 있었다. 그녀의 뛰어난 기술이 쓸데없이 발휘되는 광경이었다.

수왕도 참가하나 싶었는데, 그는 좀 전부터 맥더트 옆에서 떠나려 하지 않았다. 메어의 안전이 걸려 있기에 뛰어가고 싶은 마음을 필사적으로 억누르고 있는 모양이었다.

"맥더트. 너는 정말 괜찮은 게냐?"

"네. 참수당한다 해도 어쩔 수 없다고 생각합니다만, 만약 용서해주신다면 다시 한번 수왕님을 섬기고 싶습니다."

"쉽사리 죽는 건 용서 못 한다! 좀 전에 말했던 것처럼 전부 그 녀석 잘못이다. 물론 벌을 내리긴 하겠지만, 너는 앞으로도 나를 섬기거라."

"관대한 처분……, 감사합니다. 그럼 바로 이번 사건의 뒤처리를 돕고 싶으니 저를 풀어주실 수 없을까요?"

"……그럴 수는 없다."

맥더트가 해방을 요청하자 수왕은 딱 잘라 거절했다.

"오오, 역시 수왕님이시군요. 아직 제 안에 그것이 남아 있을 가능성까지 고려하신 거겠죠? 하긴, 그 녀석이 정말 사라진 건지 저 자신도 미심쩍으니 저는 당분간 감옥에라도 들어가 있는 게 나을지도 모르겠습니다."

"네놈은 언제까지 까불어댈 셈이지?"

"까, 까불다니 당치도 않습니다! 그러니 저를 감옥에 가두시고 상황을……."

"감옥에 가둘 필요조차 없다! 나와 맥더트가 어떤 사이인지 네놈도 어느 정도는 알고 있을 테지? 그 얼굴과 목소리로 흉내를 낸다 해도 내가 진짜를 구별하지 못할 줄 알았느냐!"

"아, 아버지? 정말 아니야?"

"키스. 내 뒤를 이어받으려면 몸만 단련하지 말고 사람의 내면을 보는 눈도 단련해라. 우리의 적은 아직 맥더트 안에 남아 있다."

나는 마력이 흐트러진 느낌을 통해 벨포드가 아직 남아 있을지도 모르겠다……고 생각했지만, 수왕처럼 확신하고 있지는 않았다.

수왕은 백성 위에 서서 인도하는 자이고, 그의 친구이기에 아니라고 말할 수 있는 것 같다.

"역시나! 아까부터 뭔가 신경 쓰인다 싶었는데……, 그런 거였어?"

그리고 레우스도 마찬가지로 말로 할 수 없는 제6감으로 수상하다고 생각했던 모양이다.

수왕과 우리의 날카로운 눈초리를 보고 포기했는지, 연약한 표정을 짓고 있던 맥더트의 얼굴이 완전히 변해서 좀 전까지 보았던 벨포드의 미소로 바뀌어 있었다.

"……예상했던 것보다 대단한데. 역시 왕이라고 해야 하나?"

"네놈은 사람에 대해 더 알아야겠구나. 사람을 실험 재료로 생각하는 동안에는 절대로 이해하지 못하겠지만 말이다."

"그런 말을 듣고 마음을 고쳐먹을 것 같아? 즐기고 있다는 건 부정하지 않겠지만 말이야. 나도 그에 맞는 각오를 했다고. 그쪽이야말로 비정상적인 자들의 사고방식을 더 알아야 할걸?"

"이봐, 네가 부른 괴물하고 익룡은 전부 해치웠다고. 어떤 상황인지 이해 못 하나?"

"이제 와서 무슨. 자, 죽일 거면 죽이라고."

완전히 뻔뻔해진 벨포드의 태도를 보고 화가 나 있던 키스가 오히려 동요했다.

"최고 걸작이었던 드래그로스가 그렇게 쉽사리 쓰러졌고, 나는 붙잡혔어. 말 그대로 완패야."

"패배를 인정한다면 어서 그 몸에서 나가거라. 아니, 그 전에 네가 무슨 짓을 했는지 전부 털어놔야 한다."

"왜 내가 나갈 필요가 있는데? 졌다는 건 인정하지만, 드래그로스와 내 실험을 방해했다는 원한이 남아 있다고. 어차피 사라질 거라면 조금이나마 화풀이를 하고 나서 사라질 거란 말이지."

"네놈!"

"협박 같은 건 소용없어. 자, 죽일 테면 죽이시지? 그 대신 이 남자도 죽을 테니까."

어차피 죽이진 않을 것이다……, 그렇게 배짱을 부리고 있는 게 아니다.

벨포드는 진심으로 죽어도 상관없다고 생각하는 것이다. 죽음을 초월한 존재라고 했던 걸 생각하면 그쪽 감각이 우리와는 다른 건지도 모르겠다.

죽을 거라면 물귀신처럼 다른 사람들을 끌어들여서 함께 사라진다…… 악질적인 발상이다.

"수왕……님. 저, 저는 신경 쓰지 마시고 죽여주십시오! 이런 존재를…… 용서할 수…… 는…….."

"맥더트냐?!"

"어이쿠, 방금 그게 진짜의 목소리일지도 모르지? 자자. 본인의 허락도 받았으니 단숨에 해치우는 게 어때? 신하를 죽이려는 임금님."

"크윽……, 미안하다."

"아버지……."

각오는 이미 하고 있었다. 수왕은 숨을 한 번 크게 쉬고 나서 주먹을 꽉 쥐었다.

하지만 그것은 마지막 수단이고, 내가 해야 할 일은 끝나지 않았다. 나는 손을 들어 올린 수왕 앞에 서서 억지로 막았다.

"기다려주십시오, 수왕님. 좀 전에는 제게 맡긴다고 하셨잖습니까."

"음……, 미안하다. 이 녀석의 도발에 넘어가 버린 모양이군. 나도 아직 미숙한 것 같다."

"친구의 목숨이 걸려 있으니 어쩔 수 없죠. 그럼 만에 하나를 대비해 제게서 물러나 주십시오."

수왕뿐만이 아니라 내 옆에 있던 제자들과 호쿠토도 물러나게 한 다음, 나는 맥이 빠진다는 듯이 정색하는 벨포드 앞에 섰다.

자신의 계획을 망가뜨린 원흉이라 그런지 나를 보고 짜증 난다는 듯이 일그러진 표정을 짓고 있었다.

"치잇…… 네놈들만 없었더라도 다 잘 풀렸을 텐데. 그래서 나를 어떻게 할 셈이지?"

"너를 조사해볼 거다. 머리를 만지면 물릴 것 같으니 등으로 할까."

"나를 만질 셈인가? 일부러 육체를 제공해주다니, 참 고마운데."

"허세잖아? 네가 상대방에게 달라붙는 조건은 이미 짐작하고 있거든."

그리고 나는 사각인 등 쪽으로 돌아가서 손으로 만지기 전에 레우스를 불렀다.

"뭐야, 내가 베라고?"

"아니야. 알겠어? 레우스. 만약 내가 이 녀석에게 몸을 빼앗긴 것 같으면 네가 나를 베어."

"뭐?! 무슨 소릴……."

문제는 없을 것 같지만, 최악의 상황에 대비해야 할 것이다.

레우스는 우리 일행 중에서 가장 감이 예리하고, 나를 뛰어넘을 가능성을 지닌 전사니까.

심한 명령이라는 건 이해하고 있다. 할 수 있다면 자해할 생각이고, 더욱 확실하게 하려면 호쿠토에게 부탁하는 게 제일 나을 것이다.

하지만 내 제자라면 만약 스승이라 해도 잘못된 길에 들어선 자라면 벨 수 있는 각오를 지녔으면 한다. 나도 사람이기에 나아가야 할 길로 가지 않고 긍지조차 잊어버릴 가능성이 있으니까.

"뭐, 내가 몸을 빼앗긴다면 말이다. 내 옆에 서고 싶다면 그런 각오도 필요하다는 걸 마음속에 새겼으면 하니까."

"형님……."

"지금 당장 그러라는 게 아니니까 아직 고민할 필요는 없어. 그리고 내 예상이 정확하다면 만지는 정도로 달라붙지는 못할 테니까."

알 수 없는 여자가 맥더트에게 이동했을 때는 상대방의 몸을 물어뜯었다고 했다.

다시 말해 대상에게 이동하는 방법은 점막을 통한 접촉이나…….

"무언가를 심는 것, 둘 중 하나겠지."

그렇게 확신하고 맥더트의 등을 계속 만지고 있지만 예상했던 대로 아무 일도 일어나지 않았다.

내게 영향이 없다는 것을 확인하고 감각을 날카롭게 유지하며 '스캔'을 발동시키자 심장에서 조금 떨어진 곳에서 느껴본 적이 있는 반응을 포착했다.

"……찾았다. 이게 네 핵이냐?"

상황은 다르지만 조금 정겹다는 생각도 들었다.

그때는 리스가 부탁해서 리펠 공주의 팔 안에 들어 있던 것을 적출했으니까.

"자세한 이유는 모르겠지만 이 가슴에 들어 있는 마석이 너 겠지?"

"너……, 진짜 정체가 뭐야?"

"그건 내가 할 말이야. 하지만 대답할 수 있는 게 한 가지 있다면 내가 네 적이라는 거지."

이 녀석은 마석이면서도 명확한 의지를 지닌 알 수 없는 존재다.

이것저것 알아내야 하는 건지도 모르겠지만, 다른 사람의 육체에 깃들어 있는 이상 무슨 짓을 할지 모르니 어서 해치워야만 한다.

너는 이제 끝장이라는 듯이 말하자 벨포드는 동요하면서도 웃고 있었다.

"내 정체를 눈치챈 건 대단한 것 같은데, 그래서 어쩌겠다는 거지? 설마 나를 빼내기 위해서 이 남자의 몸을 갈가리 찢어버릴 생각인가?"

"이래 봬도 나는 인체의 구조를 잘 알고 있거든. 이 각도에서 접근하면 중요한 기관에 상처를 입히지 않고 너만 노릴 수 있지."

보통 총에 가슴을 맞으면 치명상을 입게 되지만, 탄환이 급소를 빗나가거나 몸속의 중요한 기관을 상처입히지 않고 몸을 관통하는 경우가 가끔 있다.

당연히 확실하게 조치를 취하지 않으면 출혈이나 감염증 때문에 목숨을 잃게 되지만, 살아난 사례도 많이 있다.

"리스, 대비해줘."

"응, 내게 맡겨!"

그리고 우리에게는 치료 마법 실력이 뛰어난 리스가 있다.

리스의 마법은 잘린 부위를 이어붙이는 수술 같은 건 불가능하지만, 베인 상처나 구멍이 뚫린 것 같은 상처를 치료하는 것만 놓고 보면 나보다 훨씬 뛰어나다.

다시 말해 벨포드를 꿰뚫는 것과 동시에 리스에게 치료해달라고 하면 가슴에 뚫린 작은 구멍 정도는 곧바로 낫게 할 수 있는 것이다.

"설마 너 같은 존재가 있을 줄이야……."

"이게 다 네 방심이 불러온 패배다."

움직일 수 있는지는 모르겠지만, 마석을 심장 근처로 더 이동시켰다면 결과가 달라졌을 텐데.

만져도 괜찮은 것 같았기에 호쿠토와 레우스에게 벨포드의 몸을 눌러달라고 했지만, 뜻밖에도 벨포드는 얌전히 있었다. 내가 날리는 '매그넘'의 관통력을 알고 있기 때문에 이제 도망칠 수 없겠다는 걸 알아차린 건가?

그리고 날리는 각도를 신경 쓰면서 손가락 끝에 마력을 집중시키자 벨포드는 달관한 표정으로 중얼거렸다.

"그 이질적인 능력. 너는 나와 똑같구나."

"……일반인에서 벗어났다는 점만 놓고 보면 마찬가지겠지."

"그래. 너나 나처럼 세계에서 벗어난 존재는 주위를 공포에 떨게 하고 위험하다는 말을 들으면서 전 세계가 미워하게 되는 운명이라고. 세계의 어둠을 알고 절망과 고독을 알게 된 뒤에도 네가 웃으면서 살아갈 수 있을까?"

"절망과 고독…… 말이지."

벨포드가 한 말은 어떤 의미로는 맞는 말이다.

사람이란 강하고 이해할 수 없는 존재를 자연스럽게 두려워하고 제거하려 드는 법이니까. 그것이 사람의 본능이다.

하지만…… 절망?

그런 것은 전생에서 싫증이 날 정도로 맛보았다.

스승님의 훈련부터 시작해서 수많은 전쟁에 참가하고, 적진에 고립되기도 하면서 나는 사선과 절망을 몇 번이고 넘어섰다.

또한 나는 전생에서 세계 최강이라 불렸지만, 다른 시점에서 보면 적이 많다는 뜻이기도 했다. 그래서 미움을 사거나 누군가가 내 목숨을 노리는 것도 익숙해졌다.

그리고…….

"아직 보이지도 않는 미래를 겁내서 어쩌겠다는 거지? 너와 내가 똑같다고 생각하지 말라고."

벨포드가 예전에 무슨 일을 겪었는지는 모르겠지만 내게는 너와 확실하게 다른 점이 있다.

"그래서? 혼자 빠져 있던 망상은 끝났어?"

"시리우스 씨는 외톨이로 만들지 않을 거야. 우리가 함께 있으니까."

"만약 시리우스 님께서 고독한 길을 걸으신다면 저희가 억지로라도 따라갈 뿐이죠."

"나는 형님의 검이니까!"

"멍!"

단련해온 경험과 기술도 있지만, 전생의 나는 신뢰하는 파트너와 동료의 도움으로 살아남았다.

그것은 이세계로 환생한 뒤에도 마찬가지다.

지금 내게도 신뢰하며 받쳐주는 제자가, 동료가, 가족이 있으니까.

"그리고 내 앞을 막아서는 자는 온 힘을 다해 없앤다. 그렇게 하찮은 말이 네 마지막 말이 되더라도 상관없는 거야?"

"마지막까지 건방지구나. 네 이름…… 한 번 더 물어보지."

"……시리우스다."

"그래……, 시리우스라고. 열심히 발버둥치면서 살아봐!"

"마지막까지 하찮군."

나는 정말 어이가 없어서 가엾은 눈초리로 바라보았다.

살아가는 이상 죽을 때까지 열심히 발버둥치는 것은 당연하니까.

몸속에서 마석이 부서지면 위험하기 때문에 밀어내는 듯이 힘을 조절한 '매그넘'을 날리자 맥더트의 가슴에서 피와 함께 자그마한 마석이 튀어나왔다.

"나이아, 부탁해!"

"갑니다!"

"응!"

그와 동시에 리스의 마법으로 맥더트가 치유의 물에 감싸이는 와중에 공중에 뜬 마석을 에밀리아의 바람 칼날이 베었고, 추격타를 날리려는 듯이 레우스가 대검을 휘두르자 마석이 산산조각났다.

이번에야말로 확실하게 해치운 것 같은데, 마지막에 한 말은 진심으로 분해하는 것 같아서 인상적이었지. 잠시 후 리스의 치료가 끝난 다음 '스캔'으로 진단해보고 맥더트가 기절한 것뿐이라고 말하자 수왕은 크게 안도의 한숨을 쉬었다.

"그렇군. 이제 정말 끝난 거야."

"맥더트 씨는 아마 내일쯤 깨어나겠지만 조종당했을 때 있었던 일을 기억하고 있는지까지는 모르겠습니다. 만약 기억한다면 정신적으로 상당히 힘들 테니……."

"으음, 이제 내가 나설 차례겠지. 그건 그렇고 이번 사건은 너희들이 없었다면 이 나라가 멸망했을지도 모른다. 어떻게 갚아야 할지 모를 정도로 큰 빚을 져버렸구나."

"어쩌다 그렇게 된 거고, 우연이 겹쳐진 결과입니다. 그리고……저하고도 악연이었던 상대니까요."

예전에 스승님이 만든 마도구를 이렇게 하찮은 일에 계속 사용하는 것을 저지할 수 있었다. 고생하긴 했지만, 내게는 충분한 가치가 있었던 것 같다.

"그런데 그쪽 공주님은 어때?"

피아가 한 말을 듣고 모두의 시선이 메어에게 쏠렸다. 사랑받는 공주님은 어머니에게 안긴 채 편안한 표정으로 잠들어 있었다.

벨포드로 인해 메어가 수인들에게 이상할 정도로 사랑받는 비밀을 알게 되었지만, 적어도 메어의 가족과 주위에 있는 사람들은 순수하게 메어를 사랑할 것이다.

언젠가는 메어에게 자신의 능력에 대해 가르쳐주어야겠지만,

정리가 어느 정도 된 다음에 그렇게 해야겠지.

"……귀여워."

"크윽…… 이렇게 귀여울 수가. 역시 내 여동생은 최고야!"

어머니와 오빠가 이상하게 보일 정도로 끙끙대고 있지만, 편안하게 잠든 얼굴을 지킬 수 있어서 정말 다행인 것 같다.

"맥더트뿐만이 아니라 내 딸을 구해준 보답도 해야겠지."

"그건 내일 이야기해도 될까요? 오늘은 다들 지쳤을 테니까요."

"아, 그렇긴 하겠군. 바로 방을 마련해주마. 뭔가 필요한 게 있다면 사양하지 말고 말하도록."

"아뇨, 푹 잘 수 있는 곳이라면 어디든……."

"그렇다면 커다란 침대가 있는 방으로 부탁드립니다. 시리우스 님은 저희가 꼭 붙어서 지켜드릴 생각이니까요."

"좋다! 가장 좋은 방을 마련해주마."

약삭빠르게 자신의 욕망을 끼워 넣은 에밀리아를 보니 골치가 아프지만, 이제 태클을 걸 기력도 없었다. 오늘은 몸과 마음이 너무 지쳐서 축 늘어져 자고 싶기만 하다.

그 이후로 모두를 치료하고 몸 상태를 확인하자 방을 마련해주었기에 우리는 겨우 쉴 수 있게 되었다.


그렇게…… 여러 가지 상처를 남기면서 벨포드의 야망은 무너졌다.

"…………아침인가."

사건이 끝났을 때는 이미 날짜가 바뀌어 있었지만, 그 뒤로 푹 쉰 덕분에 몸의 피로를 풀 수 있었던 나는 창밖에서 스며들어오는 아침 햇살에 눈을 떴다.

우리가 받은 방은 성에서 가장 넓은 객실이었고, 다른 나라의 사절이 사용하곤 하는 특별한 방이기도 했다. 이 방에는 두 사람 정도면 편하게 잘 수 있을 정도로 큰 침대가 여러 개 있었고 나는 그중 한 침대에 누워있었다.

"……이상한데."

양쪽에서 느껴지는 숨소리를 듣고 고개를 돌려보니 왼쪽에는 에밀리아, 그리고 반대쪽에는 리스와 피아가 숨소리를 내며 잠들어 있었다.

"어제는 분명히 혼자 잤을 텐데."

마음대로 써도 된다던 이 방으로 안내받은 다음 나는 대충 몸을 씻고 침대에 누웠다. 그리고 부드러운 침대와 피로 때문에 금방 잠들게 되었다.

에밀리아가 함께 자겠다고 하면서 침대로 온 것까지는 기억이 나는데, 설마 세 명하고 함께 자게될 줄이야.

넓다고는 해도 2인용 침대니까 네 명이 자기엔 힘들 것 같은데, 다들 정말 편안한 표정으로 자고 있다.

남자로서는 기쁜 상황이지만, 남자이기 때문에 깨어난 것과 동시에 이런 상황이면 힘들다.

내가 윗몸을 일으키자 근처에서 자고 있던 호쿠토도 깨어나서 이쪽 상황을 확인하자마자 천천히 일어섰다.

"……멍."

호쿠토, 분위기를 파악하고 옆 침대에서 자고 있는 레우스를 방 밖으로 데리고 갈 필요는 없어.

아침 식사를 한 뒤 수왕과 포상에 대한 이야기도 해야 하고 벨포드 사건 뒤처리도 해야하니 지금은 좀…….

"흐암…… 일어났구나? 시리우스."

"그래, 잘 잤어? 피아. 그런데 이게 어떻게 된 상황이야? 이렇게까지 달라붙을 필요는 없을 것 같은데."

"미리 말해두지만 당신 때문이거든?"

어젯밤에 레우스를 다그쳐서 그에게만 나를 베라고 했다는 사실을 알아버린 모양이다. 내가 잠든 뒤에 그랬을 테니 세 누나에게 포위당한 레우스의 입은 매우 가벼웠을 것이다.

"응석을 부리고 싶었기도 했지만, 당신이 한 말을 듣고 불안해졌거든. 시리우스는 자신의 목숨을 가볍게 여기고 있는 것 같아서."

"그런 거라면 지금까지 여러 번 이야기했으니 슬슬 익숙해졌으면 하는데."

"익숙해질 리가 없잖아? 그러니까 우리는 이렇게 함께 자는 거야."

누운 채로 턱을 괴고 혀를 살짝 내밀며 웃는 피아는 매우 매력적이었다.

하지만 갑자기 그 미소가 사라지나 싶더니 약간 진지한 표정으로 나를 바라보았다.

"앞으로 무슨 일이 있을지 모르니 당신이 사라지는 상황에 대비하게 만드는 걸 포기하라고 하진 않겠어. 하지만…… 그런 식으로 말하면 우리는 불안해서 견딜 수가 없거든."

"딱히 죽을 생각은 없지만 전생 때문에 그렇게 생각해버리는 버릇이 있거든. 그리고 내가 사라진다 해도 너희들이라면 분명히 넘어설 수 있을 거야."

"그래. 분명 우리는 당신의 의지나 마음을 이어받아서 살아갈 수 있겠지. 하지만 말이야, 오랜 시간을 살아갈 수 있는 나는 언젠가 마음을 정리할 수 있을지도 모르겠지만, 두 사람은 평생 독신으로 쓸쓸하게 살아갈 가능성도 있지 않을까?"

"……부정할 수는 없겠는데. 그렇게 되면 저승까지 리펠 공주님하고 영감님이 나를 두들겨 패러 올 것 같아."

"잘 아네. 그러니까 당신은 아이를 남길 때까지 반드시 살아남아야 해. 아이만 있으면 남겨진 사람들의 쓸쓸함을 메워줄 테니까."

"하하, 오늘은 왠지 누나 행세를 하는 것 같은데."

"그야 나는 누나니까."

피아는 200살이 넘었기에 한 번 다시 태어난 정도로는 따라잡을 수 없을 정도로 연상이긴 하다. 완전히 한 방 먹은 기분으로 머리를 긁적이고 있자니 피아가 즐겁게 웃으며 내 눈앞까지 얼굴을 들이밀었다.

"그러니까 슬슬 진심으로 아이를 만드는 걸 생각해보면 안 될까? 메어하고 이자벨라 씨를 보고 있자니 나도 가지고 싶어졌어."

"……감탄하는 마음을 좀 맛보게 해달라고. 설마 방금까지 한 이야기가 그러기 위한 사전준비였어?"

"실례잖아. 당연히 전부 진심인데. 아직 아침 식사를 하라고 부르러 올 때까지 시간이 좀 있을 것 같으니까 아침 운동을 조금 해보는 건 어때?"

"됐어! 이대로 가다간 조금 하는 수준이 아니게 될 건 뻔하다고. 레우스도 바로 옆에 있잖아."

"호쿠토. 주인님의 장래가 걸린 중요한 일이니까 한동안 아무도 들어오지 못하게 해줘."

"멍."

그러니까 호쿠토, 레우스를 물고 옮기려 하지 마!

나를 위해 움직이는 호쿠토의 심리를 이용하다니, 여러 가지 의미로 듬직한 여자다.

솔직하게 호의를 보여주는 건 매우 기쁘긴 하지만…….

"흐앗?! 왜 그렇게 가까이 있어?"

"그렇군요……, 상황은 이해했습니다. 저도 끼워주실 수 있을까요?"

"자, 모두 함께 붙잡자. 오늘은 복잡한 여심을 잔뜩 가르쳐주는 거야!"

"잠깐, 호쿠토, 하우스! 너희도 이제 좀 적당히 해!"

그건 그거, 이건 이거다.

이른 아침이라 해도 성안에는 일하는 사람이 많으니 절도를 좀 지켜줬으면 좋겠다.


겨우 여자 일행들에게서 도망친 나는 레우스와 호쿠토를 데리고 성의 목욕탕에 와 있었다. 어제는 지쳐서 몸도 제대로 닦지 않았고, 아직 아침 식사를 할 때까지 시간이 남았기 때문이다.

성안에 만들어서 그런지 목욕탕은 넓었고, 창문 밖에 노천탕도 있을 정도로 호화로운 곳이었다.

이른 아침이라 아무도 없을 줄 알았는데, 욕조에는 수왕과 키스가 있었다. 엘리시온 때도 그렇고 어째서 왕족과 알몸으로 관계를 맺게 되는 걸까.

"오오…… 너희도 아침 목욕하러 온 건가? 급하게 방을 마련했는데, 잘 잤는지 모르겠군."

"네, 저희에게는 아까울 정도로 좋은 방이었습니다."

여러 가지 일들 때문에 차분하지 못할 때도 있었지만, 침대가 정말 편했기에 만족했다.

"그거 다행이군. 어젯밤에도 말했지만 필요한 게 있다면 사양하지 말고 말하도록 해라."

"감사합니다. 그럼 저희의 방을 개인실이나 남녀별로 나누어 주시면 좋겠네요."

"음…… 그렇단 말이지. 배려가 부족했던 모양이군. 그자들이

애인이라는 이야기는 들었다만, 동료와 함께 방을 쓰는 상황이라면 끌어들이기도 힘들 테지."

수왕은 혼자 이해한 모양인데, 끌어들이기는커녕 오히려 저를 덮치는데요……라고 말할 수는 없다.

"이봐, 레우스. 나보다 덩치도 작으면서 대체 어디에 그런 힘을 숨기고 있는 거야?"

"형님이 해준 이야기로는 근육이 너무 커지면 움직임이 둔해지니까 어느 정도로 줄이는 것도 중요하다는데. 뭔가…… 근육을 분홍색으로 만들라고 했어."

"분홍색?! 그게 무슨 소리야?"

서로 껄끄러울 것 없이 마음을 터놓게 된 레우스와 키스가 이야기를 나누고 있는 와중에 나와 수왕은 탕에 몸을 담근 채 어젯밤에 있었던 사건에 대해 이야기를 나누고 있었다.

"성에 피해가 발생하긴 했지만 가신들이 무사하니 금방 고칠 수 있을 것이다. 그리고 오늘 아침에 맥더트의 방에서 수상한 통로를 발견했다만, 네가 말한 대로 함부로 들어가지 말라고 확실하게 말해두었다."

"역시 있었군요. 외부인인 제가 참견해서 죄송합니다."

"신경 쓰지 마라. 네가 말했던 대로 그 녀석이 뭔가 함정을 파두었을 가능성이 크니까. 어찌 됐든 네게도 협력을 요청하기도 했고."

벨포드가 암약하고 있었으니 근처에 연구시설 같은 게 있을 거라 생각했는데, 그럴싸한 곳이 발견된 모양이다.

멋대로 조사하지 말라고 참견한 이유는 파라드에서 지하를 완전히 파묻어서 증거를 인멸하려 했던 것처럼 함부로 조사하다가 자폭 같은 수단으로 증거를 인멸할 가능성이 있었기 때문이다.

아무튼 입구에서 무언가가 나올 것 같은 낌새는 없었기에 아침 식사를 한 뒤에 수왕과 함께 조사하러 갈 생각이다.

"그리고…… 맥더트 씨 문제가 있죠?"

"으음, 설득하느라 고생을 좀 했다. 당분간 감시할 필요는 있겠지만 겨우 털고 일어선 모양이다."

그리고 맥더트는 벨포드에게 의식을 빼앗겼다는 사실을 기억하고 있었는지 자기혐오에 빠져 자해하려 하거나 감옥에 가두어달라고 애원한 모양이었다.

수왕은 육체를 빼앗겼기 때문이라고 하면서 설득했지만, 본인이 벌을 원하고 있는 것 같아서 맥더트를 메어의 교육 담당에서 제외한 모양이었다. 당분간 수왕의 측근으로 일하게 하면서 상태를 지켜보겠다고 한다.

"다행스럽게도 메리는 육체를 빼앗겼던 맥더트를 기억하지 못한다. 그 덕분에 딱히 겁을 먹지도 않았으니 가끔 메리가 말을 걸어서 기운을 차리게 해주면 언젠가는 원래대로 돌아올 것이야."

힘들긴 하겠지만 친구인 수왕에게 맡겨두면 문제는 없을 것이다.

"그럼 나는 슬슬 나가도록 하지. 이야기는 아침 식사를 할 때 이어서 하고."

"알겠습니다. 저는 조금 더 있다가 나가죠."

모처럼 넓은 목욕탕에 왔으니까 조금이라도 더 있다가 나가야지.

"우오오옷! 그 정도로 이길 수 있을 거라 생각하지 마라!"

"큭…… 얕보지 말라고. 호쿠토 씨와 모의전을 하면서 단련한 완력은 이 정도가 아니니까!"

"말은 잘 하네!"

왠지 모르겠지만 팔씨름을 하기 시작한 레우스와 키스를 바라보며 나는 마음껏 목욕을 즐겼다.


그런 다음 호화로운 아침 식사를 대접받은 뒤 우리는 수왕, 키스와 함께 맥더트의 방에서 발견한 비밀 통로 앞으로 왔다.

교묘하게 숨겨져 있던 통로에 대해 맥더트는 아무것도 모른다고 했기에 벨포드가 육체를 지배했을 때 만든 것 같았다.

조명도 거의 없고 그저 어둠만이 펼쳐져 있는 통로에는 바람이 스치는 소리가 울려 퍼져서 기분 나쁜 느낌이 들었다. 겁이 나는 건 아니지만 될 수 있으면 들어가고 싶지 않은 곳인데.

"멍!"

"시리우스 님, 이 안쪽에서 기분 나쁜 예감이 들어요."

"그래. 꽤 멀긴 하지만 피 냄새가 살짝 나는데."

수왕이 겨우 지나갈 수 있을 정도로 좁은 통로 앞에 서자 호쿠토와 남매가 귀와 꼬리를 쫑긋 세우고 경계했다. 즐거운 곳이 아니라는 건 알고 있었지만 예상했던 것보다 더 마음을 다잡고 가는 게 나을 것 같다.

"흐음…… 기분이 나쁘긴 하지만 겁을 먹어봤자 소용이 없지. 내가 선두에 서서 가마."

"잠깐만요. 적어도 어디까지 뻗어있는지 확인한 다음에 가시죠." 통로 중간에 함정이 있더라도 이상하진 않으니까.

수왕을 말린 다음 '서치'로 땅속을 조사해보니 이 통로는 지하로 이어져 있는 것이 아니라 어느 정도 나아가면 지상으로 나갈 수 있다는 것을 알아냈다.

"지하에 무언가를 만든 게 아닌 것 같네요. 함정 같은 것도 있는 것 같으니 선두에는 제가 서겠습니다."

"그렇다면 그대에게 맡기도록 하지. 물어보고 싶은 게 한 가지 있는데, 그게 그대의 마법인가?"

"네, 아마 저만 사용할 수 있는 마법일 겁니다."

레이더의 구조에 대해 자세히 알고 있다면 쓸 수 있을지도 모르겠지만 좁은 범위라 해도 마력을 물 쓰듯 소모하기 때문에 지금은 나 정도밖에 쓸 수 없을 것이다.

호쿠토를 가장 뒤에 세우고 비밀통로 안으로 발을 내디딘 우리는 '라이트' 마법으로 앞을 비추며 걸어갔고…….

"……멍."

"형님, 호쿠토 씨가 너무 좁다는데."

"수왕님도 들어가기 힘든 통로니까요. 아, 호쿠토 씨. 등 쪽의 털이 걸렸어요."

"아……, 미안하지만 호쿠토는 돌아가. 이대로 나아가면 숲 쪽으로 나갈 수 있는 것 같으니까 바깥에서 우리의 냄새를 따라

오고."

"끄응……."

나는 아쉬워하는 호쿠토의 눈초리와 울음소리를 등지고 계속 똑같은 곳만 나오는 것 같은 통로를 한동안 나아간 뒤 멈춰섰다.

"왜 그래? 통로에서 나가려면 아직 멀었지?"

"아니, 더 나아가면 함정이 작동하게끔 되어 있어. 올바른 길은 이쪽이야."

통로 너머에 작은 공간이 있는 것 같은데, 그곳에 수상쩍은 마법진의 반응이 잔뜩 있었다. 경계심이 강한 녀석이었으니 침입자를 막기 위한 함정이 분명할 것이다.

그리고 '서치'의 반응을 이용하여 근처의 벽에 손을 대고 마력을 불어넣자 벽이 천천히 움직이고 새로운 통로가 나타났다.

"용의주도한 녀석이군. 그대의 충고를 듣지 않고 먼저 병사들을 보냈다면 함정의 먹잇감이 되었을지도 모르겠어."

나타난 통로를 한동안 나아가자 지상으로 나왔는데, 그곳은 성 뒤쪽에 펼쳐진 숲속이었다.

냄새를 따라 곧바로 쫓아온 호쿠토와 합류한 뒤 사람이 지나간 흔적을 찾으며 숲을 계속 나아갔다. 가끔 마물이 덤벼들곤 했지만 레우스와 키스가 경쟁하는 듯이 쓰러뜨려주었기에 편했다.

30분 정도 지났을 것이다. 마물을 경계하며 계속 걸어간 우리는 아래쪽에 커다란 강이 흐르는 계곡에 도착했다.

그 깊은 계속을 꼼꼼하게 조사해보니 가파른 벽면에 동굴이 있다는 것을 알아낼 수 있었다.

성에서 보이는 산을 반 바퀴 정도 돌아온 곳이고 동굴 입구도 솟구쳐 있는 바위에 미묘하게 가려져 있기에 일부러 찾아내지 않는 한 발견될 일이 없는 곳일 것이다.

"으음…… 이런 곳이 있다는 건 알고 있었다만, 동굴이 있다는 건 미처 몰랐군."

"봐, 아버지. 저렇게 입구가 크니 어제 봤던 괴물 용도 드나들 수 있겠어."

"그래서 어떻게 들어갈 거야? 피아 누나에게 부탁해서 몇 명씩 데려다 달라고 할까?"

"퇴로를 만들어두기 위해서도 직접 연결하는 게 낫겠어. 수왕님, 저희가 받을 보수로 마석을 주실 수 있을까요?"

"좋다. 마음껏 쓰도록 하거라."

동굴 위쪽으로 이동한 우리는 '서치'로 통로의 위치를 확인한 뒤 마석으로 '크리에이트'를 써서 지상으로부터 직접 길을 연결한 다음 동굴 안으로 침입했다.

함정을 경계하며 계속 나아간 뒤 동굴 가장 깊은 곳에서 겨우 벨포드의 연구시설을 발견했는데…… 그곳은 정말 지독한 곳이었다.

"이, 이곳은 대체 뭐냐?!"

"으으…… 이 냄새, 코가 삐뚤어질 것 같아."

"저도…… 마찬가지예요."

한마디로 표현하자면 그곳은 비정상적이었다.

동굴 안에 갑자기 펼쳐진 거대한 공간에는 마물의 것으로 보이는 피가 이곳저곳에 튀어 있었다. 피가 흘러서 굳은 과정이 여러 번 반복되었는지 동굴의 바위가 완전히 변색되어 검붉게 물들어 있었다.

그 공간 구석에는 절단된 마물의 부위가 모여 있었고, 그곳에는 커다란 용의 머리와 다리도 있었다. 색과 크기가 낯익은 걸 보니 드래그로스에게 사용하지 않았던 부위인지도 모르겠다.

누가 보더라도 이곳에서 잔혹한 실험이 이루어졌다는 것은 분명했고, 피와 썩은내 때문에 오래 있고 싶지는 않은 곳이었다.

"리스는 보지 않는 편이 좋을 것 같아. 저쪽으로 가 있어."

"으, 응. 그렇게 할게."

"에밀리아하고 레우스도 마찬가지야. 호쿠토는 세 사람을 호위해주고."

"알겠……습니다. 이대로 가다간 코가 이상해질 것 같으니까요."

"미안해, 형님."

"끄응…….."

냄새를 잘 맡는 남매와 호쿠토에게는 고문과도 같은 냄새니까. 견디기 힘들었는지 얌전히 내 말을 들어주었다.

이번에는 두 사람과 한 마리가 보내는 시선을 등지며 나는 피아, 수왕, 키스, 이렇게 네명이서 공간을 수색하기 시작했다.

천으로 코를 막고 돌아다녀 보았는데 시체밖에 없어서 진절머리가 났다. 그나마 다행인 것은 수인 같은 사람 희생자가 보이지 않는다는 것 정도일 것이다.

"음…… 완전히 마물 시체밖에 없네. 그쪽은 어때?"

"이쪽도 마찬가지야. 그건 그렇고 위험하다 싶으면 피아도 바로 다른 사람들 쪽으로 가도 돼. 예상했던 것보다 냄새가 심하니까."

"그래, 견디지 못하게 되면 당신에게 안길 테니까 확실하게 준비해둬."

"아직 괜찮다는 건 알겠어."

농담을 주고받으며 조사하다 보니 키스가 바위 그늘에 숨겨져 있던 곳에서 샛길을 발견했다.

샛길이라 해도 금방 막다른 곳이었고, 그곳은 바위를 깎아 만든 책상과 복잡한 문양이 그려진 종이가 여기저기 흩어져 있는 작은 방이었다.

"보아하니 벨포드가 여기서 연구를 한 모양인데."

"마법진이 그려져 있는 종이밖에 없네. 열정만은 칭찬해주겠어."

"일단 모아서 정리해두자. 책상에도…… 뭔가가 있는데."

바위 책상에는 페이지가 펼쳐져 있는 책이 있었기에 마력 반응이 없다는 것을 확인한 다음 살펴보았다.

"이건…… 연구일지인가? 마법진이 그려져 있는 페이지도 있는데."

"이게 뭐야? 엉망진창으로 그린 것 같은데, 정말 마법진 맞아?"

"그래도 어디선가 본 적이 있는 것 같아."

"그렇겠지. 아마 이건 그 녀석이 부리던 드래그로스라는 마물에게 그려져 있던 마법진일 테니까."

이 책은 실험 경과를 적어둔 책인 것 같았고 내용은 대부분 마법진이었다. 추가로 마법진의 효과와 실패한 점에 대해 적혀있기도 했다.

페이지를 넘겨서 예전 날짜로 거슬러 올라가 보니 효과와 실험에 사용한 마물을 통해 파라드의 키메라에게 그려져 있던 것 같은 마법진도 나와 있었다.

이런 물건을 마침 형편 좋게 남겨둔 것도 이상하긴 하지만 그 녀석은 정체를 들킨 뒤에도 실험에 대해 즐겁게 떠들어댔다. 그 녀석의 말과 행동을 감안하면 사실 자랑하고 싶어서 견딜 수가 없는 성격이라는 것도 짐작이 되는 걸 보니 자신의 기록을 남겼다 해도 이상하지 않을지 모른다.

"내용은 마법진밖에 없나? 벨포드의 정체에 관한 단서가 있다면 좋겠다만."

"없네요. 그건 그렇고 왠지 보고서 같은데……, 응?"

별로 오래 된 것 같지 않은 책의 절반은 공백이었고, 아직 절반 정도밖에 적혀 있지 않았다.

그리고 마지막 페이지에는 드래그로스에게 그려져 있던 마법진과 함께 긴 문장이 적혀 있었다.

"일기……인가? 그런 것치고는 이상한 느낌이 드는데."

"여기서 했던 실험의 기록이야. 특히 드래그로스에 대해 자세한 내용이 적혀 있어."

대충 읽어보았는데 드래그로스를 만들어내기 위해 고생했다는 것을 잘 알 수 있는 내용이었다. 이런 열정을 다른 곳에 살리라는 말이 나올 것 같다.

기록을 살펴보니 왠지 위화감이 드는 내용의 마지막에 메어 이야기가 있었다.

"얼마 전 드래그로스의 실험이 일단락되었기에 메어의 실험이 기대된다는 느낌으로 끝났네요."

다시 말해 벨포드의 야망을 저지한 것이 며칠이라도 늦었다면 메어가 벨포드의 마수에 걸려들었을지도 모르는 상황이었다. 메어가 위험했다는 것을 새삼 느끼게 된 수왕과 키스는 안도의 한숨을 쉬고 있었다.

"휴우, 딸이 무사해서 정말 다행인 것 같군."

"젠장, 역시 내 손으로 그 녀석의 숨통을 끊어주고 싶었는데!"

"다른 내용은 없어?"

"……없어. 여기에는 실험 기록밖에 없고, 다른 내용은 전혀 없네."

계속 방과 동굴 안을 수색해보았지만, 그 책 말고는 유력한 단서를 찾아내지 못했다.

그 책에는 실험 기록만 적혀 있었기에 결국 벨포드의 정체는 알아내지 못했다.

마지막으로 남겨져 있던 책하고 자료는…….

"수왕님, 이건 어떻게 하실 건가요?"

"……처분할 수밖에 없겠지. 이렇게 위험한 것은 존재하지 않는 게 낫다."

"정말 괜찮으시겠어요? 위험하긴 하지만 이 기술을 잘 다루면 수왕님의 나라가 확실한 힘을 얻게 될 텐데요."

어젯밤처럼 용을 자유롭게 다룰 수 있게 되면 나라의 전력이 대폭 강해질 것이다. 수단을 가리지 않고 사용해야 나라를 유지할 수 있는 경우도 있다.

실례라는 걸 알면서도 시험하는 듯한 표정으로 물어보았지만, 수왕은 시원스럽게 웃기만 했다.

"훗, 알고 있을 텐데. 이 힘은 너무 위험하다. 그리고 이걸 쓴다는 것은 여기에서 이루어졌던 잔혹한 짓들을 용납한다는 것이지. 왕으로서만이 아니라 한 남자로서도 용납할 순 없다."

"그래, 그 괴물이 엄청나게 강하긴 했지. 하지만 난 이렇게 구역질이 나는 힘에 의존하고 싶진 않아."

"……그렇다네. 시리우스는 어때?"

"물론 이런 힘 따윈 필요 없어."

욕심으로 가득 찬 녀석이라면 나라를 위해서라는 명목으로 연구를 진행시키겠지만, 수왕은 이것의 위험성을 확실하게 있는 것 같아서 다행이다.

그렇다. 이렇게 일그러진 결정은 남겨두어선 안 된다.

나는 지면에 불꽃 마법진을 그리고 방에 있던 자료와 가지고 있던 책을 망설임없이 태웠다. 만약 수왕이 이 힘을 욕심냈다면 싸우는 것도 염두에 두고 있었지만, 그의 마음이 고결해서 정말 다행인 것 같다.

"나중에 마법 부대를 소집해서 이 일대를 정화해야겠군. 이런 것은 조금이라도 남겨두어선 안 된다."

그 이후로 성에서 파견된 마법 부대가 동굴 안을 불꽃으로 휩쓸었고, 전부 재로 변했다.

동굴도 마법으로 완전히 파묻어서 벨포드의 실험은 전부 어둠 속으로 사라졌지만 한 가지 신경 쓰이는 것이 있었다.

그 책의 내용……, 기록이긴 하지만 보고서 같은 느낌이 들었기 때문이다.

혹시나 벨포드와 비슷한 존재, 또는 위에서 지시를 내린 자가 있을 가능성도 있다.

그냥 착각인 건지도 모르겠지만 앞으로도 이런 상대가 나타날 수도 있다는 점을 염두에 두기로 했다.

※※※※※

우리가 아비트레이 성에 머무르게 된 이후로 벌써 며칠이 지났다.

"안녕히 주무셨습니까, 시리우스 님."

평소처럼 에밀리아가 깨워서 눈을 뜬 나는 몸을 풀기 위해 가볍게 스트레칭을 했고, 그동안 에밀리아가 끓여준 홍차를 마신 다음 옷을 갈아입었다.

"성이라서 그런지 귀족이나 왕족이 된 기분인데."

지금 내가 머무는 방은 혼자서 쓰기엔 조금 넓은 개인실이다. 참고로 레우스도 나와 마찬가지로 개인실을 쓰고 있었고, 여자 일행들은 세 명이 함께 큰 방을 받았다.

나는 레우스와 같은 방을 써도 상관이 없고, 작은 방을 써도 괜찮다고 했지만 여자 일행들이 부탁해서 수왕이 내 전용 개인실을 마련해 주었다.

"하지만 나에겐 너무 사치스러운 것 같단 말이지."

"시리우스 님께서는 좁은 방을 더 좋아하시니까요."

"나는 평범하게 먹고살 수 있는 돈이 있고 제자들과 함께 지낼 수만 있으면 충분해."

"저는 시리우스 님을 돌봐드릴 수 있는 것만으로도 행복해요."

솔직하게 말하자면 조금 부담이 되는 대접을 받고 있긴 하지만 에밀리아의 행복한 미소를 볼 수 있으니 나쁘진 않다.

일과인 에밀리아의 머리를 쓰다듬는 시간을 마친 뒤 나는 방에서 나와 성의 시합장으로 향했다.

"으아아아아아아아앗──?!"

"타아아아아아아앗──?!"

에밀리아와 함께 시합장에 도착하자 그곳에는 레우스와 키스의 머리가 지면에 꽂혀 있는 광경이 펼쳐져 있었다.

이른 아침부터 울려 퍼지는 두 사람의 단말마도 이제 익숙해졌다. 일부 수인들은 자명종 대신 쓰는 사람도 있다는 모양이다. 참고로 저 광경을 자세하게 설명하자면 모의전을 도전한 두 사람이 이자벨라의 백드롭을 맞은 결과다.

그건 그렇고 이자벨라의 성장 속도는 엄청난 것 같다. 매일 맞고 있으니 둘 다 대처할 방법을 터득할 만도 한데 그것조차 용납하지 않는 속도로 기술을 다듬었기 때문이다.

오늘도 기술을 날리고 만족스럽게 고개를 끄덕이고 있던 이자벨라는 우리를 보자마자 입가를 살짝 실룩이며 인사했다.

"……안녕."

"안녕하세요. 오늘은 어떠셨나요?"

"……아직 어설픈가? 하지만 오늘은 이번이 처음이니까."

흐음, 백드롭을 한 번만 맞았단 말이지. 어제까지는 내가 올 때까지 두세 번 정도는 매트……, 아니, 지면에 내동댕이쳐졌으니까.

레우스는 패배하긴 했지만 이자벨라와 싸우면서 확실하게 성장하고 있는 것 같다.

다음에는 레우스와 키스가 나와 싸울 차례이기 때문에 두 사람이 부활할 때까지 준비운동을 하며 기다리고 있자니 이자벨라가 나를 빤히 바라보고 있다는 것을 눈치챘다.

"저기, 제게 무슨 볼일이 있으신가요?"

"……기술을 더 가르쳐줬으면 좋겠어."

"기술? 혹시 프로 레슬링 말씀이신가요?"

이자벨라는 무표정하나마 그렇다는 듯이 고개를 크게 끄덕였다.

보아하니 이 왕비님은 프로 레슬링 기술이 정말 마음에 든 것 같다. 레우스도 자기가 보여준 것 때문에 여러 번 당하게 될 거라곤 꿈에도 상상하지 못했을 것이다.

하지만 간단히 가르쳐줘도 될지 모르겠다며 고민하고 있자니 먼저 지면에서 빠져나온 키스가 내게 애원했다.

"부, 부탁이야! 선생님! 더 이상 어머님께 골치 아픈 기술을 가르쳐주지 마!"

체면 같은 건 다 버리고 필사적으로 애원하고 있었다.

자기가 맞게 될 기술의 종류가 늘어나게 되면 누구든 싫긴 하겠지. 여담이지만 키스는 며칠 전에 나와 모의전을 벌이고 진 이후로 나를 선생님이라 부르게 되었다. 상대방이 확실한 적이 아니라면 수인들은 이렇게 되는 경우가 많다.

그래서 키스의 마음도 이해가 되지만, 이자벨라도 기대하는 것 같으니까.

"말이 좀 심한 것 같긴 하지만, 네가 기술을 맞는 것도 나쁜 것만은 아닌 것 같은데? 애초에 그 기술은 상대방이 빈틈을 보여야만 날릴 수 있으니까."

프로 레슬링은 보여주기 위한 기술에 가까운 것이 많고, 상대방도 당할 거라는 것을 미리 예측하고 날리는 기술도 많으니까.

반드시 당하지 않을 거라는 각오, 그리고 결코 빈틈을 드러내지 않겠다는 적당한 긴장감을 유지할 수 있기에 단련시키는 쪽에서는 오히려 가르쳐주고 싶은 것이다.

"크……허억! 형님 말이 맞아, 키스. 우리가 맞지 않을 정도로 강해지면 되는 거니까."

"제대로 이해한 모양이구나. 그럼 레우스, 파워 봄하고 자이언트 스윙……, 가르쳐준다면 어느 쪽이 더 나을까?"

"내가 고르라고?! 음…… 평형 뭐시기를 단련할 수 있을 것 같으니까, 자이언트가 더 나으……려나?"

"…………."

"그, 그 살벌한 이름은 대체 뭐야?! 어머님도 눈을 반짝이지 말고!"

"그렇게 싫다면 나와 모의전을 벌여서 한 방만 맞추면 다시 생각해줄 수도 있지. 모든 것을 힘으로 바꾸어서 덤비도록 해."

"저, 정말이지! 조, 좋았어…… 이번에야말로!"

그리고 결과적으로는…… 이자벨라의 기술에 자이언트 스윙이 추가되었다.

레우스처럼 달관할 때까지 키스의 고민이 계속 이어질 것 같다.


그 이후로 조금 늦게 일어난 리스와 피아도 합류해서 아침 훈련을 마친 뒤에는 아침 식사를 한다.

원래는 손님인 우리끼리만 아침 식사를 하겠지만 메어의 제안에 따라 수왕 일가와 함께 먹는 것이 일과처럼 되었다.

"오빠, 오늘도 부탁해."

"알았어. 그럼 이 손가락을 잘 봐."

테이블에 앉아 아침 식사가 나오기까지 기다리고 있자니 옆에 앉아 있던 메어가 소매를 잡아당겼기에 나는 천천히 손가락을 흔들면서 메어의 눈을 들여다보았다.

"……이건 먹어도 괜찮아. 내가 손뼉을 치면 이제 메어는 밥을 아무렇지도 않게 먹을 수 있을 거야."

그리고 선언했던 대로 손뼉을 치자 식사 준비가 끝났기에 우리는 아침 식사를 하기 시작했다. 한편, 예전에 독을 먹은 탓에 그레테가 먼저 먹어보는 모습을 본 뒤에야 식사를 할 수 있었던 메어는…….

"메리 님, 괜찮아?"

"괜찮아!"

걱정하는 그레테와는 달리 메어는 스스로 요리를 가져다가 먹고 있었다. 토하지도 않고 수프를 마시고 작은 입으로 커다란 빵을 씹으면서 웃는 메어를 본 그레테는 안도의 한숨을 쉬고 있었다.

"……다행이야."

"응, 오빠가 걸어준 주문 덕분이야."

메어에게는 주문이라고 설명했지만, 이건 암시다.

애초에 누군가가 먼저 먹어봐야 하는 원인이 트라우마 때문이었으니 암시를 이용한 치료는 효과적일 것이다.

"이제 주문이 없어도 괜찮을 거야."

"그, 그런가?"

"그래, 분명 괜찮을 거야. 지금도 잘 먹고 있잖아."

본인에게는 비밀이지만, 사실 메어에게는 암시를 걸지 않았다.

본격적으로 암시를 건 것은 처음 몇 번뿐, 최근 며칠 동안은 적당한 말만 해주었을 뿐이다. 이른바 플라세보 효과라는 것이다. 앞으로 몇 번 반복한 다음 사실을 알려주면 내가 도와줄 필요도 없게 될 것 같다.

하지만 메어는 이 나라의 왕녀이기 때문에 완전히 치료할 필요가 없을지도 모르겠다. 지금은 식재료를 엄중하게 관리하고 있긴 하지만 만에 하나의 경우가 있을지도 모르니까.

하지만 나는 메어를 치료하기로 했다.

처음에 메어와 만났을 때, 스튜를 먹고 싶은데도 필사적으로 참는 모습이 정말 마음에 들지 않았기 때문이다.

아직 어리니까 식사는 마음 편하게 즐겼으면 좋겠다.

결국에는…… 적당한 게 제일이라는 뜻이다. 항상 경계하면서 살면 피곤하기만 하니까.

"그런데 말이야, 정말 괜찮은 거야? 선생님을 의심하는 건 아니지만 기분이 좀 그래서."

"눈앞에 있는 식사만은 괜찮다는 한정적인 암시니까. 위험하진 않으니 안심해."

내가 암시로 치료하는 것을 제안하자 메어를 제외한 수왕 일가는 모두 떨떠름한 반응을 보였다. 실제로 걸려서 험한 꼴을 당했으니 당연할 것이다.

하지만 이야기를 듣고 있던 메어가 해보고 싶다고 했기에 수왕 가족은 인정할 수밖에 없었다. 메어에게는 정말 너그러운 일가다.

물론 이 사실을 알고 있는 사람은 우리와 수왕 일가뿐이고, 암시도 나만 할 수 있는 방법이라고 설득한 뒤 시작했다.

"그레테뿐만이 아니라 부인과 아들까지 조종했으니 정말 지독하기만 한 수법인 줄 알았다만, 이렇게 쓰는 법도 있군."

"무기하고 마찬가지죠. 어떤 것이라 해도 전부 사용하는 사람에게 달린 겁니다."

"듣고 보니 그렇군. 키스, 너도 잘 기억해두거라."

"흥! 굳이 말하지 않더라도 몸소 경험했으니까 안심하라고."

"그렇다면 됐다."

아들이 한 대답을 듣고 만족스럽게 고개를 끄덕인 수왕이 메리를 바라보자마자 굳어 있던 표정이 무너졌다.

"으음…… 역시 딸의 미소를 바라보며 하는 식사는 최고로군. 손이 멈추질 않아."

"정말 그렇다니까. 저 미소만으로도 빵을 얼마든지 먹을 수 있을 것 같아."

"……응."

여전한 부부와 오빠를 보고 살짝 한숨을 쉰 나는 오늘 일정에 대해 생각했다.

왜냐하면 나는 이자벨라가 부탁했던 대로 메어의 교사 역할을 맡고 있었기 때문이다.

하지만 맥더트가 회복해서 복귀할 때까지만 근무하는 임시 교사 같은 위치이고, 기간도 반달 정도로 정해두었다. 다시 말해 벨포드 사건이 해결된 뒤에도 아직 이 성에 남아 있는 이유는 새로운 제자 때문이었다.

아침 식사를 한 뒤에는 메어의 수업을 한다.

벨포드의 이야기에 따르면 메어가 수인들에게 호감을 사는 이유는 특수한 마력을 자연스럽게 뿜어내기 때문이라고 한다. 그렇기에 가장 먼저 가르친 것은 마력을 다루는 방법이다.

나는 시간이 부족해서 어설프게 가르쳤던 '부스트'의 완전판과 몸속의 마력을 자신의 의지로 제어할 수 있게 되는 것을 목표로 삼고 가르치고 있었다.

"휴우…… 어떤가요?"

"괜찮은데. 그렇다면 이번에는 오른손에만 마력을 집중시켜 볼까? 익숙해지면 왼손하고 오른쪽 다리를 동시에, 그렇게 난이도를 올릴 거야."

"네! 선생님!"

평소에는 나를 오빠라고 부르지만 수업할 때만은 선생님이라고 부르게 했다. 연상을 공격하는 예의 훈련도 겸하고 있기 때문이다.

이렇게 확실하게 가르치게 되어서 느낀 거지만, 메어의 재능은 꽤 뛰어난 편이다.

이제 막 훈련하기 시작해서 경험이 부족하고 군더더기가 많아 보이긴 하지만 불과 이틀 만에 몸속 전체의 마력을 순환하는데 성공했으니까.

그 부모의 피를 이어받았으니 그럴 만도 하다.

그리고 마력을 집중시키는 훈련을 마친 뒤, 마력이 바깥으로 새어 나가지 않게 하는 훈련으로 넘어가려 했는데…….

"……열심히 해."

"응!"

메어 옆에 있던 이자벨라가 때때로 응원을 했기에 왠지 매우 껄끄럽다.

그리고…….

"메리, 열심히 하거라. 아버지가 언제든 지켜보고 있으니 말이야!"

"오빠도 지켜보고 있다!"

글러먹은 스위치가 켜진 왕과 왕자가 문 틈새로 방안을 들여다보고 있었다.

정신을 차리고 보니 가족이 모두 모여 있었기에 마치 학부모 공개 수업 같다.

"……상관없는 분들은 돌아가 주세요."

"자, 가자. 키스. 오늘은 꼭 이자벨라 씨의 기술을 막을 방법을 생각해내자고."

"그, 그런 것보다 중요한 게…… 아앗!"

"수왕님! 아직 정무가 잔뜩 남아 있으니 어서 방으로 돌아가 주십시오!"

"자, 잠깐만 기다리거라! 사랑하는 딸의 노력을 확실하게 눈에 새겨 두고…… 아앗!"

함께 훈련하자고 데리러 온 레우스와 모든 것을 떨쳐내려는 듯이 일의 화신으로 변한 맥더트에게 붙잡힌 수왕과 키스는 사라졌지만, 이자벨라는 메어를 자신의 무릎 위에 앉히고 담담한 표정으로 딸의 머리를 쓰다듬고 있었다. 머리를 쓰다듬는 것조차 겁내던 게 거짓말인 것 같을 정도로 진도가 빠르다.

저렇게 사랑받는 것도 메어가 뿜어내는 마력의 영향인 것 같기도 하지만, 내 예상으로는 그렇게까지 강력하진 않을 것이다.

온 힘을 다해 마력을 해방할 경우에는 모르겠지만, 일반적으로 생활한다면 흥미를 끌거나 경계심을 약하게 만드는 정도일 것이다. 물론 수인에 한정되겠지만.

그리고 이 나라의 공주님이라는 위치와 귀엽다는 요소가 합쳐졌기에 이렇게 묘한 카리스마가 생겨난 것이다. 수왕 일가의 경우에는 가족이라는 보정도 더해진 것 같다.

"……나, 방해돼?"

"아니, 그렇지 않아."

틈만 나면 이자벨라가 딸을 귀여워하는 탓에 여러 번 휴식하게 되었지만, 그것도 필요한 거라고 생각하며 받아들일 수밖에 없을 것 같다.

지금 메어에게는 마력의 훈련보다 어머니의 애정을 느끼게 해주는 것이 가장 필요하니까.

그래도 내버려두면 한없이 계속할 것 같으니 슬슬 말려야겠다.

"훈련을 다시 시작하고 싶으니 이자벨라 씨는 떨어져 주세요."

"…………."

"말없이 볼만 비비지 말고요. 따님을 위해서 하는 거니 참아주시죠."

"……조금만 더."

이제 어느 쪽이 응석을 부리는 건지 모르겠다.

한 번 싸워본 덕분에 거리낌 없이 참견할 수 있는 사이가 되었다고는 해도 지금은 딸보다 부모를 타이르는 게 더 힘든 것 같다.


　그런 다음 내가 설득하자, 토라진 이자벨라가 레우스와 키스가 있는 곳으로 향했기에 겨우 메어의 훈련을 다시 시작할 수 있게 되었다.

　시작하기 직전에 시합장에서 남자 두 명의 단말마가 울려 퍼졌지만, 나는 못 들은 척했다.

　"응석을 부리고 싶은 건 이해가 되지만 지금은 훈련 중이니까 이쪽에 집중해줘. 그 사람은 메어가 말하지 않으면 좀처럼 떨어지려 하지 않으니까."

　"미안해. 엄마가 쓰다듬어 주니까 나도 모르게……."

　"뭐, 사이가 좋은 것 같아서 다행이긴 하지만."

　"에헤헤……, 응! 선생님하고 언니들 같지?"

　활짝 웃은 메어는 사실 이미 자신의 특수한 마력에 대해 알고 있다.

　아직 어린 메어는 이해하기 어렵겠지만, 내가 한 소녀의 말과 행동에 따라 나라 전체가 움직일 가능성이 있기 때문이라고 설명했기 때문이다.

　자신이 지닌 능력의 무게를 알게 된다.

　스스로 원해서 얻은 힘이 아니라 해도 가지게 되어버렸으니 필요한 과정일 것이다.

　이 사실을 알릴 때 가장 불안했던 것은 자신이 사랑받는 이유가 전부 마력 때문이라고 메어가 오해해버릴 우려가 있다는 점이었지만, 이자벨라의 서투르면서도 솔직한 애정 앞에서는 쓸데없는 걱정이었던 것 같다.

이렇게 부모의 애정을 받고 있으니 적어도 삐뚤어진 성격으로 자라지는 않을 것이다.

그 대신 제멋대로 굴게 될 가능성이 있긴 하지만, 그건 수왕 일가의 노력에 달렸다. 그 부모와 오빠를 보고 있으면 불안해지긴 하지만.

"그래도 가끔 아빠하고 엄마가 더 어린애 같아지니까. 내가 정신을 바짝 차려야지."

"무슨 마음인지 이해가 되긴 하지만, 어린아이처럼 보인다 해도 다들 메어보다 어른이야. 그러니까 곤란한 문제가 생기면 혼자서만 해결하려 하지 말고 모두에게 의논하도록 해."

불안하기긴 하지만 초조해할 필요는 없다.

메어에게는 지켜주는 사람이 잔뜩 있으니 조금씩 어른이 되어 가면 된다.

"자, 마력을 집중시키는 훈련을 다시 해볼까? 이번에는 왼손 하고 오른쪽 다리야."

"네!"

씩씩하게 대답한 소녀는 태양처럼 눈부신 미소를 짓고 있었다.

# 《에필로그》

그 이후로 메어의 교육을 마무리하고 아비트레이를 출발하기로 한 날이 다가왔을 때였다.

향후 예정에 대해 수왕과 이야기를 마친 뒤 나는 맥더트의 방에 와 있었다.

"시리우스 님, 하실 이야기라는 게 뭔지요?"

"네, 메어 때문에 드릴 말씀이 좀 있어서요."

언젠가 다시 교육 담당을 맡게 될 맥더트가 메어를 잘못된 방향으로 나아가지 않게끔 이끌어줬으면 하기 때문이다. 이번처럼 씁쓸한 경험을 한 그이기에 가족과는 다른 방향에서 지적할 수 있을 것이다.

생각나는 대로 메어의 장래에 대해 이야기하자 맥더트는 쓴웃음을 지으면서도 고개를 끄덕여주었다.

"하긴, 그분의 귀여움을 고려하면 충분히 그럴 수도 있겠죠. 저는 아직 제 자신을 용서하지 못할 것 같습니다만, 언젠가 메어 님의 곁으로 돌아가게 된다면…… 당신의 말씀을 떠올리겠습니다."

그는 경험이 풍부한 어른이니 내가 참견할 필요가 없었을지도 모르겠다.

그런 다음 가벼운 잡담을 나눈 뒤 맥더트와 헤어진 나는 그레테의 방으로 갔다.

현재 그녀는 내 목숨을 노린 죄로 근신 중이어서 메어의 호위를 맡고 있지 않았기 때문이다. 암시 때문이기에 수왕도 그렇게까지 무거운 죄로 보지는 않았지만, 그녀도 마찬가지로 자기 자신을 용서할 수 없다며 스스로 그렇게 한 것이다.

드래그로스 때문에 다친 상처는 이미 나았는데도 불구하고 기운이 없는 그레테와 나는 책상을 사이에 두고 마주 보았다.

"무슨 일이야?"

"네게는 아직 내 목숨을 노린 벌을 주지 않았지?"

"응. 밤 시중…… 들까?"

"그건 됐거든요. 그러니까 벌로 암시를 걸 테니 잠깐 움직이지 말고 있어."

나는 암시라는 말을 듣고 깜짝 놀란 그레테를 무시하고 그레테를 향해 손바닥을 내밀었다.

험한 꼴을 당했는데도 불구하고 그녀에게는 소중한 물건이어서 그런지 아직 차고 있던 팔찌를 확인한 다음 말했다.

참고로 벨포드가 복제한 마도구는 내 손으로 완전히 파괴했다. 별것 아닌 이유로 만든 스승님의 팔찌와는 달리 복제품은 음모를 꾸미기 위해 만든 물건이니까.

"그레테 리코엘. 지금부터 내가 하는 말을 마음속에 새기도록."

"어라? 그건 이미……."

"만약 메어가 주위 사람들이 반대하는데도 어리석은 행동을 하려 하면…… 네가 목숨을 걸고라도 막도록. 만약…… 메어에게 미움을 산다고 하더라도."

"윽?!"

"……이상이야. 암시가 걸렸는지 확인해보고 싶긴 하지만 나는 곧 여행을 떠날 테니 힘들겠지. 그러니까 이제 그레테에게 달렸어."

'리코엘'이라는 단어는 암시를 걸기 편하게 만드는 팔찌의 기동 문구지만, 팔찌의 기능은 이미 완전히 사라졌다. 그리고 나는 평범하게 말을 걸었을 뿐이었기에 암시 같은 것에 걸릴 리가 없었다.

이런 말을 일부러 한 이유는 그레테가 자신의 죄를 용서하게 되는 계기를 만들기 위해, 그리고 메어를 위해 무엇을 해야만 하는지를 다시 확인하게 만들기 위해서다.

맥더트와 마찬가지로 그녀 또한 가족과는 다른 측면에서 메어를 지켜봐야 하니까.

그런 다음 대답도 듣지 않고 등을 돌리긴 했지만 내 의도는 전달되었을 것이다. 뒤에서 그레테가 고개를 숙인 기척을 느끼며 나는 그곳을 떠났다.


해야 할 일을 마치고 방으로 돌아오자 내가 돌아오길 기다리고 있던 일행들이 맞이해 주었다.

딱히 부른 적은 없지만 밤에는 기본적으로 내 방에 모이는 것이 습관이다.

자리에 앉은 것과 동시에 에밀리아가 내준 홍차를 마시면서 숨을 돌리고 있자니 와인을 마시던 피아가 나를 보고 있다는 것을 눈치챘다.

"고생했어. 교섭은 무사히 끝난 모양이지?"

"그래. 보수는 충분히 받을 수 있으니까 당분간 돈 때문에 고생하진 않을 것 같아. 이제 다시 여행을 시작할 수 있겠어."

"메어의 훈련은 끝났어. 이제 겨우 기본 마력 조작이 끝났다던데."

"그렇긴 하지만 그 아이는 마법보다 몸을 움직이는 게 더 즐거운 모양이라서. 내일부터는 이자벨라 씨와 함께 훈련하게 되었거든."

이러쿵저러쿵해도 모녀라 그런지 마법보다는 힘으로 밀어붙이는 걸 더 좋아하는 것 같다.

마력을 다루는 건 이제 반복 연습만 해도 충분하니 이제 자기 마음대로 성장하면 될 것 같다.

그리고 메어는 이론보다는 본능으로 익히는 레우스와 비슷한 타입인 것 같다. 그리고 이자벨라도 마찬가지로 본능형이기 때문에 지금 시점에서 그녀……, 어머니보다 더 적합한 스승은 없을 것이다.

"괘, 괜찮을까?"

"무슨 마음인지는 이해가 되지만 걱정할 필요는 없을 거야."

레우스와 키스의 상황을 보았기에 불안한 마음이 사라지지는 않았지만, 메어에게 그런 짓을 하지는 않을 것이다. 정말 위험하면 수왕도 말릴 테고. 오히려 내 예상으로는 메어가 자란 뒤에 모녀끼리 아무렇지도 않게 치고받을 것 같다.

"그리고 가족 말고도 곁에서 지켜봐 주는 사람이 있으니까. 이제 본인들에게 맡기도록 해야지."

"지켜보는 사람들…… 말이지. 그건 그렇고 용케도 그레테를 용서했네."

"모조리 다 미워하면 끝이 없으니까. 에밀리아에게 좋은 경험을 하게 해주었으니 충분해."

원흉은 이미 사라졌고, 우리들도 딱히 피해를 입지 않았기에 관대하게 끝내는 게 제일 좋을 것이다.

그리고 옆에 앉아 있던 호쿠토와 에밀리아의 머리를 쓰다듬으며 느긋하게 지내고 있자니 방문을 노크하는 소리와 함께 손님이 나타났다.

"그대들, 좋은 와인을 얻었다. 잠깐 어울려 줄 수 있겠나?"

"호쿠토 님, 또 등에 태워주세요!"

"……나도."

"레우스, 이기고 도망치는 건 용서 못 한다! 이번에는 이걸로 승부다!"

와인을 든 수왕과 사이좋게 손을 잡고 있는 메어와 이자벨라. 그리고 보드 게임을 들고 있는 키스가 찾아와서 방이 한순간에 매우 소란스러워졌다.

넓던 방이 꽤 좁아져 버렸지만 이것도 나름대로 나쁘진 않다.

아비트레이에 와서 제일 좋았던 점은 새로운 제자와 그들 같은 가족을 만나서 유대 관계를 맺었다는 점일 것이다.

신분도 신경 쓰지 않고 떠들어대는 가족들을 바라보며 나는 만족스럽게 미소를 지었다.

벨포드의 야망을 박살 내고 그 녀석의 실험 기록을 처분한 뒤 며칠이 지났다.

맥더트와 그레테가 씁쓸한 기억을 얻게 되어버렸지만, 드래그로스 때문에 성 일부가 부서진 것 말고는 큰 피해도 없었기에 이번 진상에 대해서는 몇 가지를 숨기게 되었다.

우선…… 벨포드는 이름은커녕 존재조차 숨기게 되었다.

애초에 수수께끼가 많고 그의 존재를 드러내려 하면 그 잔인한 실험 내용이 널리 퍼질 가능성도 있기에 벨포드는 존재하지 않았던 것으로 조작하여 주위에 전달하였다.

다행히도 벨포드와 직접 관련이 있는 사람은 우리 수왕 일가, 그리고 맥더트와 그레테 정도밖에 없었기에 모두가 입을 다물고 있으면 아무도 알지 못할 것이다. 그 녀석의 용의주도함이 유일하게 도움이 된 점이라 할 수 있다.

그리고 비밀로 할 수가 없는 드래그로스의 습격은 돌연변이 용이 링크도름 부하들을 잔뜩 데리고 습격했다……는 식으로 소문을 퍼뜨렸다.

조금 수상한 부분이 있을지도 모르겠지만 나름대로 희귀한 익룡…… 링크도름의 소재를 많이 얻었기에 그것들을 해체하는 작업에 많은 사람이 동원되었고, 파괴된 곳이 복구되는 것과 동시에 위화감도 잊혀진 모양이었다.

여담이지만 리스가 물로 질식시켜서 해치운 덕분에 소재가 거의 상하지 않은 상태로 얻을 수 있어서 소재를 다루는 사람들이 매우 기뻐했다. 보수도 추가로 받아서 성에서 받은 포상과 합치면 당분간은 돈 때문에 고생할 일은 없을 것 같다.

그렇게 아비트레이가 일상을 되찾은 뒤, 나는 수왕 부부의 부탁을 받아 메어에게 훈련을 시키고 있었다.

중간에 멈췄던 마력 제어 훈련을 이어서 진행하여 지금은 메어도 자연스럽게 시력을 강화할 수 있게 되었다.

그리고 메어가 몸속에 있는 마력의 움직임을 몸과 마음으로 이해하게 되자 나는 그녀에게 물었다.

"좋아, 마력 제어는 이제 됐다. 슬슬 다음 단계로 넘어가려 하는데 그전에 한 가지 물어보고 싶은 게 있어. 메어는 더 강해지고 싶어? 싸우는 게 싫다면 지금 그 상태로도 충분한 것 같은데……."

"나는…… 더 강해지고 싶어! 모두가 걱정하지 않을 정도로 강해지고 싶어."

"그렇다면 메어의 방향성을 생각해볼까? 원하는 게 있어?"

"방향성?"

"마법을 사용해서 싸울지, 무기나 자신의 몸을 사용해서 싸울지, 그런 거야. 내 제자로 예를 들자면 리스나 레우스, 둘 중 어느 쪽이 더 낫겠냐는 말이지."

리스처럼 마법을 중심으로 단련하거나, 레우스처럼 자신의 육체를 단련할 건지 말해주자 메어는 고개를 갸웃거리면서 고민하기 시작했다.

"……귀여워."

그런 메어를 무표정하게……, 아니, 마음속으로는 황홀한 표정으로 바라보는 이자벨라가 있었다.

참고로 지금 이 방에는 나와 메어, 그리고 방 한쪽 구석에서 방해하지 않게끔 서 있는 이자벨라, 이렇게 세 사람만 있다.

어머니의 시선을 받으며 잠시 고민하던 메어는 이자벨라를 한 번 바라본 뒤 나를 똑바로 바라보았다.

"나는…… 몸을 사용해서 싸우고 싶어. 엄마처럼 되고 싶으니까!"

"윽?!"

그 말을 들은 순간, 이자벨라는 마치 벼락을 맞은 것처럼 귀와 꼬리를 곤두세우며 비틀거렸다. 뭐, 정말 좋아하는 딸에게 그런 말을 들었으니 충격을 받을 만도 하지.

그건 그렇고 어머니처럼……이란 말이지.

이론 수업을 할 때는 집중을 하지 못하는 모습을 자주 보였기에 역시 메어는 앉아서 공부하는 것보다 몸을 움직이는 게 더 취향에 맞는 건지도 모르겠다.

내가 혼자 괜찮겠다고 생각하고 있자니 충격에서 회복된 이자벨라가 메어에게 천천히 다가갔다.

"……정말?"

"응! 그때 엄마가 정말 멋졌으니까!"

"……하지만, 나는 이기지 못했는데?"

"이기고 지는 건 문제가 아니야. 나는 엄마처럼 빠르게 움직이고 싶어!"

하긴, 나와 이자벨라의 싸움은 무승부로 끝났고, 애초에 메어는 어머니의 변한 모습을 보고 겁을 먹었다.

하지만 마음속으로는 이자벨라의 힘을 동경했던 모양이다.

그렇게 딸의 기대에 가득 찬 시선을 받은 이자벨라는…….

"…………."

"으앗?! 엄마, 피가 나!"

너무 기쁜 나머지 코피를 흘리고 있었다.

누가 봐도 미녀라 할 수 있는 이자벨라가 코피를 흘리는 모습은 참……, 아니, 리스의 가족 중에도 있었으니 신기하지는 않지? 물론 여동생을 정말 좋아하는 붉은 머리카락 왕녀님 말이다.

"정말, 닦아줄 테니까 가만히 있어."

"……응."

이제 어느 쪽이 어머니인지 구분이 안 되는 광경이지만 사이가 좋아서 참 다행이다.

한편, 부드러운 분위기를 보여주고 있는 모녀와는 달리 방 밖에서는…….

"크으……으으……, 이렇게 부러울 수가. 나도 딸이 피를 닦아줬으면 좋겠는데!"

"아버지! 우리도 코피를 흘리자! 서로 얼굴을 때리자고!"

정무와 공부를 제쳐두고 와 있던 부자가 질투하면서 문 틈새로 방안을 들여다보고 있었다.

당장에라도 방안으로 뛰어들 것 같은 기세였지만 곧바로 맥더트와 측근들에게 끌려가는 광경은 평소와 마찬가지였다.

아무튼 그렇게 메어는 어머니에게 무술을 배우게 된 것이다.

그 이후로 그레테에게 거짓 암시를 걸고 제자들에게 메어의 성과를 보고한 다음 날.

약속했던 대로 이자벨라에게 무술을 배우기 위해 메어는 이른 아침부터 우리와 함께 성의 시합장으로 가고 있었다.

이자벨라가 함께 가지 않은 이유는 훈련하기 위해 준비가 필요했던 모양인지 레우스와 키스를 데리고 먼저 가서 기다리고 있기 때문이었다. 아마 준비란 정신적인 준비일 테고, 가볍게 운동을 하면서 마음을 가라앉히려는 것 같았다.

솔직하게 말하자면 가르치는 건 이자벨라이기 때문에 우리는 필요 없을 것이다.

하지만 개인적으로도 신경이 쓰이고, 메어도 같이 와달라고 했기에 우리도 동행하기로 했다.

"엄마가 뭘 가르쳐주려나?"

"기대하는 건 좋지만 우선 기본인 체력 단련부터 하겠지. 뭘 하더라도 체력은 중요하니까."

"그래도 처음이니까 너무 힘들게 하진 않을 거야. 그러니 신경하지 말고 마음 편하게 가자."

"응!"

피아가 한 말을 듣고 메어가 안심하며 미소를 지었을 때, 시합장이 있는 쪽에서 살벌한 분위기가 풍기는 것을 눈치챘다.

고개를 갸웃거리면서도 시합장으로 가보니 그곳에서는 수왕과 이자벨라가 마주 보고 서서 말싸움을 벌이고 있었다. 그 부부의 발치에는 레우스와 키스가 쓰러져 있었지만 그건 항상 그랬기에 신경 쓸 필요는 없을 것이다.

그건 그렇고…… 저 두 사람이 저렇게까지 진지하게 말다툼을 벌이는 건 신기하다. 이자벨라의 반응이 심심하긴 하지만 기본적으로는 사이가 좋은 부부니까.

그런 부부를 보고 메어가 불안한 모양이었기에 나는 부부에게 인사를 하면서 말을 걸었다.

"메어를 데리고 왔는데요, 무슨 일 있으신가요?"

"응? 아, 그대들이로군. 꼴사나운 모습을 들켜버렸어."

"그건 상관없지만 만약 괜찮으시다면 사정을 설명해주실 수 있을까요? 다른 사람이 중간에 끼게 되면 금방 해결될지도 모르니까요."

"그렇긴 하지. 사실 부인이 메리의 특훈을 할 때 저걸 쓴다고 하니 불안해서 견딜 수가 없어서 말이야."

그렇게 말한 수왕이 바라본 곳에는 등에 짊어지는 목제 바구니와 크기가 제각각 다른 바위, 그리고 모래가 담겨 있는 주머니가 놓여 있었다.

어떻게 쓸지는 왠지 짐작이 가는데, 수왕은 왜 그렇게 굳은 표정을 짓고 있는 거지?

"음…… 저게 뭔가 이상한가요?"

"당연하지. 메리는 식기보다 무거운 것을 제대로 들어본 적도 없다! 저렇게 무거운 것을 들게 했다가 만약 다치기라도 하면 어떻게 할 건데!"

"……아직 쓴다고는 안 했어."

"하지만 쓸 예정인 거겠지? 저 아이에게 무거운 것을 짊어지게 할 거라면 내가 대신 짊어지마! 딸의 고생은 내 고생이나 마찬가지다!"

딸 바보……, 과보호는 여전한 것 같다.

아무튼 이대로 가다간 훈련을 시작할 수 없으니…….

"……호쿠토."

"멍!"

"무, 무슨 짓이냐?! 으아아아아아아아아아앗――?!"

내가 명령하자 수왕은 호쿠토에게 끌려나가 강제 퇴장당했다.

한 나라의 왕에게 할 짓은 아니지만, 애초에 수왕은 이 나라를 유지하기 위해 정무를 봐야 하니 어서 돌아갈 필요가 있다.

"크윽?! 키스, 뒷일은 부탁한다아아아아아――………."

"내게 맡겨, 아버지. 당신 대신 내가 메어를 지킬 테니까!"

유언 같은 게 아니니까 그렇게 진지한 표정으로 하늘을 바라보지 말았으면 좋겠다.

수왕이 외치는 소리가 멀어져가는 와중에 다시 메어를 바라본 이자벨라는 천천히 다가가며 훈련 내용에 대해 말했다.

"……일단, 뛰어."

"그게 다야?"

"……체력을 단련하고 네 움직임도 보고 싶으니까."

메어의 기초 체력뿐만이 아니라 몸의 움직임이나 버릇을 관찰하려는 모양이었다.

그 의미를 잘 이해하지 못한 메어가 고개를 갸웃거리고 있자니 실실대며 여동생을 바라보고 있던 키스의 머리 위에 갑자기 바위가 떨어져 내렸다.

"으엇?! 갑자기 무슨 짓이야! 어머님!"

"……너는 그거."

한 아름이나 되는 바위를 급하게 받아낸 키스에게 이자벨라가 담담하게 말했다.

보아하니 그 바위를 짊어지고 달리라는 뜻인 것 같았기에 키스는 바위를 땅바닥에 내려놓지도 않고 곧바로 등에 얹었다.

"이봐, 딱히 받아낼 필요는 없으니까 바위를 피하면 되는 거 아니야?"

"바보 같은 녀석! 피했다가 부서진 파편이 메리에게 맞으면 어떻게 하려고!"

"내가 잘못한 거야?"

"레우스, 네 생각이 맞으니까 안심해라."

키스가 과보호하는 것뿐이다.

내가 어이없다고 생각하고 있자니 레우스도 질 수 없다는 생각이 들었는지 키스와 비슷한 크기의 바위를 짊어지고 있었다. 저것도 훈련이 될 테니 아무런 말도 하지 않을 것이다.

"……그럼 두 사람은 그걸 짊어지고 시합장 주위를 열 바퀴. 중간에 떨어뜨리면 열 바퀴 추가."

""그래!""

"나는?"

"······나중에 정할게. 지금은 나하고 같이 뛰자."

그렇게 말하면서 아들과 비슷한 바위를 짊어지고 뛰기 시작하는 이자벨라를 메어가 약간 불만스러운 표정으로 쫓아갔다. 자기만 아무것도 짊어지지 않아서 불만을 품거나 초조해하는 건지도 모르겠다.

"······괜찮아."

"어?"

"······초조해할 필요는 없어. 너는 천천히 자라면 돼. 내가······ 우리가 계속 곁에서 봐줄 테니까."

서투르지만 마음이 담겨 있는 말을 듣고 메어는 기쁜 듯이 고개를 끄덕이며 달렸다. 수왕과 키스를 보고 불안하긴 했지만 이러쿵저러쿵해도 딸을 확실하게 이끌어주고 있는 것 같다.

할 일이 없었기에 우리도 함께 뛰었다. 열 바퀴를 돈 다음 멈춰서 메어를 살펴보았다.

"······지쳤어?"

"아직 괜찮아!"

가볍게 뛰긴 했지만 거리가 꽤 되는 것 같은데, 메어는 아직 기운이 넘치는 것 같았다.

눈이 안 좋았고, 주위 사람들이 과보호하는 환경이라 체력이 약할 것 같다는 이미지였지만 저렇게 기운이 있는 걸 보니 잠재 능력이 꽤 높은 것 같다. 그 부모의 자식이라 할 만했다.

"······그럼 다음에는 이걸 짊어지고 다섯 바퀴. 떨어뜨리지 말고."

잠시 휴식한 뒤 이자벨라는 준비해두었던 바구니에 모래를 채운 주머니를 조금 넣고 메어에게 짊어지게 했다.

"어? 이게 다야? 엄청 가벼운데."

"……달려보면 알아. 그리고 넌 이거."

"끄어억?!"

키스는 좀 전보다 더 커다란 바위를 짊어지게 되었다.

아무리 봐도 키스만 부당한 대우를 받는 것 같은 광경이었지만…….

"어머님! 메리에게 무게추는 아직 이르고 다섯 바퀴도 너무 심해! 한 바퀴면 충분하잖아!"

정작 본인은 신경을 쓰기는커녕 오히려 걱정하고 있는 걸 보니 문제는 전혀 없는 것 같다. 물론 레우스도 같은 바위를 짊어졌다는 것은 굳이 말할 필요도 없다.

"무게추 말이죠. 요즘에는 그럴 기회도 줄어들었지만 예전에는 날마다 짊어지곤 했는데요."

"시리우스도 같은 이유로 그렇게 시킨 거야?"

"그래. 역시 몸으로 익히는 게 제일이니까."

아마 메어에게 무게추를 짊어지게 한 것은 부하를 주기 위해서일 뿐만이 아니라 몸의 중심이 얼마나 중요한지 가르치기 위해서일 것이다.

그런 사실을 모르고 달리기 시작한 메어는 아무렇지도 않게 달리고 있었지만, 평소에는 없던 무게로 인해 서서히 달려가는 동작이 어색해지기 시작했다.

점점 달리는 속도가 떨어지기 시작했고 주의가 산만해지다가 돌에 걸린 메어는 거창하게 넘어져버렸다.

"아윽?! 아야야……."

"윽?!"

넘어져서 바구니 안에 들어 있던 모래주머니에 뒤통수를 부딪칠 뻔했지만 곧바로 달려온 이자벨라가 주머니를 확보했기에 무사했다.

덕분에 메어는 무릎이 살짝 까지기만 했는데, 방금 그 광경을 보고 의문이 하나 생겼다.

하지만 떠오른 의문을 풀 시간은 없을 것 같았다. 왜냐하면…….

"메어, 괜찮아? 상처를 보여줘……."

"어떻게 된 거냐?! 위생병! 위생병!"

"어서 치료 마법을 사용할 수 있는 녀석을 데리고 와라! 서둘러!"

키스뿐만이 아니라 집무실로 끌려갔던 수왕까지 달려왔기 때문이다.

약간 늦게 나타난 호쿠토가 미안해하는 걸 보니 수왕이 호쿠토를 뿌리치고 달려온 모양이었다. 딸을 사랑하는 마음이 그에게 상상한 것보다 더 강한 힘을 발휘하게 만든 것 같았다.

그렇게 그 누구보다 떠들썩한 부자는 상처를 살펴보려던 리스를 밀쳐낸 다음 일어선 메어 앞에서 눈물을 흘리며 소리치고 있었다.

"저기, 메어의 상처를 살펴볼 테니 좀 물러나 주세……."

"아팠지? 이제 훈련은 됐으니 쉬도록 하렴."

"오빠가 의무실로 데려다줄게. 자, 내 등에 업혀!"

"그렇게까지 걱정하지 않아도 가벼운 상처니까……."

""메리!""

"호쿠토, 부탁해."

"멍!"

""크헉?!""

호쿠토의 꼬리 래리어트를 맞고 두 부자가 강제로 쫓겨났다. 리스도 은근히 호쿠토를 잘 다루는 것 같다.

그렇게 방해하는 사람들을 쫓아내고 메어의 상처를 확인한 리스가 마법을 사용하려 했지만 나는 귓속말로 치료하지 말라고 했다.

"어? 그래도 피가 좀 나는데 치료하는 게 낫지 않을까?"

"아니, 완전히 치료하진 말아줘. 그녀의 노력이 허사가 될 테니까."

좀 전에 두 사람과 마찬가지로 동요했을 이자벨라가 아무런 말도 없이 메어 옆에 앉아서 머리를 계속 쓰다듬어 주고 있기 때문이다.

애초에 이자벨라의 신체능력으로는 모래주머니뿐만이 아니라 메어가 넘어지는 것까지 막을 수 있었을 텐데, 그녀는 일부러 그러지 않았다.

내 생각이지만 아마 다치는 데 익숙해지게끔 하려는 것 같다. 살아가는 이상 아픔과 완전히 동떨어질 수는 없을 테니까.

하지만 딸이 다치는 걸 보는 건 괴로운지 꾹 참으려는 이자벨라를 보고 리스도 내 의도를 파악한 모양이어서 고개를 끄덕이며 자신의 가방을 뒤지기 시작했다.

"그래도 간단한 조치는 해둘게. 나쁜 균이 들어가면 큰일이니까."

리스는 마법으로 만들어낸 물로 상처를 가볍게 씻어내고 깨끗한 붕대를 감아주었다. 그렇게 하면 어느 정도 아픈 게 남을 테니 이자벨라가 원하는 걸 이룰 수 있을 것이다.

하지만 리스의 실력을 대충 알고 있던 메어는 불만까지는 아니지만 의아하다는 듯이 고개를 갸웃거리고 있었다.

"다 끝났어?"

"응. 가벼운 상처니까 그거면 충분해."

"……아파서 못 달리겠니?"

"아니, 더 달릴 수 있어! 저번에 엄마하고 비교하면 아프지 않으니까."

"……그럼 천천히 뛰어도 괜찮으니까 조금만 더 달리자."

상처가 악화될 수도 있으니 말리는 게 좋을지도 모르겠지만 응급처치는 끝냈으니 나중에 상처를 확인하면 문제는 없을 것이다.

그렇게 호쿠토에게 수왕이 다시 잡혀간 뒤, 메어는 씩씩하게 계속 달려서 무사히 다섯 바퀴를 완주했다.

"……잘 했어. 기특하다, 기특해."

"에헤헤! 이 정도라면 간단해!"

그리고 잠시 휴식한 뒤 시합장 가운데로 모두를 모은 이자벨라는 준비해두었던 바위를 하나 들고 와서 다음 훈련 내용을 말했다.

"……다음에는 이걸 맨손으로 부술 거야."

……난도가 갑자기 엄청나게 올라갔다.

메어의 절반 정도 크기인 바위라 해도 첫 훈련인데 바위를 파괴하는 건 힘들 것 같다. 좀 전까지 엄하면서도 따스하게 바라보던 모습은 대체 뭐였던 거지?

너무나도 태연하게 말했기에 우리뿐만이 아니라 키스까지 할 말을 잃었고, 이자벨라는 바위를 힐끔 보고 나서 고개를 갸웃거리고 있었다.

"……너무 간단한가?"

"그 반대야! 메리의 귀여운 손으로 바위를 부수다니, 말도 안 되잖아!"

"……할 수 있어. 내 아이니까."

무표정하게 한 말이었지만 전혀 망설임이 없었기에 키스도 곧바로 받아칠 수가 없었던 모양이다.

내가 나서야 하나, 그렇게 생각하고 있자니 키스가 좋은 생각이 났다는 듯이 바위와 자신을 번갈아가며 손가락으로 가리키고 말했다.

"그럼 나를 때려. 바위 같은 것보단 내 배를 때리면 되지!"

"……그래. 너는 바위보다 단단할 테니까."

"그래도 되는 거야?!"

평소에는 태클을 당하는 쪽인 레우스가 태클을 걸다니, 이 가족은 여러 가지 의미로 대단한 것 같다.

나도 이것저것 태클을 걸고 싶긴 하지만 메어의 힘으로는 치명상을 입힐 수 없을 테고, 바위보다는 몸을 때리는 쪽이 주먹에 부담이 덜할 거라 생각해서 나서지 않기로 했다.

하지만 가족을 샌드백으로 삼는다는 것이 마음에 걸렸는지 메어는 떨떠름한 표정으로 오빠를 올려다보고 있었다.

"정말 오빠를 때려? 나쁜 짓은 하지도 않았는데."

"걱정하지 않아도 오빠는 튼튼하니까 메리의 펀치 정도라면 쓰다듬는 거나 마찬가지야. 아니, 쓰다듬어줘!"

진심이 마구 드러나고 있긴 하지만 오빠로서 여동생을 위해 몸을 내던지는 모습은 훌륭한 것 같다.

하지만 메어는 바보 취급당한 거라 생각했는지 볼을 부풀리며 주먹을 쥐었다.

"으! 그렇다면 오빠가 아프다고 말하게 해줄 거야!"

"하하하, 언제든 덤비라고!"

싸우는 방법을 한 번도 배우지 않기에 그저 온 힘을 다해 휘두르기만 한 주먹이 키스의 배에 꽂혔지만 맥빠지는 소리만 울렸다.

"이게! 에잇!"

"후후…… 간지럽구나. 하지만 메리에게 처음 맞은 남자가 나라니…… 이렇게 행복할 순 없어!"

주먹뿐만이 아니라 발차기를 맞고도 키스는 태연한 정도를 넘어서서 행복하다는 듯이 실실거리고 있었다. 왠지 수왕이 다시 나타날 것 같았지만 이번에는 호쿠토가 제대로 감시하고 있는지 도망치지 못한 모양이었다.

혼자서 기뻐하는 남자는 못 본 척하자. 키스가 노린 대로 메어가 주먹을 다친 것 같지는 않지만 이래선 별로 의미가 없을 것 같다.

그럼에도 불구하고 계속 때리던 메어의 주먹을 살짝 잡아서 멈춘 이자벨라는 딸의 눈을 들여다보며 천천히 말하기 시작했다.

"……그냥 때리기만 해선 안 돼."

"안 된다니, 그럼 어떻게 하면 되는데?"

"……여러 번 때릴 필요는 없어. 한 방이면 충분해."

이자벨라는 그렇게 말한 것과 동시에 아무도 없는 공간에 주먹을 날렸다.

시범을 보이겠다는 듯이 날린 그 일격은 달인의 영역에 도달해 있었고, 허공을 가르는 날카로운 소리를 울렸다.

"……그리고, 잘 보는 거야. 네 눈이라면 할 수 있어."

"눈이라니…… 나는 먼 곳을 못 보는데?"

"……아니야. 봐야 할 건 다른 거야."

설명만으로는 알려줄 수 없는 건지 이자벨라는 더 이상 말하지 않고 그저 메어의 눈을 들여다보기만 했다.

그렇다고 해서 눈으로 말해봤자 곤란하기만 할 것 같은데, 메어는 무언가를 느꼈는지 이자벨라의 눈을 똑바로 바라보고 있었다.

몇 초 정도 시간이 지났을까? 서로 마주 보고 있던 모녀가 미리 짠 듯이 고개를 끄덕였고, 메어는 다시 키스 앞에 섰다.

"……간다, 오빠."

"뭘 배웠는지는 모르겠지만 받아들이마. 오빠에게 메어의 진심을 보여줘!"

이자벨라가 나서자 방심할 수 없게 되었는지 키스는 진지한 표정으로 자세를 취했다.

그리고 다시 날린 메어의 주먹은 좀 전과 별다른 차이가 없었다.

움직임은 이자벨라와 비슷했지만 완벽하다고 하기엔 한참 멀었고, 쓸데없는 움직임이 많은 탓에 힘도 부족했기 때문이다.

"으으……, 실패했네."

"하하하, 메리에게는 아직 이르지…… 크헉?!"

……하지만, 키스는 웃음을 터뜨린 것과 동시에 쓰러졌다.

"어라? 오빠, 장난치지 마."

"아니, 장난치는 게 아닌 것 같은데."

키스에게 다가가서 조사해보니 일부러 그러는 게 아니라 진짜로 괴로워하는 것 같았다.

이자벨라는 나와 싸울 때 공격을 한가운데로 날리곤 했는데, 메어가 그것과 비슷한 공격을 날린 모양이었다.

그리고 인체의 급소인 명치뿐만이 아니라 상대방의 호흡을 읽고 가장 힘이 빠져나간 순간을 노려서 튼튼한 키스가 끙끙댈 정도로 강한 일격을 날린 것이다.

이자벨라가 알려주고 싶었던 '보는 것'은 급소와 시기를 파악한다는 의미의 보는 것……이었구나.

제대로 설명도 듣지 않고 실제로 본 것만으로도 일부나마 따라 할 수 있는 걸 보니 메어는 역시 이론이 아니라 본능으로 이해하는 아이인 것 같다.

그리고 이자벨라도 마찬가지로 본능으로 이해하는 여자다.

내 딸이니까 할 수 있다고 딱 잘라 말한 걸 보면 이자벨라는 메어가 가지고 있는 실력을 눈치채고 있었던 모양이다.

"뭐라고 해야 하나, 여러 가지 의미로 무시무시한 아이구나."

"시리우스 님께서 보시기엔 장래가 유망해서 기대하시는 편 아닌가요?"

"뭐……, 그렇지."

솔직하게 말하자면 메어가 어디까지 성장할지 흥미진진하다.

가족들을 보면 데리고 가는 게 불가능할 것 같지만, 우리와 함께 여행하면서 단련시켜보고 싶다.

"후후, 이 가족은 정말 질리지도 않는구나."

"피아 누나, 즐기고 있을 때가 아니잖아. 자, 키스. 아프면 리스 누나에게 봐달라고 해."

"끄……으으. 메리가 내게 준 아픔……, 최고……다."

"시리우스 씨……."

"내버려둬. 그 녀석에게는 그게 행복인 거야……. 분명히."

딱히 맞아서 기뻐하는 쪽이 아니라 메리가 날린 공격이기에 진심으로 기쁠 것이다. 만약 수왕이 있었다면 다음에는 내 차례라며 기꺼이 나서서 맞았을 테고.

"제가 시리우스 님께서 주시는 아픔을 기쁨으로 바꿀 수 있는 것처럼 저분도 그러실 수 있는 거군요."

"그래……, 응. 그렇다면 됐어."

"그 말을 듣고 이해하는 것도 곤란한데."

마치 평소에 에밀리아를 때리는 것처럼 말하지 않았으면 좋겠는데. 뭐, 훈련 내용에 따라서는 아프게 할 때도 있으니까 완전히 거짓말은 아니지만.

그때, 아들을 전혀 걱정하지 않았던 이자벨라는 준비해두었던 바위를 손가락으로 가리키면서 메어에게 말을 걸었다.

"……그럼 다음은 이거야."

"정말 할 수 있을까?"

"……저 애보다는 부드럽고, 바위는 움직이지 않으니까 간단해."

그 이후로 메어는 바위를 부수지는 못했지만 금이 가게 하는 데는 성공했다.


다음 날, 다시 시합장에서 메어의 훈련이 시작되었고 가볍게 준비운동을 한 다음 이자벨라에게 새로운 훈련 내용을 들었다.

"……오늘은 도망치는 상대를 붙잡을 거야."

"술래잡기를 하는 거야? 놀아도 되나?"

"……노는 게 아니야. 사냥감을 쫓아가는 훈련이야."

다시 말해 술래잡기인 건데, 이자벨라의 말을 들어보니 평범한 술래잡기가 아닌 것 같다.

하지만 이번에는 무게추 말고는 아무것도 준비하지 않았기에

잡을 상대가 필요할 것 같다. 그 사실을 눈치챈 키스가 제일 먼저 입후보했다.

"물론 도망치는 역할은 나겠지!"

"하지만 키스는 메리에게 약하잖아. 내가 하는 게 낫지 않을까?"

"네놈! 메리에게 쫓겨서 행복을 맛볼 셈이냐!"

"오, 붙어볼래?"

두 사람은 당장에라도 승부를 내려 했지만 이자벨라가 키스를 지명해서 싸우게 되는 사태를 피할 수 있었다.

하지만 레우스가 한 말에 일리도 있고, 이번은 키스 말고 다른 사람이 적합할 것 같은데, 역시 가족을 우선시할 수밖에 없는 건가?

"어, 어머님? 더 있나요?"

"……세 개 더."

……아니었다. 너무 힘든 훈련이었기에 키스를 선택한 모양이었다.

어제 짊어졌던 바위뿐만이 아니라 죄인의 움직임을 막기 위에 철구가 달린 수갑과 족쇄 같은 것들까지, 엄청나게 많은 무게추를 짊어지게 되었기 때문이다.

키스도 충분한 단련을 거치긴 했지만 저렇게 많이 짊어진 상태로는 몇 분도 움직일 수 없을 것이다. 손님인 레우스에게 시키지 않을 만도 하다.

"……60까지 세는 동안 잡히면 벌을 줄 거야."

"그, 그래! 좋았어!"

"왜 저렇게 자신감이 넘치는 거지?"

우리 여자 일행들이 어이없어하는 상황인데도 불구하고 자신감을 보이는 키스는 여러 가지 의미로 도전자인 것 같다.

조금 망설이던 메어도 아무렇지도 않은 듯한 오빠를 보고 괜찮다고 생각했는지 의욕을 보이며 훈련을 시작하기를 기다리고 있었다.

"……도망칠 수 있는 곳은 시합장 위뿐이야. 그럼…… 시작."

"좋았어, 금방 잡아버릴 거야!"

"후후…… 후후후! 나중에 포상이 기다리고 있으니 이 정도 무게 따위…….'"

포상이란 메어에게 잡혀서 스킨십을 하는 거겠지.

그렇게 술래잡기가 시작되었고, 시합장 위에서 두 남매가 뛰어다니게 되었다.

"하하하, 이쪽이다. 메리."

"기다려~!"

남매가 사이좋게 술래잡기를 하는 훈훈한 광경이 펼쳐졌……, 아니, 무게추 역할인 바위와 철구를 질질 끌고 다니는 상황이라 훈훈한 것과는 거리가 멀었다.

그리고 역시 부하가 너무 심한 건지 키스의 움직임이 서서히 둔해지기 시작했고, 크게 비틀거린 틈을 타서 메어가 몸통박치기를 할 기세로 키스를 붙잡았다. 일단 목표인 60초는 지났기에 벌을 받지는 않을 것 같다.

"앗싸! 오빠, 잡았어!"

"크윽……, 허억……, 허억……, 후, 훌륭하다……. 헤헤."

"저기, 시리우스 씨. 이 훈련에 무슨 의미가 있는 거야?"

"처음에 이자벨라 씨가 사냥감을 쫓아가는 훈련이라고 했잖아? 사냥감을 궁지에 몰아넣고 지치게 만들어서 느려졌을 때 해치우는 걸 가르치고 싶은 것 같은데."

조만간 숲에 데려가서 사냥을 경험하게 할 생각인지도 모르겠다.

키스는 매우 지친 상태인데도 여동생에게 안겨서 기뻐했고, 메어는 오빠를 붙잡아서 기뻐하고 있었다. 하지만 이자벨라는 불만이라는 분위기를 풍기며 두 사람에게 다가갔다.

"……마무리는?"

"어? 붙잡기만 하면 안 돼?"

"……사냥감을 붙잡으면 확실하게 마무리를 짓는 게 기본이야. 다친 짐승은 위험하니까."

"하지만 이건 오빠고, 지쳤으니까 더 이상 괴롭히지 않는 게 낫지?"

"……아니야. 지금 이 아이는 네 사냥감이야. 마지막까지 해내야지."

사냥감에게 정이 들어서 뜻밖의 반격을 당할 가능성도 있으니까.

하지만 착한 마음씨를 버려라……는 뜻은 아니다. 사냥해서 얻은 사냥감의 고기를 먹으며 살아가고 있으니 때로는 망설이지 않아야 한다는 것을 가르치고 싶은 것 같다.

"……괜찮아. 그 아이라면 아직 죽지 않을 테니까."

"아직?!"

아들이 튼튼하다는 것을 알고 있기에 할 수 있는 말이겠지만, 듣고 있자니 참 심하기도 하다. 키스 본인이 만족스러워하고 있으니 태클을 걸지는 않겠지만.

방식이 어찌 됐든 이렇게 소녀가 어른이 되어가는 것 같다.

……아마도.

"헤, 헤헤…… 메리가 마무리를 지어주다니……, 아흥?!"

그리고 어머니가 말한 대로 날린 메어의 일격이 키스의 옆구리에 꽂혔다.


그렇게 이자벨라의 여러 가지 지도를 받으며 메어는 눈에 띄게 성장해 나갔다.

기초적인 체력 향상과 더불어 주먹을 쥐는 자세와 날리는 법 같은 전투 기술을 계속 배웠고, 드디어 메어는…….

"에잇~!"

"크허억?!"

백드롭을 익혔다.

자신보다 두 배는 큰 키스의 커다란 몸을 들어 올린 뒤 시합장에 마련해둔 매트 위에 오빠를 내리꽂은 메어는 바깥에서 만족스럽게 고개를 끄덕이고 있던 이자벨라에게 손을 흔들며 기뻐하고 있었다.

그와 동시에 관객석에서 구경하고 있던 수인들도 환성을 지르고 메어의 이름을 외치며 승리를 축복했다.

그 광경은 이미 훈련이 아니라 이벤트 형식으로 개최된 프로 레슬링의 열기 그 자체였다.

우리는 그 모습을 관객석에서 바라보고 있었는데, 옆에 앉아 있던 피아가 내 표정을 보고 쓴웃음을 지었다.

"좀처럼 볼 수 없는 매우 복잡한 표정을 짓고 있네."

"그래. 정말 복잡하거든……."

메어는 며칠 만에 확실하게 강해졌다.

그리고 이자벨라가 프로 레슬링 기술을 마음에 들어했기에 메어가 그 기술을 배우는 것도 자연스러운 흐름인 것 같다.

그러니 잘못된 것 같지는 않지만 이 프로 레슬링 같은 상황은……, 대체 어디서 길을 잘못 들어버린 걸까?

"정말 말씀드리기 껄끄럽지만, 시리우스 님께서 가르쳐드렸기 때문일 겁니다."

"……설마 이렇게까지 본격적으로 할 줄은 몰랐단 말이야."

무슨 일이 있었는지 간단히 설명하자면, 얼마 전에 새로운 프로 레슬링 기술을 가르쳐달라고 찾아온 이자벨라가 애초에 프로 레슬링이라는 것이 뭐냐고 물어보았기 때문이다.

다 큰 어른이 어린아이처럼 눈을 반짝이며 바라보았기에 거절하기 힘들어서 프로 레슬리에 필요한 무대……, 로프가 달린 링을 비롯하여 화려하게 보이게끔 하는 무대의 흐름 등, 내가 알고 있는 정보를 다 알려줘 버렸다.

이야기를 들은 이자벨라는 흥미롭다는 듯이 고개를 연달아 끄덕이고 있었는데, 설마 이틀도 안 되어서 시합장에 사각 링을 만들고 관객을 모아 선보일 줄은 몰랐다.

"잘한다아아아——! 메리 니이이임!"

"메리 님! 최고입니다!"

"다음에는 나도 던져줘어어어어——!"

개인차가 있긴 하지만 수인들은 기본적으로 강한 자에게 이끌리곤 한다.

그래서 원래부터 인기가 많았던 메어가 강해졌으니 수인들의 열광도 한없이 끌어 오르는 것 같다.

게다가 시합장 구석에는 중계석도 마련되어 있었고, 그곳에는 왠지 모르겠지만 초대손님으로 레우스도 앉아 있었다.

『레우스 씨, 방금 메리 님께서 날리신 기술은 멋지고 아름다운 기술이었죠.』

『그렇지. 이렇게 짧은 기간 만에 저렇게까지 강해지다니, 대단하…….』

『아, 메리 님께서 이쪽을 봐주시네요! 메리 니이이이임——!』

『좀 들으라고!』

하지만 중계 담당자도 메어에게 푹 빠져 있었기에 레우스가 앉아 있는 의미가 거의 없다.

대체 어디서부터 태클을 걸어야 할지 알 수가 없는 상황이지만, 메어의 백드롭으로 인해 대전 상대인 키스가 링에 가라앉았기에 시합은 끝날 것이다.

……그럴 줄 알았는데, 안타깝게도 시합은 아직 끝나지 않은 것 같다.

"하하하하하! 용케도 내 부하를 쓰러뜨렸구나, 메리 왕녀. 칭찬해주도록 하마."

『아앗~! 여기서 수수께끼의 사자 가면이 등장합니다!』

내가 머리를 감싸 쥐게 된 또 하나의 원인…… 사자를 본떠 만든 가면을 쓴 레슬러가 높은 곳에 나타나자 관객들이 더욱 신이 났다.

이미 설명할 필요도 없겠지만, 저 사람은 변장한 수왕이다.

얼굴을 가린 마스크와 바지만 입고 있긴 했지만, 저 커다란 몸집과 멋진 갈기를 숨길 수는 없기에 정체는 뻔했다.

그리고 대사를 들어보면 알 수 있겠지만 수왕은 악역 레슬러이고, 일부러 벽이 되어 막아섬으로써 메어를 성장시키려 하는 것 같았다. 그래서 관객들도 라이온 마스크의 정체를 모르는 척 하는 것 같다.

그렇게 딸을 생각해서 악역이 된 수왕은 사실 딸과 함께 있고 싶다는 딸바보 마음이 폭발한 것에 불과했다. 얼마 전에도 키스만 메어의 샌드백……, 아니, 연습 상대를 맡는 게 치사하다며 진심으로 아쉬워했으니까.

그렇게 큰 소리로 웃으며 나타난 수왕은 위엄있게 끼고 있던 팔짱을 풀고 메어를 손가락으로 가리켰다.

"라이온 가면 등장! 왕녀, 이번에는 내가 상대해주마."

"잘 모르겠지만 상대가 아빠라도 안 질 거야!"

"아빠가 아니다! 나는 라이온 가면이다."

그리고 높은 곳에서 뛰어내린 수왕은 공중에서 쓸데 없이 몇 바퀴 회전하면서 링에 화려하게 착지했다. 덩치가 큰데도 불구하고 꽤 잽싸게 움직이는 것 같다.

그렇게 아버지와 딸이 싸우게 되었지만, 힘과 기술의 차이는 커녕, 어른과 아이라는 압도적인 차이까지 있기에 메어에게 승산은 없을 것이다.

대체 메어가 어떻게 싸울 것인지 관객들이 침을 삼키며 바라보는 와중에 코치로서 링 바깥에 대기하고 있던 이자벨라가 손을 들며 말했다.

"……태그매치로 변경."

"아니, 태그고 뭐고……, 지금 나는 혼자인데?"

키스는 메어에게 내동댕이쳐져서 기절했기에 당분간은 전투 불능 상태다.

참고로 태그매치란 2대2 싸움이라 해도 링 안에서 싸우는 건 한 명씩, 중간에 파트너와 교대하면서 싸우는 규칙인데…….

"……파트너가 파트너를 도와주는 건 당연한 거야. 이 의자도 쓸게."

이자벨라는 아무렇지도 않게 메어의 옆에 서서 자신이 좀 전까지 앉아 있던 목제 의자를 들고 있었다.

"잠깐, 잠깐, 잠깐?! 그런 흉기는 악역인 내가 써야 하는 법이고, 애초에 네가 난입할 정도로 메리가 위기에 처하지도 않았을 텐데."

"……같이 해치우자?"

"응! 아빠……가 아니라, 라이온 가면! 각오해!"

흉기를 사용하는 것뿐만이 아니라 두 사람이 한 명을 상대로 동시에 공격하는 상황이다.

이래선 어느 쪽이 악역인지 모르겠지만, 아름다운 모녀와 수상쩍은 마스크를 쓰고 덩치가 큰 남자가 대결한다면 관객들이 어느 쪽을 응원할지는 뻔하다.

이제 수왕을 편들어줄 사람은 아무도 없는 상황이 되었는데, 조심스럽게나마 모녀를 말리려 하는 사람이 있긴 했다.

"메리 님, 이자벨라 님. 라이온 가면을 너무 괴롭히면 안 됩니다."

"응, 너무 지나치면 안 돼."

맥더트와 그레테, 두 사람이었다.

라이온 가면을 있는 힘껏 해치우려는 모녀에게 힘 조절을 해달라고 확실하게 말한 것이다.

"라이온 가면은 나중에 정무를 봐야 하니 적당히 부탁드립니다."

"적어도 상반신만은 움직일 수 있게 해줘."

"……알았어."

"하반신은 괜찮다는 거지?"

아니……, 두 사람도 다른 의미로 적이었다.

"이, 이왕 할 거면 적어도 메리가……, 아아아아앗——?!"

그렇게 악역인 라이온 가면은 두 왕족에게 퇴치당했다.

이런 상황을 만들게 되어 죄책감이 들었지만, 모두들 즐거워하니 상관없다……. 나는 그렇게 여러모로 포기하기로 했다.

참고로 여담이지만…….

"저기, 저기, 아빠. 오빠하고 계속 같이 있을 수는 없을까?"

"으음, 그들은 모험자니까. 나도 이 나라에서 일해줄 수 없냐고 부탁해보았지만 역시 거절하더구나."

"그럼 내가 시집가면 같이 있어주겠지?"

""뭐라고?!""

아마 연애감정 같은 게 아니라 아빠와 결혼하고 싶다……, 그런 동경하는 마음에서 나온 말일 것이다.

덕분에 수왕과 키스가 노려보게 되었는데, 가장 큰 문제는…….

"오빠는 대단하잖아. 강하고, 뭐든지 알고 있고, 해주는 밥도 맛있으니까. 그렇지? 호쿠토 님, 에밀리아 언니."

"멍!"

"그렇습니다. 시리우스 님께서는 그 누구보다 훌륭하신 분이시죠."

에밀리아와 호쿠토의 세뇌가 아무도 모르게 이미 끝났다는 점이었다.

## 후기

여러분, 오랜만에 뵙습니다. 정신을 차리고 보니 11권을 발매하게 된 네코입니다.

이번 내용은 저번 권에서 1년이 지난 시점이라 보신 대로 시리우스 일행의 의상이 조금 달라졌습니다.

각 캐릭터마다 차이가 있긴 한데, 어떠셨나요?

특히 리스는 차이를 주기 위해 모자를 씌워서 승려 같은 느낌으로 부탁했는데, 꽤 귀여워진 것 같습니다.

그리고 에밀리아와 피아는 바람마법사이기에 망토를 입혀주었습니다. 두 사람의 망토는 모델이 있으니 궁금하시면 한번 찾아보시는 게 어떨까요?

그렇게 새로운 의상과 함께 바쁘신 와중에도 일러스트를 완성해주신 Nardack 님과 11권 발매에 힘써주신 분들, 작품을 응원해주시는 독자 여러분.

매번 똑같은 말씀을 드리는 것 같지만, 정말 감사드립니다.

페이지 사정상 짧아졌지만, 이번에는 이만 마치겠습니다.

12권에서 다시 여러분과 만나 뵐 수 있기를…… 기원하며, 이만 줄이겠습니다.

안녕하세요. 천선필입니다.
이번 월드 티처 11권, 재미있게 읽으셨는지 모르겠습니다.

이번 11권은 지난 10권에서 스승님과 충격적인 재회를 한 시리우스 일행이 새로운 대륙에서 여행을 떠나는 내용이었습니다. 스승님에게 선물 받은 피아의 활, 시리우스의 나이프, 그리고 레우스의 백드롭(?)을 보니 스승님과 다시 만날 때 고생을 많이 한 보람이 있었던 것 같네요.

특히 백드롭은 이번 이야기를 유쾌하게 마무리 짓는데 아주 중요한 역할을 한 것 같아 인상 깊었던 요소였던 것 같습니다. 이 작품의 핵심이 선생님과 제자의 이야기이니만큼 가르친 성과, 배워서 익힌 기술 같은 게 이야기 안에 제대로 남아 있어야겠죠. 평소에는 시리우스의 제자들이 그런 것들을 보여주며 이야기를 전개해나갔지만, 이번 11권에서는 시리우스의 스승님이 가르치고 물려준 것들이 등장해서 신선한 느낌이 들었습니다.

그리고 무대가 수인족 나라라서 그런지 간만에 호쿠토의 비중이 컸던 것 같습니다. 이런 강아지가 있다면 한번 키워보고 싶습니다. 집도 잘 지킬 테고, 말도 잘 들을 테니 말이죠. 사실 번역을 맡은 작품에서 귀여운 동물이 나올 때마다 애완동물을 키우고 싶다는 마음이 드는데 주거 사정상 그러지 못해 아쉽네요. 언젠가는 귀여운 동물과 함께 살아보고 싶습니다.

이런 생각을 하면서 이번 월드 티처 11권을 번역하였습니다. 매번 그랬듯이 감사의 말씀 드리고 후기를 마치려 합니다.

항상 신경을 많이 써주시는 담당 편집자분, 그리고 책을 내는 데 도움을 많이 주신 소미미디어 관계자 여러분, 그리고 가족 여러분. 감사합니다.

그 누구보다 감사드리고 싶은 분은 독자 여러분입니다. 제가 이렇게 무사히 번역을 마치고 후기를 쓸 수 있는 것도 독자 여러분 덕분이라 생각합니다. 진심으로 감사드립니다.

작가분 말씀처럼 이번 11권부터는 시리우스 일행이 새롭게 단장하고 새로운 대륙에서 여행을 떠났습니다. 다음 12권에서는 어떤 이야기가 등장할지 기대되네요.

다시 찾아뵙게 될 때까지 행복한 하루 보내시길 바랍니다. 감사합니다.

천선필

World Teacher 11
©2019 Koichi Neko/OVERLAP
First published in Japan in 2019 by OVERLAP, Inc.
Korean translation rights reserved by Somy Media, Inc.
Under the license from OVERLAP, Inc., Tokyo JAPAN

# 월드 티처 이세계식 교육 에이전트 **11**

2020년 2월  8일 1판 1쇄 인쇄
2020년 2월 15일 1판 1쇄 발행

**저 　 　 자** 네코 코이치
**일 러 스 트** Nardack
**옮 긴 이** 천선필
**발 행 인** 유재욱
**본 부 장** 조병권
**담당편집자** 김민지
**편 집 1팀** 정영길 김민지 조찬희
**편 집 2팀** 김다솜 이본느
**편 집 3팀** 박상섭 김효연
**미 　 　 술** 강혜린 박은정
**라이츠담당** 김슬비
**디 지 털** 박지혜, 이성호
**발 행 처** ㈜소미미디어
**인쇄제작처** 코리아피엔피
**등 　 　 록** 제2015-000008호
**주 　 　 소** 서울시 마포구 토정로 222, 403호 (신수동, 한국출판콘텐츠센터)
**판 　 　 매** ㈜소미미디어
**마 케 팅** 한민지 한주원
**물 　 　 류** 허석용 최태욱
**전 　 　 화** 편집부 (070)4164-3962, 3963  기획실 (02)567-3388
　　　　　　 판매 및 마케팅 (02)567-3388, Fax (02)322-7665

ISBN 979-11-6507-325-1 04830
ISBN 979-11-5710-074-3 (세트)

1

크 코이치 지음

rdack 일러스트

선필 옮김

# 월드 티처

## 이세계식 교육 에이전트

# 월드 티처
이세계식 교육 에이전트

네코 코이치 지음
Nardack 일러스트
천선필 옮김

11

아드로드 대륙을 돌아본 뒤 다음 대륙…… 휴프네 대륙으로 가기로 한 시리우스 일행.

항구에서 지출이 크긴 했지만 마차를 실을 수 있는 대형선을 발견하고 탈 수 있게 된 시리우스 일행은 며칠 동안 느긋하게 배를 타고 여행했다.

"배는 싫지 않지만 몸을 마음껏 움직일 수 없어서 곤란하단 말이지."

"당연하지. 레우스가 온 힘을 다해 칼을 휘두르는 연습을 하면 바닥을 밟아서 부숴버릴 테니까."

"그렇게 커다란 검을 휘두르면 주위 사람들에게 폐를 끼치게 되니까요. 가끔은 얌전히 있어요."

"검을 휘두르지 못한다면 다른 훈련을 하면 되지. 평소에 하는 것보다 근력 단련 횟수를 늘리는 건 어때?"

항상 훈련을 했기에 몸을 움직이지 않으면 진정이 안 되는 레우스는 갑판 구석에서 팔굽혀펴기를 하기 시작했다.

그렇게 후덥지근한 레우스 근처에서 네 사람이 바닷바람을 느끼며 잡담을 하고 있었다.

"그러고보니 호쿠토는 여전히 최하층에 있어?"

"그래, 선장이 바깥으로 내보내지 말라고 시끄럽게 굴어서. 나중에 빗질을 해줘야지."

"호쿠토 씨에게 그런 짓을 하다니, 저는 도저히 믿을 수가 없어요."

"수인과 인간족은 감각이 다르니까. 이럴 때도 있는 거라고 생각할 수밖에 없지."

선장은 좀마나 정체를 알 수 없는 존재를 싫어하는지 호쿠토를 태우고 싶지 않다고 말했었다.

시리우스가 뇌물을 건네서 겨우 해결하긴 했지만, 마차를 넣어둔 배의 최하층 밖으로 나와선 안 된다고 엄포를 놓았다.

"그래도 선장 씨가 예사롭지 않지. 기분이 상했다고 해야 하나, 신경질적이라고 해야 하나……."

"좀 전에 들은 이야기에 따르면 요즘 이 부근에 해적이 나온다는데. 아마 습격당하는 게 겁나서 그런 걸지도 모르겠어."

"해적이라니……, 저거?"

피아가 손가락으로 가리킨 곳에는 지평선만 펼쳐져 있는 것 같았지만, 그녀는 접근하고 있는 배를 보고 있는 모양이었다.

하지만 다른 손님이나 선원들은 아직 눈치채지 못했으니 바로 선장에게 알려야 하는 상황이었지만, 시리우스의 생각은 그렇지 않았다.

"아직 항구를 출발한 지 하루밖에 안 되었어. 선장은 신중한 성격이니까 습격당하면 항구로 돌아갈 것 같으니 이번에는 들키기 전에 대처하도록 할까."

"원거리 공격 말씀이시죠? 하지만 제가 마법을 쓰기에는 아직 좀 멀리 있는 것 같아요."

"내가 저격해도 상관없지만 규모가 크지도 않으니 레우스 미사일을 박아 넣으면 끝날 것 같은데."

"미사일? 내가 뭔가 하는 거야?"

피아의 바람으로 레우스를 날려보내 배에 직접 뛰어들어서 제압하는 방법이라고 레우스에게 설명했다.

애초에 시리우스가 저격하면 정리될 테니 그렇게 위험한 방법을 선택할 필요는 없지만…….

"그럼 바로 하자."

"망설이지 않는 게 레우스지."

"시리우스 님의 시종에 어울리는 대답이네요."

하지만 레우스가 날아가는 모습을 보이면 선원들에게 들켜버릴 테니 그 계획은 쓰지 않기로 했다.

"바다라면 물이지? 리스 누나의 마법으로 몰래 공격하는 건 어때?"

"불가능하진 않지만 사람 상대로는 별로 쓰고 싶지 않아. 배를 가라앉히는 것도 좀……"

"이번엔 내게 맡겨."

자신만만하게 대답한 피아는 바람의 정령에게 부탁해서 마법을 발동시켰다. 그러자 서서히 다가오고 있던 배가 반대쪽으로 멀어져가기 시작했다.

"저쪽 주위에만 역풍을 불게 했어. 어떤 해적이라 해도 다가

오지 못하면 의미가 없지."

"충분해. 그래도 정령을 낭비하는 것 같기도 한데……."

"그 아이들도 즐거워하니까 신경 쓰지 않아도 돼."

"저쪽도 바람의 마법으로 어떻게든 해보려 하는 것 같지만 피아 씨의 마법은 당해내지 못하는 것 같네요."

그렇게 몰래 처리한 결과로 해적들이 이 주변 해역을 마의 영역이라 부르며 겁을 먹게 되었다고 하는데…… 시리우스 일행은 그 사실을 알지 못했다.


마지막으로…….

"형님. 미사일 연습을 해두는 게 나을까?"

"……해보고 싶어?"

"왠지 재미있을 것 같잖아!"

레우스는 미사일 전법에 흥미를 보이기 시작했다.

““으아아아아아아아아앗——?!””

키스와 이자벨라의 모의전에 레우스가 끼어들게 된 지 며칠 뒤.

오늘도 레우스와 키스 두 사람은 이자벨라의 백드롭에서 벗어나지 못하고 상반신이 땅에 박히게 되었다.

또한 프로 레슬링 기술이 익숙하지 않은 키스와는 달리 레우스는 예전에 시리우스의 스승님에게 프로 레슬링 기술을 여러 번 당한 경험이 있다. 그럼에도 불구하고 레우스는 이자벨라의 백드롭을 피하지 못했다.

그날도 잔뜩 내던져졌고, 이자벨라가 메리를 살펴보러 떠난 뒤에 리우스와 키스는 상처를 치료하며 반성회를 하고 있었다.

“아야야……, 오늘도 당해버렸네.”

“진짜, 너희하고 만난 뒤로 어머님이 그 기술만 쓰잖아. 좀 봐줬으면 좋겠는데.”

“그래? 최근에는 자이언트 스윙도 쓰잖아.”

“그런 뜻이 아니라!”

두 사람은 가볍게 말싸움을 하면서 오늘 실수한 것에 대해 대책을 짜내려 했지만…….

“정신을 차리고 보면 이미 등 뒤로 와서 들어 올리고 있으니까.”

“그래, 온 힘을 다하는 어머님은 너무 빨라. 미처 반응하지 못한다고.”

속도뿐만이 아니라 상대방의 호흡을 파악하고 절묘한 빈틈을 찌르기에 온다는 걸 알면서도 기술을 피할 수가 없다.

　두 사람은 계속 고민했고, 잠시 후 레우스가 무슨 생각이 떠올랐는지 손뼉을 쳤다.

　"벗어나는 게 아니라 기술 자체를 쓰지 못하게 하면 되지 않을까?"

　"어머님이라면 조금 억지스럽더라도 프로 레슬링 기술을 쓸 걸? 어떻게 쓰지 못하게 할 건데?"

　"그러니까 등을 잡지 못하게 하는 거야. 마법으로 토벽을 만든 다음에 그걸 등지고 싸우는 건 어때?"

　"그렇군. 해볼 가치는 있을 것 같아."

　키스도 동의했기에 두 사람은 다음 모의전 때 바로 시험해보았지만⋯⋯.

　""끄아아아아아아아악──?!""

　한순간 허를 찔려 벽에서 등을 떼어낸 순간에 파고든 이자벨라는 지면이 아니라 벽에 백드롭을 날렸다. 다시 말해 지면이 벽으로 바뀌기만 한 것이다.

　"벼, 벽이 안된다면 아래에 구멍을 파는 건 어떨까!"

　"그렇구나! 파묻혀서 움직일 수 없게 되는 게 문제니까 그것만 막아낸다면 반격할 수 있을지도 모르지."

　이번에는 구멍을 파고 그곳을 등진 채 싸웠지만⋯⋯.

　""우오오오오오오오옷──?!""

상대방을 붙잡은 이자벨라는 함께 낙하해서 구멍 바닥에 레우스를 내동댕이쳤다. 높이가 더해져서 오히려 대미지가 늘어났다.

"으윽……, 우리는 어떻게 살아남은 거지?"

"그야 어머님의 힘조절이 완벽하기 때문이지. 죽을지 아닐지 파악하는 것만 놓고 보면 어머님은 그 누구보다 뛰어나니까."

"너희 엄마, 여러 가지 의미로 대단하구나."

그 이후로도 두 사람은 어떻게든 맞서려고 노력했지만…….

""으햐아아아아아아아──?!""

코브라 트위스트로 조이기 공격을 당하는 등, 두 사람은 기술에 걸린 상황에서 한 번도 빠지나오지 못하고 있었다.

속도뿐만이 아니라 기술로도 맞서지 못하는데 대책을 생각하는 것보다 빠르게 새로운 기술이 차례차례 늘어나고 있었기에 대처할 수가 없었다.

그리고 두 사람이 선택한 최종수단은…….

"이, 이제 좀 봐줘!"

"형님! 나도 부탁할게!"

더 이상 이자벨라에게 기술을 가르쳐주지 말라고 시리우스에게 울고불며 부탁하는 것이었다.


여담이지만……

"……어라? 빠져나갔네."

"봐, 이렇게 하면 기술을 맞기 전에 빠져나갈 수 있지."

""⋯⋯⋯."""

시험삼아 이자벨라의 기술에 걸려본 시리우스는 쉽사리 빠져나왔기에 두 사람은 아무런 말도 할 수 없게 되었다고 한다.

시리우스 일행이 아비트레이에 도착한 다음날.

왕랑관의 지배인이 해준 이야기를 듣고 여관에 남은 시리우스가 요리를 하고 있을 무렵, 제자들은 노잣돈을 벌기 위해 모험자 길드로 가고 있었다.

중간에 적당한 노점에서 마을의 정보를 모으면서 가고 있었기에 속도가 느리기도 했고, 그밖에도 발걸음을 멈춰야 하는 상황이 여러 번 생겨서 좀처럼 길드로 가지 못했다.

"정말 죄송합니다. 제게는 절대적인 충성을 맹세한 분이 계셔서요."

"으으……, 그렇군. 운명 같은 사람인 줄 알았는데."

종족이 다르긴 하지만 매력적인 여자가 세 명이나 있기에 잠깐 걸어가기만 해도 꼬시는 사람이 나타났다.

고백한 뒤 차이고 꼬리를 늘어뜨린 채 떠나가는 청년을 에밀리아가 살짝 한숨을 쉬며 바라보고 있었다.

"저 사람이 네 명째죠? 이제 슬슬 곤란할 정도인데요."

"여기 있는 수인들은 에밀리아가 너무 매력적으로 보이나 봐."

"그건 피아 씨도 마찬가지잖아? 좀 전에 말을 건 사람이 세 명째였고."

그렇게 말한 리스도 마찬가지로 지금까지 수인 두 명이 말을 걸었다.

하지만 그렇게 다가온 수인들도 거절당하면 얌전히 물러났기에 지금까지 싸움을 벌이지는 않았다.

그리고 겨우 길드에 도착해서 눈에 띄는 의뢰가 있는지 찾아보고 있자니 정말 알아보기 쉬운 녀석들이 시비를 걸었다.

"누님들, 의뢰를 찾고 있다면 우리하고 함께 하는 게 어때?"

"당신들 같은 미인을 모른 척하기는 너무 아깝잖아. 여기에 이제 막 도착한 거지?"

"뭐하면 우리가 이 근처에 대해 여러모로 가르쳐줄 테니까."

주정뱅이를 비롯해서 거친 모험자들이 일제히 말을 걸었다.

에밀리아 일행은 당연히도 거절했지만, 그녀들에게 접근하고 싶은 마음에 끈질기게 구는 사람들이 있었기에 자기가 나설 차례라고 생각한 레우스가 앞으로 나섰다.

"미안하지만 누나들은 형님의 여자야. 포기해주면 안 될까?"

"형님인지 뭔지는 모르겠지만 너는 닥치고 있어."

"맞아, 맞아. 여자를 세 명이나 데리고 다니다니. 나한테도 한 명 넘기라고."

흥분한 주정뱅이와 모험자 몇 명이 덤볐지만, 레우스는 냉정하게 피한 뒤 한 사람씩 때려눕히고 쓰러뜨리기 시작했다.

그런 소동이 벌어지고 있는 와중에 거친 수단을 선호하지 않는 성실한 수인들이 에밀리아에게 바짝 접근하고 있었다.

"한번이라도 좋으니 나와 함께 의뢰를 받아보지 않겠어?"

"내가 네게 어울리는 남자인지 지켜봐줬으면 하는데."

"호의는 감사하지만 일손이 부족하지도 않고, 제게는 몸과 마음을 바친 분이 계셔서요."

"그게 저 사람이 말했던 형님이라는 사람이야? 여기에 없는 걸 보니 다른 곳에 있는 모양인데, 나라면 네게 일을 시키지 않을 거야."

"그래. 여자를 먹여 살려야 남자라 할 수 있지."

모험자들은 시리우스의 사정을 알지도 못하고 에밀리아의 마음을 얻으려는 것만 생각하며 말했지만, 오히려 에밀리아의 성질을 건드리는 말이기도 했다.

"본 적도 없는 사람을 깔보는 분과 함께 일을 할 생각은 없습니다."

"어……, 어라?"

"물러가주세요."

에밀리아는 미소를 짓고 있다. 남자를 자연스럽게 끌어들이며 매력이 넘치는 꽃과 같은 미소였다.

하지만…… 수인들은 본능적으로 이해했다. 화를 내면 안 되는 상대를 화내게 만들어버렸다는 것을.

"남자다운 모습을 보여주고 싶다면 다른 사람과 비교하지 말았어야죠. 자신의 그릇이 작다는 걸 들키게 되니까요."

"네, 네……."

"대답은 확실하게 하세요!"

"""알겠습니다!"""

그날 길드에서는 난투가 벌어지는 와중에 남자들이 무릎을 꿇은 채 잔소리를 듣는 매우 혼돈스러운 상황이 벌어졌다고 한다.

그리고 에밀리아 일행이 여관으로 돌아와 저녁 식사를 할 때, 길드에서 있었던 일을 보고했는데…….

"음…… 모험자를 몇 명 때렸나?"

"평소하고 마찬가지야."

"네, 평소와 마찬가지였어요."

에밀리아가 수인들에게 공포를 심어준 이야기는 없었던 일처럼 되었다.

# 에밀리아의 가계부

우리가 어떤 마을에 도착한 뒤, 여관 식당에서 저녁 식사를 하고 있을 때였다.

평소처럼 요리를 잔뜩 주문해서 모두가 배부르게 먹었을 때, 갑자기 에밀리아가 노트 한 권을 꺼내며 피아를 다그치고 있었다.

"피아 씨. 잠깐 드릴 말씀이 있는데요."

"왜 그래? 당신도 마시고 싶어?"

"그게 아니라 피아 씨가 드시는 와인 말인데요. 오늘 벌써 다섯 병째죠?"

에밀리아가 지적한 대로 피아 옆에는 와인병이 다섯 개나 굴러다니고 있었다. 그렇게 큰 병은 아니었지만 전부 마셨다고 한다면 먹은 음식보다 많을 것이다.

하지만 식사도 제대로 했고, 엘프라는 종족 특성상 채소를 중심으로 먹으니 영양분은 그렇게까지 걱정할 필요가 없을 것 같다.

리스가 식사하는 것과 마찬가지로 어떻게 하면 그렇게 많은 양을 마시는지 알 수가 없지만 우리에게는 익숙한 광경이었기에 에밀리아가 진지하게 따지는 이유를 알 수가 없었다.

"요즘……, 아니, 꽤 예전부터 와인을 마시는 양이 늘어났죠?"

"그래? 이곳 와인은 처음 마시는 거니까 조금 많이 마신 정도인데……"

"그것까지 포함해서 말씀드리는 거예요. 제가 조사한 결과로는 처음 만났을 때와 비교해서 5할 정도가 늘어났는데요."

에밀리아는 이게 증거라는 듯이 들고 있던 노트를 모두에게 보여주기 위해 탁자 위에 펼쳤다.

그 노트에는 자잘한 숫자가 빽빽하게 적혀 있었고, 평소에 우리가 돈을 얼마나 벌고 썼는지 잘 알 수 있었다. 간단히 설명하자면 가계부 같은 거지.

들고 자세히 확인해보니 에밀리아가 지적했던 대로 피아의 음주량이 확실하게 늘어난 상태였다.

"호오, 꼼꼼하게 적어두었구나. 그런데 왜 이런 걸 적는 거야?"

"나중에 시리우스 님께서 한 나라의 영주가 되셔서 영토를 관리하실 가능성이 있으니 그것을 돕는…… 재정관리 연습이죠."

"그럴 예정은 없는데……."

애초에 파티의 돈은 내가 관리하니까, 에밀리아가 장부를 쓸 필요는 없다.

"그런데…… 정말 자세하게 적어두었네. 독학한 것치고는 대단해."

"형님은 이런 거 안 써?"

"딱히 가게를 경영하는 것도 아니니까, 남은 돈만 신경 쓰면 문제가 없고."

너무 대충 관리하는 것 같을지 몰라도 제자들은 욕심이 없다고 해야 하나, 길드에서 번 돈을 대부분 내게 맡긴다.

그리고 지출 중 대부분이 식사와 술이기 때문에 생활하기 곤란한 상황이 되기 전까지는 마음껏 쓰게 해주고 싶다는 생각이다.

"시리우스 님, 더 이상 와인을 마시는 양이 늘어나는 건 그다지 바람직한 상황이 아닙니다. 조금 주의를 주시는 게…….."

"걱정하지 않아도 돈 때문에 곤란해지면 내가 말할 거야. 그러니까 에밀리아도 그렇게까지 신경 쓰지 마."

"……알겠습니다."

애초에 피아는 혼자서 여행을 했으니 자기 재량껏 마음대로 마셨을 테고. 자유를 사랑하는 피아를 속박하는 건 별로 내키지 않는다.

"하지만 에밀리아가 한 지적은 잘못된 게 아니야. 나를 도와주는 것뿐만이 아니라 모두의 장래를 생각해서 한 행동이라는 건 잘 알고 있으니까."

일부러 미움을 사는 역할을 맡으려 한 에밀리아의 머리를 쓰다듬어주자 조금 풀죽어 있던 에밀리아가 꼬리를 기운차게 흔들기 시작했다.

"그래도 돈이 없어지면 자비심없이 금주시킬 테니까. 마시는 양이 늘어날수록 갑자기 끊게 되면 괴로워진다는 건 명심해두도록 해."

"……오늘은 이만 마실게."

"순순해서 좋네."

그런 상황에 처하게 할 생각은 없지만 갑자기 뜻밖의 지출을 하게 될 수도 있으니 충고만 해두기로 했다.

나는 단번에 마시는 게 아니라 맛을 보며 마시기 시작한 피아를 만족스럽게 바라보면서 에밀리아의 머리를 계속 쓰다듬었다.

"식비 중 5할은 리스 누나구나. 숫자로 보니까 뭔가 대단한데."
"그러는 레우스도 4할이잖아."
"그럼 1할이 형님하고 누나들이었어? 더 많이 먹는 게 어때?"
"너희가 너무 많이 먹는 거라고!"

수인의 나라라 불릴 정도로 다양한 수인들이 모이는 나라⋯⋯
아비트레이.

그런 나라에 주인과 함께 온 호쿠토는 전설이라 불리는 백랑
이기에 다른 나라와는 비교도 되지 않을 정도로 열렬한 환영을
받으며 주민들에게 대접받고 있었다.

그 때문에 호쿠토가 마을을 돌아다니기만 해도 큰 소동이 벌
어지기 때문에 산책도 마음 편히 할 수가 없다.

하지만 어떤 여관의 지배인이 한 제안에 따라 마을을 다스리
는 사람들이 모여 호쿠토의 대우에 대해 설명회를 개최하게 되
었고 백랑에게 필요 이상의 간섭을 하지 말라는 내용을 아비트
레이 주민들에게 전하게 되었다.

그 덕분에 열성적인 백랑 신자와 아이들 말고는 호쿠토에게 다
가가지 않게 되어서 산책 정도는 평범하게 할 수 있게 되었다.

그로부터 며칠이 지나고 아비트레이 성에서 벌어진 소동이 해
결되었을 무렵, 호쿠토는 에밀리아를 데리고 다시 마을을 다스
리는 자들을 모았다.

"백랑님. 원하시는 대로 사람들을 모았습니다만, 무슨 볼일이
있으신지요?"

"혹시 저희가 무슨 실수라도?"

"멍!"

"호쿠토 씨가 한 말을 알아듣지 못하시는 분도 계실 테니 부족하나마 제가 대신 전해드리겠습니다. 딱히 실수를 하신 게 아니라 호쿠토 씨는 여러분 덕분에 산책을 하는 게 편해졌다고 고마워하는 것 같아요."

에밀리아의 통역을 통해 고마워한다는 것을 알게 된 수인들은 표정을 풀고 활짝 웃었다.

하지만 그뿐만이 아니었는지, 계속 이어진 말을 듣고 수인들이 다시 긴장한 표정을 지었다.

"멍!"

"호쿠토 씨에게 선물을 주는 사람들이 너무 많아서 좀 자중하라고 하네요. 호쿠토 씨는 식사를 할 필요가 없으니 식재료를 받아도 곤란하고요."

"알겠습니다. 그런데 식사를 할 필요가 없으시다니, 역시 전설의 백랑님이시로군요."

공물로 바치는 건지 호쿠토에게 다양한 것들을 바치는 사람들이 계속 나타나서 거절하는 것도 힘든 상황이었다.

수인들도 선의로 주는 거니 받아도 되겠지만 시리우스가 최대한 받지 말라고 말했기 때문이다.

"본론은 지금부터입니다. 여러분께서는 호쿠토 씨의 시종인 시리우스 님을 알고 계신가요?"

"그야……, 네. 그 검은 머리카락 남자 말이죠?"

"여러분께는 그분에 대해 호쿠토 씨의 시종이라 말씀드렸지만 실제로는 아닙니다. 사실은 호쿠토 씨가 시리우스 님의 시종이에요."

정확히 말하자면 시종이 아니라 종마……, 아니, 호쿠토는 자신을 기르는 개라고 생각하지만 아무튼 시리우스가 입장상 위에 있다는 말을 들은 수인들은 당황했다.

"멍!"

"그분께서 계셨기에 나는 여기에 있을 수 있다. 어렸을 때 빈사 상태였던 나를 구해주신 은인이며 가족이기도 하다……라고 하네요."

"그, 그렇군요. 조금 복잡하긴 하지만 이해했습니다."

"그러니 앞으로는 호쿠토 씨가 아니라 시리우스 님을 숭배해주세요."

"""……네?"""

그리고 진정한 목적인 에밀리아와 호쿠토의 세뇌가 시작되었다.

"시리우스 님께서 하신 말씀은 내가 한 말이기도 하고, 그분께 무례하게 행동하면 내게 무례하게 행동한 거나 마찬가지다. 그것을 명심하도록……이라고 하네요."

"""네, 네…….'"""

"딱히 돈이나 물건을 내놓으라는 뜻은 아닙니다. 그저 시리우스 님께 경의를 표하고, 쇼핑을 할 때는 몰래 편의를 봐주세요. 마지막으로 저희가 방금 말씀드린 이야기는 비밀로……."

"……본인이 알았으니 비밀이고 뭐고 소용없겠지?"

"시리우스 님?!"

……하지만 본인이 나타나자 에밀리아와 호쿠토의 야망은 박살 났다.

그리고…….

"그런 짓을 하지 말라고 예전부터 몇 번이나 말했잖아!"

"하지만……."

"끄응…….″ ※해석 『그래도…….』

"그래도, 하지만은 무슨!"

"네…….″

"멍…….″

"배, 백랑님께서 저렇게 일방적으로?!"

"그가 윗사람이었다는 게 사실이었나!"

잔소리를 듣긴 했지만 수인들에게 시리우스가 얼마나 대단한지 알려줄 수 있었기에 에밀리아와 호쿠토의 작전은 어떤 의미로는 성공했다.

World Teacher 11
©2019 Koichi Neko/OVERLAP
First published in Japan in 2019 by OVERLAP, Inc.
Korean translation rights reserved by Somy Media, Inc.
Under the license from OVERLAP, Inc., Tokyo JAPAN


**월드 티처** 이세계식 교육 에이전트 **11** 초판 한정 소책자

2020년 2월  8일 1판 1쇄 인쇄
2020년 2월 15일 1판 1쇄 발행

**저        자** 네코 코이치
**일 러 스 트** Nardack
**옮 긴 이** 천선필
**발 행 인** 유재욱
**본 부 장** 조병권
**담당편집자** 김민지
**편집 1팀** 정영길 김민지 조찬희
**편집 2팀** 김다솜 이본느
**편집 3팀** 박상섭 김효연
**미        술** 강혜린 박은정
**라이츠담당** 김슬비
**디 지 털** 박지혜, 이성호
**발 행 처** ㈜소미미디어
**인쇄제작처** 코리아피엔피
**등        록** 제2015-000008호
**주        소** 서울시 마포구 토정로 222, 403호 (신수동, 한국출판콘텐츠센터)
**판        매** ㈜소미미디어
**마 케 팅** 한민지 한주원
**물        류** 허석용 최태욱
**전        화** 편집부 (070)4164-3962, 3963  기획실 (02)567-3388
                판매 및 마케팅 (02)567-3388, Fax (02)322-7665

**ISBN** 979-11-6507-325-1 04830
**ISBN** 979-11-5710-455-0 (세트)

9 791165 073251

ISBN 979-11-6507-325-1
ISBN 979-11-5710-455-0 [세트]

정가 9,500원

신감각 재미주의!

s_novel.blog.me